作者简介

陆双祖（1969-），男，甘肃武威人。文学硕士，副教授。现任教于甘肃政法学院，主要从事比较文学、文学理论等课程的教学和研究工作。已出版专著1部，参编教材1部，发表学术论文40余篇。

甘肃政法学院重点科研资助项目

大学经典文库

唐代文质论研究

陆双祖／著

新华出版社

图书在版编目（CIP）数据

唐代文质论研究 / 陆双祖著.
北京：新华出版社，2016.3
ISBN 978－7－5166－2406－7

Ⅰ.①唐… Ⅱ.①陆… Ⅲ.①中国文学—古典文学研究—唐代 Ⅳ.①I206.2
中国版本图书馆 CIP 数据核字（2016）第 056061 号

唐代文质论研究

作　　者：陆双祖	
出 版 人：张百新	封面设计：中联学林
责任编辑：张　谦	

出版发行：新华出版社
地　　址：北京石景山区京原路 8 号　　邮　　编：100040
网　　址：http://www.xinhuapub.com　http://press.xinhuanet.com
经　　销：新华书店
购书热线：010－63077122　　中国新闻书店购书热线：010－63072012
照　　排：中联学林
印　　刷：北京天正元印务有限公司
成品尺寸：170mm×240mm
印　　张：14　　　　　　　　　　　字　　数：210 千字
版　　次：2016 年 3 月第一版　　印　　次：2016 年 3 月第一次印刷
书　　号：ISBN 978－7－5166－2406－7
定　　价：68.00 元

图书如有印装问题，请与印刷厂联系调换：010－89587322

目 录
CONTENTS

绪　论 ·· 1

第一章　唐代文质论的理论渊源 ································· 7
 第一节　文质论的概念界定　7
 第二节　文质论的理论源头　14
 第三节　文质论的转型发展　28

第二章　文质彬彬：初唐文质论 ································· 45
 第一节　"咸夫浮华"与"中和""典雅"　45
 第二节　"雅正"与"文质彬彬"　51
 第三节　"情志"与"实录"　61
 第四节　"兴寄"与"风骨"　70

第三章　文质炳焕：盛唐文质论 ································· 80
 第一节　"完美"与"清真"　80
 第二节　"意境"与"格调"　88
 第三节　"风骨""声律"和"兴象"　95
 第四节　"风雅"与"规讽"　109
 第五节　"政教"与"审美"统一　114

第四章 转折与新变:中唐文质论 ·············· 124
第一节 "风雅"与"清新" 124
第二节 "情性""作用"与"自然" 130
第三节 "美刺"与"缘情" 137

第五章 分离与复归:晚唐文质论 ·············· 148
第一节 "文以意为主"与"高绝" 148
第二节 "缘情"与"绮丽" 155
第三节 "韵外之致"与"雄浑""自然" 157

第六章 文以明道:古文家的文质论 ·············· 163
第一节 "宗经尚简"与"质文相济" 163
第二节 "文以假道"与"言而蕴道" 169
第三节 "修辞明道"与"文以明道" 184
第四节 "创意造言"与"文质相合" 196

余 论 ·············· 205

参考文献 ·············· 209

绪　论

中国古典文学理论形成了自己独特的理论范畴和话语体系，其中一个核心的论题是文质论。"文"与"质"是关涉文学本体的核心构成要素，是贯穿于中国文学理论的一对基本的范畴；而"文质论"则对文学本体进行深入思考，是中国古典文艺学探讨的基本问题之一。历代文学思想中关于文质问题的论述非常丰富，文质论也成为中国古典文学思想中的重要理论之一。

一

中国古典文学理论中的文质论是对文学发展中存在的"文质"问题的思考和看法，代表了一个时期的文学观念和文学风貌。古典文质论最初关涉的是文学作品语言的文华与质朴以及作品的整体风貌。随着文学本体意识的增强，"文"专指文学艺术的外在形式，"质"则指文学艺术的思想内容。这样"文"是对作品的语言、韵律、节奏、结构、修辞等形式因素的统称；"质"指文学作品的内容、思想、情感等内容因素，涉及"志""情""道""意"等核心观念。文质论也具有了本体论的意味，是对文学本体内容和形式及风格的思考，关注的是文学的内容与形式及二者的关系。以此为基础，文质论既关注作家、作品的创作风格，也用来概括一个时代的文学精神风貌。随着时代和文学的发展，"文"与"质"的内涵在不断发展和丰富，二者的关系也呈现出不断发展和深化的态势，文质论的理论内涵不断丰富。

王国维在《宋元戏曲考序》中说："凡一代有一代之文学，楚之骚，汉之赋，六朝之骈语,唐之诗,宋之词,元之曲,皆所谓一代之文学,而后世莫能继焉者也。"①每一时代之文学有其独特的文学风貌,这主要是由其独特的"文"和"质"所决定的。从文学发展史的角度考察,整个中国古典文学发展的过程是一个"质文代变"的过程,经历了一个黑格尔所说的"正""反""合"又"分"的历史发展过程。对此,明胡应麟《诗薮·内篇》论曰:

  文质彬彬,周也。两汉以质胜,六朝以文胜。魏稍文,所以逊两汉也;唐稍质,所以过六朝也。②

  中国文学的发展从先秦到两汉总体上是"以质胜",魏晋南北朝文学则"以文胜"。唐代融合"文"与"质",实现对历史的综合和对文学的总结,从而形成文学史上"文质彬彬"的鼎盛局面。因此,从先秦到六朝,文学的发展或偏于质或偏于文,或注重文学的内容或注重文学的形式,没有把文学的外部规律和内部规律统一起来。而唐代文学既重视文学的外部规律,又重视内部规律,摆脱了二者分离的局面,真正实现了"文"与"质"的统一,为后世文学的发展树立了典范。以"文质"为核心,古典文学发展的每一个阶段都以"文"与"质"的对立推动文学的发展,中国古典文学整体上是一个"文"与"质"对立统一的动态发展系统。

  与古典文学的质文嬗变相伴而生的是对文质论的理论探讨。"文"与"质"这两个范畴在先秦人的生活中已被广泛使用,后经孔子"文质彬彬"的连缀组合,构成了中国古典美学最早的一对审美范畴。在先秦"轴心时代",文质论是先秦思想家们关注的一个核心问题,形成了对"文质"关系的基本认识。在接下来的两汉时期和魏晋南北朝时期,理论家们结合文学发展的实际,在理论上做了更系统、更深刻的思考,文质论得到了充分的发展。尤其是钟嵘和刘勰等理论家从文学本体的视角对文质论进行了深入的思考,对"文质"问题做了系统的理论总结,使文质论在理论形态和理论内涵上最终趋于成熟,为后世文学的发展提供了系统丰富的理论资源。唐代是一个努力实现文质统一的文学时

---

① 王国维:《王国维论学集》,中国社会科学出版社1979年版,第349页。
② [明]胡应麟:《诗薮》,上海古籍出版社1958年版,第3页。

期,承前启后,既对先前文质论做了总结,又对后世文质论的发展产生了重要影响。

二

唐代文学的发展也经历了一个"文"与"质"嬗变、融合、分离的动态发展过程,在此过程中文质论不断发展丰富。唐代文学依然围绕"文质"问题这个内核,文质互变,文质互动,从而推动文学不断向前发展。唐代文学发展所面对的是南北朝以来文学发展中文质分离、文胜质衰的发展格局和态势。从初唐开始,从高层政治家到文学家都认识到了这一问题,他们致力于革除文质分离、文胜质衰的六朝形式主义文风,从文学观念上积极建构新的文学理想,而核心是确立新的文质观。唐代文学发展的不同时期都伴随着对文质问题的探讨,新的文质观不断产生,新的审美范式不断产生,形成了唐代文质论的理论谱系。

唐代文学思想的发展总体上可分为初唐、盛唐、中唐和晚唐四个时期,与之相对应,唐代文质论的发展总体上也可分为四个阶段:

第一阶段,初唐时期(公元581年至唐玄宗先天间),唐代文质论的初步确立时期。初唐文学从前代文学传统中选择、融合文学资源,努力形成和建构适应自己时代的文学观念与理想。经过近百年的努力,初唐文学在内容和形式上都发生了巨大的变化,文质逐渐走向统一,文风不断改善,对文质问题的思考也不断深入,初步形成了融合南北文风的"文质彬彬"的文质观。

第二阶段,盛唐时期(玄宗开元初至代宗大历初),唐代文质论的成熟时期。到盛唐时期,结合初唐取得的文学创作和理论成就,进一步修正文学观念,文学创作在内容和形式上融合创新,文学"质"的内涵更为丰富,对艺术规律,即"文"的探讨更为自觉。这一时期,文质观也更为宏通,李白文质并重,提倡主观意兴和清新自然;殷璠文质半取,提出"风骨""声律""兴象"并举的文质观;杜甫文质兼容,政教审美并重。盛唐时期的文质思想儒释道融合,既提倡汉魏风骨,又重视六朝辞采格律,文学的社会功能和审美功能高度统一,形成了"盛唐气象"这一诗歌理想范式,取得了"文质相炳焕"的文学繁荣局面。

第三阶段,中唐时期(大历中至穆宗长庆末),唐代文质论的发展时期。以"安史之乱"为转折点,随着社会政治的危机,中唐文学发生了新的变化,文学的表现内容和形式出现了不同于盛唐文学的特点,文质内涵出现新变,盛唐文质统一的格局又开始分化,或偏于文,或偏于质,文质论也有了新的发展。这一时期最为突出的是对文学政教价值的高扬,在文质观念上呈现出"重质"的文学趋向,尤其白居易的现实主义文质论最能代表这一时期的文学精神。高仲武、皎然等人重视艺术规律的探讨,体现了对盛唐文质理想的继承和发扬。而同时,白居易倡导的现实主义诗学和韩愈所主张的"文以明道"思想,使文质论的内涵更为丰富。因此,中唐时期,随着文学的发展和新变,最终出现了盛唐文学高峰之后的第二个文学发展高峰,文质论也得到了新的发展。

第四阶段,晚唐时期(敬宗宝历初至960年后周亡),唐代文质论的蜕变时期。晚唐时期,文学对政治的依附性削弱,文质分离,或重质,或重文。杜牧主张"文以意为主",李商隐重新提倡"缘情绮丽",司空图回归诗歌的"审美"本质。晚唐文质论呈现出向"文"回归的趋势,凸显了文学的审美特性。至此,唐代文质论完成了文质互变的循环。

唐人文质并重,确立了"文质彬彬,尽善尽美"的文质观,赋予"文"与"质"新的内涵,丰富发展了传统的文质论。唐代作家在创作实践中"文质并重",通过继承、融合和创新,"诗风"与"文风"不断变化,经过初唐到盛唐近百年的努力,真正实现了思想内容和艺术形式的完美结合,最终实现了前人孜孜以求的"文质彬彬,尽善尽美"的文学理想,形成了以"盛唐气象"为典范的文学风貌。盛唐之后,唐代文质论又发生了新的变化,文学发展在"政教"与"审美"之间徘徊,出现了文质分离的倾向,产生了新的文学景观。晚唐文学文质背离,呈现出向"文"回归的趋势。总之,唐代文学从最初的文质分离,到盛唐的文质统一,中唐文质对抗,晚唐的文质分离,最终完成了螺旋式循环发展。而唐代文质思想的发展也经历了文质彬彬文学理想的建构、实现、分化、蜕变的过程。这个过程清晰地凸显了唐代文学观念、文学风貌发展变化的外在轨迹和内在规律。

三

从文质论的视角看,唐代文学是中国文学发展的高峰时期,也是中国文学真正"文质彬彬"的时期,也是文质论发展的重要时期,文质论依然是唐代文学思想的核心问题。中国古典文学思想史上对文质论的高度关注主要集中在隋唐以前。文质论在唐以前一直是文论家的一个热门话题,而文质彬彬也成了文艺创作者以及文学批评者追求的最高艺术境界。唐代之前对文质问题的探讨主要集中在理论层面,隋唐以降对文质论的探讨则从之前笼统的文质内涵与关系的思考转向了对具体创作中文质问题的思考。唐代文学理论中,文质问题从一个理论问题变成了一个实践问题,即把文质彬彬的文学理想付诸实践的问题。对文质论的思考也开始深入到了"如何"的问题,即如何在艺术观念和文艺实践中实现文质统一,对问题的思考集中到了实践的层面。唐代的文质论从理论论争转向了理论建构和实践,即围绕"文质彬彬"的文学理想,从理论和创作上赋予其新的内涵,在传统文质思想的基础上发展出新的观念,使文质论的内涵更加丰富和具体。唐人对文质问题进行了深入思考,提出了许多新范畴、新观点和新思想。唐代文质论综合和总结了前代文质论成就,为中国文学的发展确立了新"范式",影响深远,这为当代中国文学创作与研究,为当前的文化建设都具有积极的借鉴意义。

国内古典文学研究界对文质论的研究主要集中在对隋唐以前文质论的梳理和探讨,相比而言对隋唐以降的文质论的直接讨论不够,成果不多,尤其缺乏专门性的研究成果。据不完全统计,上世纪末至今直接讨论唐代文质问题的学术论文仅有十多篇,主要有王运熙先生的《魏晋南北朝和唐代文学批评中的文质论》①和《文质论与中国中古文学批评》②、阮爱东的《论贞观文学观念

---

① 王运熙、杨明:《魏晋南北朝和唐代文学批评中的文质论》,《文艺理论研》,1980年第2期,第139–148页。
② 王运熙:《文质论与中国中古文学批评》,《文学遗产》,2002年第5期,第4–10页。

的文质消长》①、王景凤的《从初唐前期史家文学观看文质关系的发展》②、胡永杰的《论杜甫诗歌及诗学思想与中原文质彬彬的文学精神之关系》③和《论张说文质彬彬的文学思想及其对盛唐文学发展的意义》④等;专著也仅有陈良运先生的《文质彬彬》一书论及了唐代文质论问题。因此,唐代文质论是中国古典文学理论研究中具有较大研究空间和研究意义的课题,是唐代文学研究的一个重要研究领域和新的研究视角。唐代文质论研究可以深入认识唐代文学的基本观念与精神,对正确理解文学的内容与形式、本质与功能等具有重要的理论指导作用,具有极高的理论研究价值。

课题以唐代文学发展的现实为依据,从历时性角度梳理唐代文质论的发展与衍变,集中思考诗论和文论两大领域的文质论,重点阐发唐代文学"文质彬彬,尽善尽美"的文学观,钩沉唐代文学的"文质"新内涵,揭示唐代文学观念和思想发展的内在轨迹和理路,揭示唐代文学取得辉煌成就的内在根据,进而揭示围绕"文质"问题所进行的诗文革新在规范文学发展、开创文学繁荣格局等方面所发挥的建设性作用。因此,课题主要以唐代文学思想中的文质思想为研究对象,侧重梳理唐代文学发展中对文质问题的理论思考,以全新的视角探讨唐代文学思想的发展。

---

① 阮爱东:《论贞观文学观念的文质消长》,《华南农业大学学报》(社会科学版),2007年第1期,第76-82页。
② 王景凤:《从初唐前期史家文学观看文质关系的发展》,《赤峰学院学报》(汉文哲学社会科学版),2011年第9期,第133-136页。
③ 胡永杰:《论杜甫诗歌及诗学思想与中原文质彬彬的文学精神之关系》,《周口师范学院学报》,2007年第3期,第26-31页。
④ 胡永杰:《论张说文质彬彬的文学思想及其对盛唐文学发展的意义》,《洛阳师范学院学报》,2008年第3期,第88-90页。

第一章

唐代文质论的理论渊源

文学的发展以其文学传统为基础,文学理论和观念的发展也必须以对之前理论的继承为基础。唐代文质论一方面继承了先秦、两汉时期的儒家文质论,重视文学的社会功能,同时又继承了六朝文学"文的自觉"的"尚文"思想,重视文学的审美价值。因此,在探讨唐代文质论之前,我们先对唐代文质论的理论渊源——先唐文质论做一个概括的梳理,以期勾画唐代文质论的思想传统。

第一节 文质论的概念界定

从现代文学观念看,文学的本体是文学的内容与形式,对于文学本体问题的思考和回答,形成了最基本的文学观念。在中国古典文学理论中,对文学本体思考的核心概念是"文"与"质"。从文学本体的视角看,"文"是外在的文饰,主要指文学作品的形式;与之相对应,"质"则是内在质素(质地、本质),指文学作品的思想内容;"文""质"关系就是文章的形式与内容之间的关系,是文学观的核心。某一时期或某一理论家,对"质"的内涵的规定,和对"文"的内涵的要求,以及对二者关系的规定就形成了对于文学基本问题的看法,这就是中国古典文学的本体论。"时移世易",文学"质文代变",对"文质"问题的思考也在不断变化,由此形成了一系列对"文质"的理论思考,即文质论。纵观中国文学发展的历史,始终贯穿着文质嬗变的内在逻辑,文学思想中始终交织着文质论争的声音,而文质论也成为中国古代文学思想中最基本的理论问题。

一、"文"的基本含义

"文""质"在先秦时期已开始广泛使用,最初是各自独立的概念。首先,我们对"文"这一概念做简单梳理。在古典文学理论中"文"的"所指"丰富,其内涵在不断发展变化。"文"之本义是指具有审美特性的"符号",而非现代意义的"文学"。甲骨文中的"文"字与"人"字相近,金文中"文"字有的像人身,上有花纹,因此"文"字的产生可能与原始人的文身有关。东汉许慎《说文解字》释"文"为:"文,错画也,象交文。""文"是指由线条交错而形成的带有一种修饰性的形式符号。"文"的最初含义是指花纹、纹路,是一种装饰性的形式。人类"仰则观象于天,俯则观法于地"①,把自然对象外在的形式概括为"文"。进而由外在形式之"文"转向对形式规律性的认识,"文"由修饰之"文"转化为一种对规律的认识。《周易·系辞上》所说"参伍以变,错综其数,通其变,遂成天下之文"②。就是对修饰性的花纹、纹理之"文"规律性的认识。人类通过对宇宙天地、自然万物之"文"的观照,形成了"天文""地文"的概念,进而关照自身形成了"人文"的概念。《易经·贲·象》曰:"观乎天文,以察时变;观乎人文,以化成天下。"③这里"天文"的"文"取的是"线条""纹理"这一本义,而"人文"的"文"已是引申义,即"文华""文饰"。"文"的装饰作用产生美感,使"文"具有审美属性。《墨子·辞过》:"饰车以文采,饰舟以刻镂。"④《礼记·乐记》中:"文采节奏,声之饰也。""声成文,谓之音。""乐者,异文合爱者也。"⑤其中的"文"已具有了审美的属性。

从"天文"到"人文","文"的内涵和价值愈益丰富。"人文"的一个重要方

---

① 郭彧译注:《周易》,中华书局2006年版,第380页。
② 郭彧译注:《周易》,第369页。
③ 郭彧译注:《周易》,第117页。
④ 吴毓江撰,孙启治点校:《墨子校注》,中华书局1993年版,第47页。
⑤ [清]孙希旦撰:《礼记集解》,中华书局1989年版,第1006页。

面是人的"文饰",这主要指通过礼仪、言语所体现出来的"文化"修养,进而指文化。《礼记·表记》:"朴而无文。"①这是说纯朴无修饰之意。《左传·僖公二十四年》:"言,身之文也。"②人的"文饰"的主要表现是对"言"的"文饰"。《左传·襄公二十五年》记载孔子之言曰:"言之无文,行而不远。"③"文"是对"言"的一种修饰手段,通过"文"可提升"言"的效果。由对"言"的"文饰","文"进而作为对"君子"人格修养的要求和标准。《礼记·表记》亦云:"君子服其服,则文以君子之容;有其容,则文以君子之辞;遂其辞,则实以君子之德。"④《论语·泰伯》曰:"巍巍乎其有成功也,焕乎其有文章!"⑤用"文章"来形容杰出人格的形象光辉。《论语·宪问》曰:"文之以礼乐,亦可以成人矣。"⑥也是把礼乐等文化修养作为成就完美人格的重要手段和途径。《荀子·不苟》曰:"君子宽而不慢,廉而不刿,辩而不争,察而不激,寡立而不胜,坚强而不暴,柔从而不流,恭敬谨慎而容,夫是之谓至文。"⑦指明人格修养的最高境界是"至文"。这都是把"文"作为形成君子人格风范的重要内容和手段。

在先秦时期"文"还常用来概括具有明显人文色彩的、仪式化和秩序化的社会现象,即"文化"。从周初到春秋时代,文化思想逐渐形成,文的价值得到高度重视,文的内涵也逐步明确。《左传·昭公二十八年》:"经纬天地曰文。"⑧《论语·八佾》:"郁郁乎文哉,吾从周。"⑨《乐记》:"升降上下周还裼袭,礼之文也。"⑩这里的"文"都与礼乐制度有关,均是指文化。

"文"的内涵极为丰富。《国语·周语下》对文的内涵作了更详细的界定:

其行也文,能文则得天地……夫敬,文之恭也;忠,文之实也;信,文之

---

① [清]孙希旦撰:《礼记集解》,第1306页。
② 王守谦等译注:《左传全译》,贵州人民出版社1990年版,第302页。
③ 王守谦等译注:《左传全译》,第957页。
④ [清]孙希旦撰:《礼记集解》,第1306页。
⑤ 杨伯峻:《论语译注》,中华书局1958年版,第82页。
⑥ 杨伯峻:《论语译注》,第89页。
⑦ [清]王先谦撰:《荀子集解》,中华书局1988年版,第40页。
⑧ 王守谦等译注:《左传全译》,第1383页。
⑨ 杨伯峻:《论语译注》,第89页。
⑩ [清]孙希旦撰:《礼记集解》,第989页。

孚也;仁,文之爱也;义,文之制也;智,文之舆也;勇,文之帅也;教,文之施也;孝,文之本也;惠,文之慈也;让,文之材也……经之以天,纬之以地,经纬不爽,文之象也。文王质文,故天胙之以天下。①

可见,《国语》把学术与文学混论,文学还没有独立,"文"既包括现代意义的文学,也包括一切学术著作和知识学问,严格讲依然属于文化的范畴,还不是文学之"文"。《论语·先进》:"文学,子游、子夏。"②这是最早提到"文学"。《论语·公冶长》:"夫子之文章,可得而闻也。"③这里则提到"文章"。但这里的"文学"与"文章"都是指学术。刘师培说:"中国三代之时,以文物为文,以华靡为文,而礼乐法制,威仪文辞,亦莫不成为文章。推之以典籍为文,以文字为文,以言辞为文。"④先秦人从"文"又引申出了"文学""文章"的概念。这些早期对"文"的看法都是后来的"纯文学"观的滥觞。

通过对"文"的内涵梳理,可知,先秦时期"文"的概念极为宽泛,由"天文"到"人文","文"的意义更加丰富,从服饰雕刻、容言举止,到礼仪制度,再到语言文字、学术、文学。"文"是事物具有审美属性的文饰及文饰活动;"文"是人的内在修养的外在表现及行为;"文"是社会政治的外在表现,即"礼乐"文化;"文"是"文化"的表现形式"文学",即"文章""学术"。从文学的角度看,"文"是泛文学观念的反映,包含着人们对形式美的某些认识。

因此,对"文"我们主要从两方面去理解:一是由其本义纹理、花纹直接感受到的美,是多样而统一、变化而有序的形式,即形式美;二是由于"文"是事物外在的装饰,因而可将其引申为形式;形式的"文"是"美"的载体,而"美"则是其特质。从现代文学理论看,中国古典文学思想中,"文"作为"符号",其"能指"的范围极广,而其"所指"也在不断下移。"文"包括天文、地文、人文,其中人文的重要表现形态是文学,而文学的表现形式即是狭义的"文"。

---

① 黄永堂译注:《国语全译》,贵州人民出版社1995年版,第103页。
② 杨伯峻:《论语译注》,第109页。
③ 杨伯峻:《论语译注》,第45页。
④ 刘师培:《刘师培中古文学论集》,中国社会科学出版社1997年版,第235页。

二、"质"的内涵

"质"与"文"作为事物的本质可谓一体共存,但我们对它们的认识却是从"文"到"质",即从现象到本质,从形式到内容。因此,作为符号的"质"的产生远远晚于"文"。

与"文"相对,"质"既可以解释为未经加工的素材、质地,又可以解释为与形式相对应的内容。这是"质"的本义。许慎《说文解字》将"质"解释为"以物相赘",即抵押。因而"质"包含着相互关联的两层意思:一是抵押本身体现的特定社会关系的交往方式和活动。二是抵押的对象(器物或人)。如《左传·隐公三年》:"王贰于虢,郑伯怨王,王曰无之,故周郑交质。王子狐为质于郑,郑公子忽为质于周。"①"抵押"是对彼此真诚承诺的约束,由此"质"又可解作盟约或"贸易契券"。这样,"质"又有诚信、真实的含义。如《庄子·知北游》:"夫子之问也,固不及质。"②这里的"质"都是"诚""实"的意思。

在此基础上,产生了"质"的第二层含义。由"质"的实体性特质,进而演化出了"本体""性质""本质"这一抽象含义。《周易·系辞下》:"《易》之为书也,原始要终以为质也。"③《论语·卫灵公》:"君子义以为质,礼以行之。"④这两处"质"可释为"本体""本质"。

总之,"质"与"文"对举时,意义基本被界定为与"文"相应的两层含义:一是由未经加工的"素材""质地"扩展来的可与"华美"相对应的"质朴美";二是由"本体""实体""本质"之义引申来的与"形式"相对应的"内容"。文学理论中,"质"的内涵因时代不同而不同。纵观古代文学思想,"质"的所指主要包括:道、志、情、事、物、理、意等方面。因此,文学思想中的"质"主要是指与文学的形式相对应的内容,同时也指文学风貌中与"文华"相对应的"质朴"风格。

---

① 王守谦等译注:《左传全译》,第14页。
② [清]郭庆藩撰:《庄子集释》,中华书局2012年版,第745页。
③ 郭彧译注:《周易》,第397页。
④ 杨伯峻:《论语译注》,第164页。

三、文质论

在中国早期美学思想中，文质论是关于事物的内在本质与外在形态的理论，而在古典文学理论中则是对文学的内容与形式及二者关系的认识和看法。

孔子是古代文质论的奠基人。文质论的原型是孔子以"文质"论人的理论。孔子把"文""质"对举，作为对人的品质的界定和评价标准。孔子在《论语·雍也》中提出："质胜文则野，文胜质则史。文质彬彬，然后君子。"①"质"可理解为质朴、质实，"文"是指文华、文饰。"彬彬"指文质相称的状态。"文质彬彬"是要求"文"与"质"的"和谐""适中"，即文与质的平衡与协调。这是对古代人格典范"君子"提出的标准与要求。孔子的文质论虽然是论人，但其所蕴含的思想却具有普遍性，对文学审美产生了直接的启发。孔子的文质思想可以说是文学思想中文质论的雏形，为以后文质论的发展提出了基本的理论形态，影响深远。孔子的"文质彬彬"提出了"文"与"质"关系的理想形态，第一次把二者统一为一个整体。"'质'的状态具有充实的内在意义与价值，但又是质朴、单纯和粗略的，而'文'则指复杂而有条理的状态，同时又偏重于外在的形式、结构。"②孔子的文质观由于其丰富的文化意蕴和理论涵括性，对后世文学思想产生了巨大的影响。

随着社会文化的发展，"文"与"质"的内涵和外延逐渐发展演变，由最初的品评人物，逐渐转向了文学艺术，"文"与"质"很快成为古典文艺学领域的重要理论范畴。到汉代，文质论得到充分的诠释和发展。董仲舒在《春秋繁露·三代改制质文》中提出，"该言礼同而文质之相变也"，"王者以制，一商一夏，一质一文"，"质文代变，文质互救"③。董仲舒追求"质文两备"，同时也主张如果"俱不能备而偏行之，宁有质而无文"④。董仲舒的文质论是对社会发展的思考，但其中蕴含的文质思想对文学也具有指导价值，逐渐渗透到文学思想之

---

① 杨伯峻：《论语译注》，第60页。
② 阎步克：《"质文论"的文明进化观》，《文史知识》，2000年第5期，第19页。
③ 苏兴撰：《春秋繁露义证》，中华书局1992年版，第183页。
④ 《春秋繁露·玉杯》，苏兴撰：《春秋繁露义证》，第27页。

中。到西汉中叶,扬雄提出了"文质相副"的观点,文学领域的文质论开始发展。这样,随着时代和文学的发展,文质论经历了论人、论史到论文学的不断发展,从一个历史文化的范畴转向了文学批评。

文学理论视域的文质论具有丰富而深刻的理论内涵,其核心问题是"文"与"质"的关系问题。"文"与"质"的关系从性质上讲就是形式与内容,审美与功用、美与善的关系;从形态上讲,二者的关系主要呈现为"尚质""尚文""文质并重"几种形态。二者关系的理想形态则是"文质彬彬,尽善尽美",这是中国古代文学最典型的文学审美理想和标准。

第一,尚质论。在"文"与"质"之间,主张以"质"为主,以"文"为次,尚质轻文。道、法、墨诸家从不同的角度出发,都表现出了鲜明的重质倾向。他们认为,"质"是事物的根本所在,"质"作为事物的内在方面,决定着事物的属性和价值。同样,文学作品的思想内容同艺术形式相比,总是居于更重要的位置。"尚质"论强调作品内容的重要性,但过分强调"质"而忽视甚至否定"文"的意义和作用是失之偏颇的。

第二,尚文论。同"质"相比,"文"是"质"的载体,有着独特的功用和独立的价值。"文"与"质"相对应,是事物的一体两面,所谓"文犹质也,质犹文也"。"质"的表现和作品的传播都无法离开"文","文因质立,质资文宣"。孔子对"文"高度重视,提出了"辞欲巧""言之无文,行而不远""慎辞哉"等观点。"文"有相对的独立性,形式美是文学作品不可缺少的基本特质。"文"象征着人之精神文明和审美创造所达到的高度,尤其是文学作品的形式之美更是其本质所在。文学作品重文重采,肯定形式美,是文学发展的必然趋势,也是对文学本质属性的充分认可。

第三,"文质彬彬"论。对文质关系最基本、最普遍的看法,是文质并重,文质统一。"文质彬彬"说是文质统一观的最早命题,其合理之处在于它体现了一般事物的内在本质与外在形式不可分割、和谐统一的逻辑关系。"质"包蕴着"乐而不淫,哀而不伤""温柔敦厚"的情感尺度;"文"则侧重作品的形式美要素;"彬彬"则体现了对内容与形式"双美"效果的企慕。"文质彬彬"既反对重质轻文,又反对重文轻质,主张内容与形式完美结合。"文质彬彬"是儒家文学思想的重要原则之一,其内容与形式的完美结合成为贯穿两千余年古代文学理论史的最高标准。

总之,在中国古代文质论中,"质"是文学艺术的内容范畴,包括文学所表现的世界、作家的思想与情志、文本所表现的思想与情感;"文"是文学艺术的形式范畴,包括语言、体裁、规律、风格等,侧重艺术性;"文"与"质"的关系则表现为三种情况:质胜文(内容超过形式)、文胜质(形式超过内容)、文质相合(内容与形式统一)。从宏观方面看,古代"文质"论主要表现为两种思想倾向,一是重质轻文,否定文的价值;二是质文并重,主张文质统一。某一时代文质观的变化往往折射出该时代文学观的变化,也反映了其文学的整体风貌和水平。因此,文质论是对文学本体的最基本的思考,是关于文学的内容与形式及二者关系的理论。

第二节 文质论的理论源头

先秦两汉文质思想是唐代文质论的重要理论渊源,为唐代文质论提供了丰富的理论资源。在先秦时期,"文""质"观念萌芽,初步形成了"文质并重"的观念。这种观念在两汉时期进一步明确和完善,但文质思想总体上体现出"尚质"的思想倾向,强调文学的政治教化功能,形成了以儒家重质思想为核心的文学传统。

一、文质论的原型:先秦文质论

先秦时期是中国文化的发祥期,也是中国文学理论的萌芽与原创期。德国哲学家雅斯贝尔斯称之为世界文化发展的"轴心时代"。在这一时期,中国文化学术界出现了"百家争鸣"的繁盛局面,中国文化的基本观念初步形成,文学的基本观念也开始萌芽。在诸多文学观念中,文质论是其中一个重要的观念。在先秦各学派中,对中国文学思想产生了重要影响的是儒家和道家两大学派,它们都提出了自己的文质思想,形成了中国文学文质思想的基本观念,对中国文学观念和文学发展产生了巨大的影响。其他如墨家和法家也发表了自己对文质的看法,但影响不大。因此,对于先秦时期的文质思想,我们主要考察儒家和道家的文质思想。

(一)儒家的文质论

先秦儒家文质思想是以其政治文化思想为基础的。儒家在思想上提倡"仁",而在文化上提倡"礼"。如果说"仁"是内容,"礼"则是形式。"仁"和"礼"则构成了"质"与"文"的关系。因此,儒家义质思想主要是论述"仁"与"礼"的关系。

儒家文质论的奠基者是孔子。孔子生活在"礼崩乐坏"的春秋时代,其思想的核心是"仁"和"礼";仁是礼的内容,礼是仁的形式;仁是实质,礼是表现;二者互为表里。其文学观念也充分地凸显了这一思想,重视礼乐诗教,认为"兴于诗,立于礼,成于乐"①,提出诗可以"兴观群怨",充分肯定了文艺的价值和功能,尤其强调了文艺的政治社会作用。

从"仁"和"礼"的思想出发,孔子"崇质",重视文学艺术的思想内容,重视诗的教化功能,强调文学艺术的思想性和实用价值,认为"有德者必有言,有言者不必有德"②。孔子文质观之"质"有特定的内涵,其核心是"仁""义"。《论语·卫灵公》:"君子义以为质,礼以行之,逊以出之,信以成之。"③"义"即仁义,要求内容要"尽善"!君子当以仁义为质性,礼仪为文饰。孔子还提出了"绘事后素"的观点,主张先内容后形式。这体现了儒家质本文末的思想。孔子因重质,所以对"质"也做出了具体的规定,提倡"诗无邪",要求内容要"尽善",思想情感要"乐而不淫,哀而不伤"。

孔子的文质观"尚质",但并不"轻文"。孔子同样重视文的价值,强调文饰。孔子赞美西周"郁郁乎文哉"④,对尧发出"焕乎!其有文章"⑤的由衷赞

---

① 《论语·泰伯》,杨伯峻:《论语译注》,第80页。
② 《论语·宪问》,杨伯峻:《论语译注》,第144页。
③ 杨伯峻:《论语译注》,第164页。
④ 《论语·八佾》,杨伯峻:《论语译注》,第28页。
⑤ 《论语·泰伯》,杨伯峻:《论语译注》,第82页。

叹,表达了他对"文"的向往。孔子曰:"志有之,言以足志,文以足言;不言,谁知其志? 言之无文,行而不远。"①《论语·颜渊》又曰:"棘子成曰:君子质而已矣,何以文为! 子贡曰:惜乎! 夫子之说君子也,驷不及舌。文犹质也,质犹文也,虎豹之鞟犹犬羊之鞟。"②孔子充分肯定了"文"的重要性,要求"文"要"尽美"。

孔子最早把"文"和"质"放在一起论述,提出了"文质彬彬"的文质观。《论语·雍也》:"质胜文则野,文胜质则史。文质彬彬,然后君子。"③孔子把"文""质"对举,"文"指的是君子外在的文化素养和礼仪,"质"指的是君子内在的道德品质。"文质彬彬"提倡文质并重,要求内在的道德修养与外在的文化礼仪相对称,互相促进以成就一个真正的君子。孔子把"文""质"对举时,"质"具有了"内涵""本质""本体"等意义,而"文"则具有了"形式""表现"等意义。"质,作为本质、质地、实质等,是偏于内容方面的;但朴素、自然、本色的表现,则又属于形式的了。文,作为文采丽藻花饰,是偏于形式的……文与质有其同一性,不可偏废。"④因此,孔子认为文艺的美既包含内容美又包含了形式美,同时还包括文质美的结合方式。以此来论文,文质范畴也就关涉文学艺术的内容与形式问题,即内容与形式相统一,二者完美结合,文与质都要"尽善尽美","文质彬彬"也就成了一个经典的命题。

孔子虽然倡导"文质并重"的文质观,但"文"与"质"之间,孔子更看重"质"。孔子认为"言之无文,行而不远",但他又认为"巧言乱德""巧言令色,鲜以仁"⑤,提倡"辞达而已矣"⑥。孔子认为文辞的作用在于充分地表达内容,"文"为"质"用,对"文"偏重于"辞达",反对脱离内容片面追求华丽的形式。因此,孔子"尚文"的目的是为了"崇质",对形式美的价值认识还不够。

总之,孔子的文学思想以"仁"为内容,以"礼"为形式,强调文学为政治服

---

① 《左传·襄公二十五年》,王守谦等译注:《左传全译》,第 957 页。
② 杨伯峻:《论语译注》,第 124 页。
③ 杨伯峻:《论语译注》,第 60 页。
④ 顾易生、蒋凡:《中国文学批评通史》(一),上海古籍出版社 1996 年版,第 66 页。
⑤ 《论语·卫灵公》,杨伯峻:《论语译注》,第 165 页。
⑥ 《论语·卫灵公》,杨伯峻:《论语译注》,第 168 页。

务的功能,其文质观总体上要求文学的内容与形式"尽善尽美""文质彬彬",但在价值取向上,取"崇质"的立场。孔子的文质观是古典文学思想文质论的原型,构成了中国文学发展中重视文学的社会功能的文学传统,为后世文质论的发展提供了思想基础。

孔子之后孟轲对文质问题也有思考。孟子基本上继承了孔子的思想,主张"质本文末"。孟子提出"说诗者,不以文害辞,不以辞害志"①。这是从文学的角度提出对"文质"的看法,主张"文辞"要以"志"为本,"文"服从于"质"。他提出"充实之为美,充实而有光辉之为大"②,主张"质"的充实是"美"的前提,内容充实而形式美好才是"大美"。他还提出:"言近而指远者,善言也;守约而施博者,善道也"③,主张"文"要有"含蓄""简约"之美。因此,孟子也是主张文质统一,但强调形式要统一于内容。

儒家学派后期对文质论有所建树的思想家是荀子。孔子提出了儒家文质观的核心思想,荀子在此基础上进行了丰富和完善。荀子继承了孔子开创的儒家文学思想,又有所突破,其思想更为系统和深入。荀子秉持"明道""言志""抒情"相结合的文学观,重视礼乐之"文"与社会政治和伦理道德的关系,强调文学的社会政治和道德教化功能,在文质观上坚持文质并重、文质统一,最终把孔子开创的儒家文质观确定为文学思想的内核。

荀子思想的核心是"性恶论"。荀子认为"人之性恶,其善者伪也","性者本始材朴也,伪者纹理隆盛也,无伪则性不能自美"④,因此主张"化性起伪",通过后天对"伪"的改造和修缮使其"性"趋于"善",而改造人性的重要手段是"文"。他说:"乐者,圣人之所乐也,而可以善民心,其感人深,其移风易俗"⑤,"人之与文学也,犹玉之于琢磨也。"⑥因此,荀子非常重视"文"。但同时这也表明,荀子"尚文"是为了"尚质","文"不过是手段,"质"才是根本。由此,荀

---

① 《孟子·万章上》,金良年:《孟子译注》,上海古籍出版社2004年版,第199页。
② 《孟子·尽心下》,金良年:《孟子译注》,第306页。
③ 《孟子·尽心下》,金良年:《孟子译注》,第310页。
④ 《荀子·性恶》,[清]王先谦撰:《荀子集解》,第434页。
⑤ 《荀子·乐论》,[清]王先谦撰:《荀子集解》,第381页。
⑥ 《荀子·大略》,[清]王先谦撰:《荀子集解》,第508页。

子提出了自己的文质观。对于"质",荀子提出要"合先王""顺礼义""仁之中","凡言不合先王,不顺礼义,谓之奸言;虽辩,君子不听。"①即作品的情感与内容要"善"。而"文",即作品的形式要"美",提出"言语之美,穆穆皇皇"②。在文质关系上荀子主张"美善相乐"。他说:"文情貌用,相为内外表里"③,"文理繁,情用省,是礼之隆也。文理省,情用繁、是礼之杀也。文理情用,相为内外表里,并行而杂,是礼之中流也。"④"《诗》者,中声之所止也。"⑤要求内容与形式并重,文质要和谐统一。他提出"文而致实,博而党正"⑥,反对"文章匿而采"⑦,文质分离,以文害质,认为这是"乱世之征"。

荀子的"文道合一"文质观,完善了孔子开创的儒家文质论,确立了儒家文质观的正统地位,对后世的文质思想产生了重要的影响。

总之,先秦时期,以孔子为中心的儒家文质论,第一次把"文"与"质"这对范畴并举,探讨文学的内容与形式之关系,强调文质并重、二者协调统一,明确提出了"文质彬彬"的文质观。但儒家文质论强调"质"的主体地位,认为"质"决定"文","文"为"质"服务,认为文学创作的根本目的在于美刺教化,内容要以反映社会政治现实为主,作品所表现的情感要"乐而不淫,哀而不伤",这又使儒家文质论具有较强的实用色彩。先秦儒家文质论初步确立了儒家文质观的地位,形成了中国文质思想的基本思想,对历代文质论产生了重要的影响。

(二)道家的文质论

先秦以老子和庄子为代表的道家文学思想对中国文学思想的影响也极为深远。与儒家文质论从政治本位出发不同,道家文学思想强调"自然无为""法天贵真",以"自然"为最高审美典范,反对"人为"。

在文质思想上,道家重"质",而"质"的本质是"道",其审美属性是"自

---

① 《荀子·非相》,[清]王先谦撰:《荀子集解》,第72页。
② 《荀子·大略》,[清]王先谦撰:《荀子集解》,第494页。
③ 《荀子·大略》,[清]王先谦撰:《荀子集解》,第497页。
④ 《荀子·礼论》,[清]王先谦撰:《荀子集解》,第357页。
⑤ 《荀子·劝学》,[清]王先谦撰:《荀子集解》,第11页。
⑥ 《荀子·非相》,[清]王先谦撰:《荀子集解》,第88页。
⑦ 《荀子·乐论》,[清]王先谦撰:《荀子集解》,第385页。

然"。"道"作为最高的"存在"是内容与形式的统一,是"真、善、美"的绝对统一。道家认为最高最美的艺术就是摈除了"人为"的天然的艺术,艺术的最高境界就是"自然"。由"自然"的审美观念出发,道家文质论呈现出"重质轻文"的特质。道家反对"人为",反对后天之"文"。老庄认为"文"会破坏"质"。《庄子·缮性》:"文灭质,博溺心,然后民始惑乱,无以反其性情而复其初"①,文饰会破坏素质,博学会沉溺心灵,然后导致人民的迷乱,无法让他们返回恬淡的性情、恢复本初的自然之性。

老庄认为最高的美是自然的美,提倡一种素朴之美。而自然就是素朴,即不加"人为"的文饰,保持事物本来之质。老子提倡"见素抱朴"②,庄子主张"纯素"③。老庄还提倡真实之美。自然的另一层面就是真实,即剔除人为的伪饰,保持事物本真的面目。《庄子·渔父》曰:

> 真者,精诚之至也。不精不诚,不能动人。故强哭者虽悲不哀,强怒者虽严不威,强亲者虽笑不和。真悲无声而哀,真怒未发而威,真亲未笑而和。真在内者,神动于外,是所以贵真也……礼者,世俗之所为也。真者,所以受于天也,自然不可易也。故圣人法天贵真,不拘于俗。④

老庄提倡"法天贵真",反对"人为"的修饰,认为"真诚"的艺术才能感人,才是最美的艺术。从文质论的角度看,老庄非常重视艺术所表现的内容和情感的真实,同时也要求形式的真实,要求真与美的统一。

老庄的文质观还表现在言意关系上。从文质论的视角看,"言"对应"文","意"对应"质","言意"之辩实际上是"文质"之辩。庄子认为"言不尽意","语之所贵者,意也"⑤,"言者所以在意,得意而忘言"⑥,主张"得意忘言"。道家重意而轻言,体现了重质轻文的文质观。

---

① [清]郭庆藩撰:《庄子集释》,第552页。
② 《老子·第十九章》,陈鼓应著:《老子注译及评价》,中华书局1984年版,第134页。
③ 《庄子·刻意》,[清]郭庆藩撰:《庄子集释》,第546页。
④ [清]郭庆藩撰:《庄子集释》,第1026–1027页。
⑤ 《庄子·天道》,[清]郭庆藩撰:《庄子集释》,第492页。
⑥ 《庄子·外物》,[清]郭庆藩撰:《庄子集释》,第936页。

总之,道家文质论,以"道"为"质",以"真"为"美",以"自然"为最高文质审美范式,实现了内容与形式的统一,实现真与美的统一。道家以"自然"为核心的文质思想对中国以审美为本位的文学思想产生了深远影响,和儒家文质思想共同构成了中国文学文质思想的源头。

(三)墨家和法家的文质论

先秦时期,在儒家和道家文质思想外,墨家和法家的文质思想也具有代表性。墨家和法家持"尚质轻文"的文质观。

墨子的文学观"尚实""尚用",具有很强的功利主义色彩。墨子认为"食必常饱,然后求美;衣必常暖,然后求丽;居必常安,然后求乐。为可长,行可久,先质而后文,此圣人之务"①。在文质观上,墨子"尚用",针对儒家的礼乐思想,提出"非乐",主张"先质而后文",反对"以文害用",轻视"文"的价值。荀子批评墨子"蔽于用而不知文"②。郭绍虞先生对此有较透辟的论述:

> 墨家思想极端尚质,所以论文亦主应用。此虽有类于儒家之以善为鹄,而实则不同。儒家主非公利的尚用;墨家主功利的尚用。尚用而非功利的,故与尚文思想不相冲突;尚用而为功利的,则充其量非成为极端的尚质不可。③

墨子"尚质""尚用"的文质观是后世极端实用主义文学思想的滥觞。

法家的文质思想与墨家具有相同之处,也强调"质"的重要性。法家代表韩非在《五蠹》中提出:"工文学者非所用,用之则乱法。"④他在《亡征》中认为:"喜淫刑而不周于法,好辩说而不求其用,滥于文丽而不顾其功者,可亡也。"⑤因此,他主张"息文学而明法度"⑥。韩非坚持功利文学观,这种实用主义的文学思想反映在文质关系上,就是重质而不重文,重内容而轻形式,"好质而恶

---

① 《说苑·反质篇》,[汉]刘向撰,向宗鲁校证:《说苑校证》,中华书局1987年版,第516页。
② 《荀子·解蔽》,[清]王先谦撰:《荀子集解》,第392页。
③ 郭绍虞:《中国文学批评史》,百花文艺出版社1999年版,第29页。
④ [清]王先慎撰:《韩非子集解》,中华书局1998年版,第133页。
⑤ [清]王先慎撰:《韩非子集解》,第110页。
⑥ 《韩非子·八说》,[清]王先慎撰:《韩非子集解》,第425页。

饰"。韩非在《解老》篇中论述其文质关系曰:

> 礼为情貌者也,文为质饰者也。夫君子取情而去貌,好质而恶饰。夫恃貌而论情者,其情恶也;须饰而论质者,其质衰也。何以论之?和氏之璧不饰以五彩,隋侯之珠,不饰以银黄,其质至美,物不足以饰之。夫物之待饰而后行者,其质不美也。①

韩非认为"质""文"对立,"质"是首要的而"文"是"质"的附属物,是"滥于富丽"的"无用"之"饰"。"文"的存在会影响"质"的表现,"至美"之"质"不需要修饰。因此,韩非"好质而恶饰",在"质""文"之间重"质"轻"文"。

可见,韩非出于功利主义的考虑,认为只要重视"质",无须"文"的装饰,"好质而恶饰",重质弃文。韩非跟墨子一样,重视文学的内容而轻视形式的审美价值,割裂了"质"与"文"的统一性,甚至否定文的价值,具有很大的片面性。

综上所论,中国文质论的源头主要以先秦儒家和道家思想为主,二者共同形成了文质论的基本思想观念。在先秦文质论中,"文"与"质"已有较为明确的内涵,在文质关系上皆以"质"为体而"文"为用。儒家文质并重,主张文质统一;道家重道轻文,推崇"自然";而墨家和法家重质轻文,尚质、尚用。先秦文质论除道家的"自然"文质观具有文学本位的审美意味外,包括儒家在内的其余文质论都具有较强的政治文化色彩,注重"政教"而轻视"审美"。这说明在先秦时期,作为本体论意义的文学还没有获得独立的价值。尽管如此,先秦文质论为后世文质论提出了基本的理论观点,为后世文学思想提供了丰富的理论资源。总体上,儒家"文质彬彬"文质观为中国"政教"与"审美"并重的文学思想提供了理论依据;而道家崇尚"真"与"美"统一的文质观,则成为后世"审美"文学发展的理论渊薮。

二、文质论的发展:两汉文质论

两汉时期是中国文化与文学发展的重要时期。两汉文学在先秦文学的基础上继续发展,儒家、道家、法家文学思想在新的历史条件下都得到了发展。

---

① [清]王先慎撰:《韩非子集解》,第133页。

汉代儒家思想占统治地位,儒家文艺思想也成为正统的文艺思想。其强调文学的社会价值,尤其重视文学的政治教化功能,使先秦儒家"原道、征圣、宗经"文学观得到发展,文学的"诗教"传统确立。两汉时期,先秦道家文学思想也继续发展,并且提出了许多新的思想。总体而言,汉代文质论主要是先秦儒家和道家文质论的发展,而占主导地位的是重视文学的政教功能、以"诗教"为核心的儒家"文质并重"的文质观。

(一)西汉时期的文质论

西汉前期,适应政治统治的需要,在思想上儒家思想和道家思想并存,文学思想上儒道并用,文质观念也呈现出儒道杂糅的特色。

西汉前期刘安的《淮南子》充分表现了儒道杂糅的文质论特色。《淮南子》由淮南王刘安(前180—前123)主撰而成,《汉书·艺文志》将其归入杂家,但其"旨近老子,淡泊无为,蹈虚守静,出入经道……然其大较,归之于道"①。从总体思想看,《淮南子》受道家思想影响较深。《淮南子》的文质思想在继承老庄文质思想的基础上,吸收了儒家的文质思想,从而提出了一些新的看法,"在很大程度上对气象宏伟博大、质朴雄强的汉代艺术的一般特征做了美学的概括,很好地反映了汉代艺术所表现的时代精神。"②对于"文""质",《淮南子》继承了道家思想,以"自然"为美,反对过度的文饰。《淮南子·说林训》提出:"巧冶不能铸木,巧工不能斫金者,性自然也。白玉不琢,美珠不文,质有余也"③,认为"质"就是未经人为文饰的事物,这种"质"本身具有自然之美,具有不需要人为修饰的"文"。对此,《淮南子·诠言训》有更为全面和深入的阐释:

> 饰其外者伤其内,扶其情者害其神,见其文者蔽其质。无须臾忘为质者,必困于性,百步之中,不忘其容者,必累其形。故羽翼美者伤骨骸,枝叶美者害根茎,能两美者,天下无之也。④

《淮南子》认为过于注重外在的文饰必然会遮蔽和损害内在之质,无法做

---

① 高诱:《淮南叙目》,何宁撰:《淮南子集释》,中华书局1998年版,第4页。
② 李泽厚、刘纲纪:《中国美学史》(第一卷),中国社会科学出版社1984年版,第482页。
③ 何宁撰:《淮南子集释》,第1229-1230页。
④ 何宁撰:《淮南子集释》,第1021-1022页。

到文质兼顾。《淮南子》提出"文不胜质,之谓君子""至言不文"的观点,是典型的道家重质轻文的文质观。

但《淮南子》重"质"并非排斥"人为"。《淮南子》对于"文"的价值并非一概反对,其所反对的是不必要的、有害于"质"的文饰,而对于有益于"质"的文饰却是肯定的。《淮南子·缪称训》提出"锦绣登庙,贵文也,圭璋在前,尚质也。文不胜质之谓君子"①,倡导"文质并重"。这又体现出其对儒家文质思想的接受。

在文质关系上,《淮南子》提出了"必有其质,乃为之文"的观点。《淮南子·本经训》曰:

> 故钟鼓管箫,干戚羽旄,所以饰喜也;衰绖苴杖,哭踊有节,所以饰哀也;兵革羽旄,金鼓斧钺,所以饰怒也。必有其质,乃为之文。②

《淮南子》认为"质"本"文"末,"质"决定"文","文"表现"质",二者是形式与内容的关系。但其独特之处在于把"文质"关系从一般的形式与内容的关系转向了文学的"内容"与"形式",赋予了"文质"以具体的内涵。在此,"质"是"喜、怒、哀"等内在"情感","文"是外在的表现形式,即"辞采"。这种认识在文学观念的发展中无疑具有重要的意义。

《淮南子》提出了"文情理通"的文质观。《淮南子·缪称训》曰:

> 文者,所以接物也,情,系于中而发外者也。以文灭情则失情,以情灭文则失文。文情理通,则凤麟极矣,言至德之怀远也。③

认为"情"与"文"是相互依赖的,"文"是"情"的外化,"情"与"文"的关系即是"质"与"文"的关系,强调在重情的同时也要重文。"文情理通"则是主张形式与内容相符,认为情文和谐才是理想的文学。《淮南子》"文情理通"的文质观把"文质"问题转换为更具文学本体色彩的"文情"问题,强调了文学的"情感"特征和审美属性,指出了文学的本质特征,已隐含着"文"的自觉思想倾

---

① 何宁撰:《淮南子集释》,第715页。
② 何宁撰:《淮南子集释》,第599页。
③ 何宁撰:《淮南子集释》,第733页。

向。这是其文质论最具价值之所在。

总言之,《淮南子》的文质观融合了先秦儒道文质思想,提倡"必有其质,乃为之文",但又提倡"文情理通",体现了文质并重的文质观。

西汉到汉武帝时期,为统一思想,于建元元年采纳董仲舒的思想,"罢黜百家,独尊儒术",儒学一统天下,"经学"盛行,儒家文学思想也取得了先秦之后的大发展,文质论也得到进一步发展,儒家"宗经""明道"的文质思想进一步成熟。

董仲舒(前179—前104),广川郡(今河北省衡水市景县)人,西汉著名思想家。董仲舒的文艺思想主要表现为对儒家礼乐思想的深化和发展,高度重视文艺的教化功能。在文质思想上,董仲舒继承了儒家文质论"文质并重"的思想,明确提出"先质后文"的观点。他在《春秋繁露·玉杯》中说:"诗道志,故长于质"①,认为"质"的内涵是"志",强调"质"重于"文"。他对文质关系作了较为深入的论析。《玉杯》曰:

> 志为质,物为文。文著于质,质不居文,文安施质?质文两备,然后其礼成。文质偏行,不得有我尔之名。俱不能备而偏行之,宁有质而无文……《春秋》之序道也,先质而后文,右志而左物。②

认为"志为质","文"与"质"二者相互依赖,密不可分。在"文""质"不能两全的情况下,"先质后文","质"则必须要具备,强调"质"的重要性。这是对儒家文质并重思想的发挥。

扬雄(前53—18)是西汉后期文学家,儒家思想的继承者和发展者,著有《法言》和《太玄经》。其文学思想继承了荀子"明道、征圣、宗经"的文学思想。其文质观继承了先秦儒家"文质彬彬"的文质思想,强调文质并重,但偏于"质"。如《法言·修身》曰:"实无华则野,华无实则贾,华实副则礼。"③《太玄·文》曰:"大文弥朴,质有余也。"④《法言·吾子篇》曰:"君子事之为尚。事

---

① 苏兴撰:《春秋繁露义证》,第36页。
② 苏兴撰:《春秋繁露义证》,第27页。
③ 汪宝荣撰:《法言义疏》,中华书局1987年版,第97页。
④ [宋]司马光撰:《太玄集注》,中华书局1998年版,第98页。

胜辞则伉,辞胜事则赋,事、辞称则经。足言足容,德之藻矣。"①这里的"事""辞"指事理和文辞,即质和文。扬雄首先肯定了"事"重于"辞",即"质"重于"文",但同时又要求"事辞称",即文质相称。这些观点都主张文质并重。

扬雄认为"文"与"质"并存,互相依赖,不可或缺。有文有质,文质并存,是一种理想的文质关系。而"文质偏废""有质无文",或者"有文无质",并非理想的文质关系。扬雄认为"文"与"质"之间是一种动态关系,二者相互作用,相互显现。《太玄·文》曰:"阴敛其质,阳散其文,文质班班,万物粲然。"②《太玄·太玄莹》曰:"是故文以见乎质,辞以睹乎情,观其施辞,则其心之所欲者见矣。"③扬雄认为,文质的理想状态应该是"大文弥朴,质有余也",主张理想的"文"是外表很朴素(大文弥朴)但却能够最恰当地表现"质"的"文"。

扬雄第一次深入从文学意义上探讨文质问题,深化了先秦以来的儒家文质论,极具理论价值。

(二)东汉王充的文质论

东汉时期的著名思想家王充对文质问题也有较深入的思考。王充(27—约97),字仲任,会稽上虞(今属浙江)人,东汉唯物主义哲学家。其文学思想主要见于《论衡》。《论衡》的主旨是"疾虚妄",即"务实求真"。在文学思想上王充崇尚实用,主张文章当有补于世用,认为"为世用者,百篇无害;不为用者,一章无补"④,重视文学的社会作用。在文质思想上,王充"尚质",认为"笔墨之文,将而送之,岂徒雕文饰词,苟为华叶之言哉?"⑤反对华而不实、与世无补的作品。由此,王充继承了儒家"质本文末"思想,认为"质"是第一位的,"文"是第二位的,"质"决定"文",离开了"质","文"就无以附着。《论衡·超奇》曰:

有根株于下,有荣叶于上;有实核于内,有皮壳于外。文墨辞说,士之

---

① 汪宝荣撰:《法言义疏》,第60页。
② [宋]司马光撰:《太玄集注》,第97页。
③ [宋]司马光集注:《太玄集注》,第190页。
④ 《论衡·自纪》,黄晖撰:《论衡校释》,中华书局1990年版,第1202页。
⑤ 《论衡·超奇》,黄晖撰:《论衡校释》,第612页。

荣叶、皮壳也。实诚在胸臆,文墨著竹帛,外内里表,自相副称。义奋而笔纵,故文见而实露也。人之有文也,犹禽之有毛也。毛有五色,皆生于体。苟有文无实,是则五色之禽,毛妄生也。①

王充指出荣叶、皮表、羽毛、文墨等只不过是事物外在的表现形式,而根株、核实、肢体和士才是事物内在的本质。事物因有内在的本质和真实才会有外在美的表现,"实诚在胸臆"才能"文墨著竹帛","义奋"才会"笔纵",若"有文无实"则是"五色之禽,毛妄生也"。显然,王充认为内在的"质"决定外在的"文",二者互为表里、相辅相成。《论衡·正说》曰:"意异则文殊,事改则篇更"②,明确提出内容决定形式、形式服从内容的观点。这种思想继承了儒家的文质论传统,批评当时"天人感应""阴阳五行"等虚妄思想风气和重文轻质的形式主义风气,具有一定的现实意义。

在确立了"质"的本体地位后,王充也强调"文"的价值,认为"质"有赖于"文"。《论衡·书解》曰:"人无文则为仆人。""物以文为表,人以文为基。"③没有好的形式,内容就无从体现,完美的"质"有待优美的"文"来表达,强调了"文"的价值。

王充提出"夫人有文质乃成。物有华而不实,有实而不华者"④,"名实相副,犹文质相称也"⑤,"内外里表,自付相称"⑥的观点,主张作品应华实相符,辞情并茂,"文"与"质"要和谐统一。王充"文质相称"的文质观,既是对当时轻内容、重形式的文学风气纠偏,也是对当时文学发展的思考和总结,对后来的文学思想产生了积极而深远的影响。

(三)《乐记》《诗大序》对儒家文质论的总结

《乐记》是儒家乐论的总结,其中的艺术思想也具有文质论的属性。"乐"属"声文",因此也属于"文"的范畴。《乐记》认为,"凡音者,生人心者也。情

---

① 黄晖撰:《论衡校释》,第609页。
② 黄晖撰:《论衡校释》,第1131页。
③ 黄晖撰:《论衡校释》,第1150页。
④ 《论衡·书解》,黄晖撰:《论衡校释》,第1149页。
⑤ 《论衡·感类》,黄晖撰:《论衡校释》,第794页。
⑥ 《论衡·超奇》,黄晖撰:《论衡校释》,第609页。

动于中,故形于声;声成文,谓之音。"①"诗言其志也……是故情深而文明,气盛而化神,和顺集于中而英华发外。"②《乐记》提出了"文"与"情","诗"与"志"的关系,其实质是"文质"关系,是内容与形式的关系。《乐记》主张"德音之谓乐""乐者德之华也"③,则是以"德"为质,以"乐"为"文",提出了"以德为本"的文质观。《乐记》还提出:"是故治世之音安以乐,其政和;乱世之音怨以怒,其政乖;亡国之音哀以思,其民困;声音之道与政通矣。"④这是以"政"为"质",以"音"为"文",以"声音"作为"政治"的表现,认为二者在本质上是统一的。《乐记》虽以音乐为对象,但其思想却是在论述艺术的内容与形式的关系,因此也具有文质论的意味。

  《诗大序》是汉代《诗经》研究的理论成果,是儒家诗学思想的总结。其对儒家诗学文质观也做了理论总结,具有极高的理论价值。《诗大序》提出:"诗者,志之所之也,在心为志,发言为诗。情动于中而形于言。"⑤这是以"情志"为"质"的诗歌本体论。这种诗学观认为"诗"(文)是"情志"的表现,"情志"在"先",而"诗"在后,"诗"(文)是"情志"(质)的表现形式。而对于"情志"则又提出了"止乎礼义"的要求,使"情志"之"质"被儒家的"礼义"所规约,使其具有"道德"教化的内涵。因此,"发乎情,止乎礼义"是儒家文质观对"质"的内涵的明确规定。《诗大序》还提出了"六义"说。"风,风也,教也;风以动之,教以化之。"⑥"以一国之事,系一人之本,谓之风。言天下之事,形四方之风,为之雅。雅者,正也,言王政之所由废兴也。政有大小,故有小雅焉,有大雅焉。颂者,美圣德之形容,以告神明者也。"⑦"风""雅""颂"这三种不同的"文"是不同的"质"的表现形式,因表现的"质"不同,所以形成了三种不同的诗体。这说明不同的"质"具有不同的"文"。这从文学本体的角度规定了

---

① [清]孙希旦撰:《礼记集解》,第978页。
② [清]孙希旦撰:《礼记集解》,第1006页。
③ [清]孙希旦撰:《礼记集解》,第1006页。
④ [清]孙希旦撰:《礼记集解》,第978页。
⑤ 李学勤:《十三经注疏·毛诗正义》,北京大学出版社1999年版,第6页。
⑥ 李学勤:《十三经注疏·毛诗正义》,第6页。
⑦ 李学勤:《十三经注疏·毛诗正义》,第16页。

"文质"的关系,标志着儒家"风雅"文质观的形成,是儒家文质论的巨大发展。

综上所论,汉代在思想上"独尊儒术",儒家文学思想占正统地位,重视文学的政教功能,"诗教"传统得以确立。相应地,汉代文质思想也继承发展了先秦儒家文质并重的思想,强调文质统一。但其依然"尚用""崇质",重视文学的政治教化功能,重视文学内容之"雅正",强调形式为内容服务。另一方面,随着文学自身的发展,汉代文学观念也在发生变化,对文学本质的追求逐渐凸显,注重文学的"情感"特征和审美属性,文学审美意识逐渐萌生。文质观念出现新变,"质"的内涵从"志"逐渐转换为"情志","文"的自觉意识不断增强,追求丽辞、追求唯美,使文学风貌呈现出"尚文"的趋势。总之,汉代文质论最终确立了儒家文质观在中国文学发展中的正统地位,是对先秦儒家文质论的发展和深化。

第三节 文质论的转型发展

魏晋南北朝时期,玄学兴起,儒家经学的桎梏被打破,文学的发展开始走向自觉,新的文学精神和审美追求萌生。宗白华先生将魏晋六朝称为"精神史上极自由、极解放,最富于智慧、最浓于热情的一个时代。因此也就是最富有艺术精神的一个时代"①。随着"人的觉醒"和"文的自觉",人们对文学的本质有了新的认识,文学观念得到发展,文学思想表现出浓郁的重抒情、重个性的倾向,尤其对文学审美特性的追求成为一种自觉。在这种文学发展背景下,文学的本体从内容到形式都发生了变化,文学之"质"从"志"转化为"情","文"从"温柔敦厚"转向了"绮靡",总体上呈现出"尚文"的文学发展态势,中国文学重审美的文学传统得到了进一步发展。

---

① 宗白华:《美学散步》,上海人民出版社2000年版,第208页。

一、魏晋时期的文质论

（一）曹丕、曹植的文质思想

汉末"清议"之风较炙，文学内容囿于儒家"礼教"思想，文风虚浮。曹魏时期，出于现实政治的需要，针对文风流弊，曹操提倡"清俊、通脱"的文风。沈约《谢灵运传论》曰："至于建安，曹氏基命，二祖、陈王，咸蓄盛藻。甫乃以情纬文，以文被质。"①"以情纬文，以文被质"是沈约对这一时期文学文质风貌的高度概括。曹魏时期在理论上对文质问题有所探讨的是曹丕和曹植。

曹丕（187—226），字子桓，沛国谯（今安徽省亳州市）人，三国时期著名的政治家、文学家。曹丕在《典论·论文》中提出了新的文学观，标志着"文的自觉"时代的到来。曹丕提出："盖文章，经国之大业，不朽之盛事。"②初步把文学从经学中分离开来，赋予文学以本体地位。曹丕提出了"文以气为主"③的文学观，这也是对其文质观的高度概括。曹丕以"气"为"质"，把"个人的性情与气质"作为文学作品的内容，提倡一种刚健有力的情感和文风，是对文质论的新发展。这是古典文学理论中"文气"说文质观的正式提出，影响深远。此外，曹丕还提出："夫文本同而末异，盖奏议宜雅，书论宜理，铭诔尚实，诗赋欲丽。"④"本"指文章的本质，即以语言文字为载体的思想内容；而"末"则指文章的具体表现形式。曹丕认为，文的本质，即内容是一样的，但其表现形式却是不同的；不同文体因内容不同，表现形式也就不同。因此，他把文章分为"四科八体"，提出了"雅""理""实""丽"四种"文"（表现形式）的标准和要求，赋予了传统文质论之"文"新的内涵。这是从文体的视角思考了不同文体的文质特征，把文质的研究推进到了一个新的层面。

更为重要的是，曹丕把"诗赋"从其他文体中区别出来，提出了"诗赋欲丽"的观点，把"诗赋"的特质概括为"丽"，突出了文学追求形式华丽的审美特点，

---

① ［梁］沈约：《宋书》，中华书局1974年版，第1778页。
② ［魏］曹丕：《典论·论文》，穆克宏主编：《魏晋南北朝文论全编》，上海远东出版社2012年版，第12-13页。
③ ［魏］曹丕：《典论·论文》，穆克宏主编：《魏晋南北朝文论全编》，第12-13页。
④ ［魏］曹丕：《典论·论文》，穆克宏主编：《魏晋南北朝文论全编》，第12-13页。

彰显了对艺术形式和审美价值的追求。曹丕的"欲丽"思想超越了扬雄"诗人之赋丽以则"的观念,是陆机"诗缘情而绮靡"的前奏,凸显了"尚文"的文质追求。

因此,曹丕文质并重,内容上强调"文以气为主",提倡"壮盛慷慨"的思想情感;形式上"诗赋欲丽",重视对形式之美的追求,是对儒家"文质彬彬"文质观的突破,体现了"文学自觉"的时代精神。

曹植(192—232),字子建,沛国谯(今安徽省亳州市)人,三国时期著名文学家。曹植的文质思想主要见于《与杨德祖书》一文。其诗歌创作的审美追求反映了其文质思想。作为建安文学的代表,曹植把五言诗的地位提升到了空前的高度,其诗歌创作也典型地体现了建安文学的审美特征。曹植在《前录叙》中对自己的审美标准做了形象的描述:"俨乎若高山,勃乎若浮云。质素也如秋蓬,摛藻也如春葩。氾乎洋洋,光乎浩浩,与《雅》《颂》争流可也。"①曹植在此表达了一种文质并重的审美理想。钟嵘评价曹植诗歌风貌曰:"其源出于《国风》。骨气奇高,辞采华茂。情兼雅怨,体被文质。粲溢古今,卓尔不群。"②这是对曹植创作文质特征的精辟概括,也是对其文质思想的最佳表述。曹植在创作上文质并重,在内容上追求"情兼雅怨",在形式上追求"辞采华茂",文质结合,形成一种"骨气奇高"、刚健明朗、质朴劲健的审美风格,即所谓"建安风骨"。总之,曹植诗歌创作对"骨力"和"华茂辞采"的追求是对曹丕的"诗赋欲丽"主张的实践。

曹丕、曹植的文质思想整体上体现了建安时期文学"文质并重"而又"尚辞采"、求华美的"尚文"文学风尚,预示了此后文学文质嬗变的走向。

(二)陆机的文质思想

东晋时期,陆机对文质论又有新的贡献。陆机(261—303),字士衡,吴郡吴县(今江苏苏州)人,西晋著名文学家。陆机天才秀逸,诗作重藻绘排偶;骈文亦佳,辞藻宏达佳丽。其与弟陆云合称"二陆",被誉为"太康之英"。陆机在思想上儒道结合,在《文赋》中系统阐发了其诗学思想,提出了新的文质观。

---

① 穆克宏主编:《魏晋南北朝文论全编》,第25页。
② [梁]钟嵘:《诗品》,上海世纪出版集团2007年版,第21页。

《文赋》着重探讨文学创作的内部规律,认为时人的创作中存在"意不称物,文不逮意"的普遍现象。因而,陆机提出了"文逮意"的观点,要求形式能充分地表现内容。这体现了陆机文质并重、文质统一的文质思想。

陆机还从文体的角度探讨文质问题,对不同的文体提出了不同的文质标准。《文赋》曰:

> 诗缘情而绮靡,赋体物而浏亮。碑披文以相质,诔缠绵而凄怆。铭博约而温润,箴顿挫而清壮。颂优游以彬蔚,论精微而朗畅。奏平彻以闲雅,说炜晔而谲诳。①

陆机对十类文体的不同文质特征做了高度的概括,既有对内容的分析,又有对形式的探讨。这是对曹丕文体思想的进一步深化。

陆机文质思想最重要的成就是第一次提出了"诗缘情而绮靡"这一新的诗学命题。陆机在先秦两汉"诗言志"之后提出了"诗缘情"的诗学观,可以说是古典文学观念的一次"范式"革命。陆机认为,"情"是诗的内在依据和本质,"绮靡"是"情"的表现形态;在文质关系上"情"是根本,"绮靡"则侧重于表现形式,前者决定后者。这样,文学的内容从"志"转向了"情";表现形式以"绮靡"为标准,追求"藻思绮合,清丽千眠。炳若缛绣,凄若繁弦"②的华丽繁缛之美。胡应麟曾言:"'诗缘情而绮靡',六朝之诗所有出也。"③这指出陆机"缘情绮靡"是六朝诗歌创作的理论依据。

对文质关系,陆机还提倡"理扶质以立干,文垂条而结繁"④,以内容为主干,以文辞为枝叶,主张内容与形式统一,提倡文质并茂。他还提出"辞达而理举""言恢之而弥广,思按之而愈深"⑤"辞程才以效伎,意思契而为匠"⑥"选义按部,考辞就班"⑦等观点,将理、思、义、情等表现内容的概念和文、辞、言等表

---

① [晋]陆机著,张少康集释:《文赋集释》,人民文学出版社2002年版,第99页。
② [晋]陆机著,张少康集释:《文赋集释》,第145页。
③ [明]胡应麟:《诗薮·外编》,第146页。
④ [晋]陆机著,张少康集释:《文赋集释》,第60页。
⑤ [晋]陆机著,张少康集释:《文赋集释》,第89页。
⑥ [晋]陆机著,张少康集释:《文赋集释》,第99页。
⑦ [晋]陆机著,张少康集释:《文赋集释》,第60页。

现形式的概念对举,从不同的角度和层面解析文质关系,主张不同的内容要用不同的表达形式。陆机提出"其会意也尚巧,其遣言也贵妍。暨音声之迭代,若五色之相宣"①。陆机认为美文的标志是内容要"尚巧",形式要"贵妍","意"与"言"要完美统一,而辞采、韵律艳美,文情并茂。而文质不符之作,如"或辞害而理比,或言顺而意烦""或文繁理富,而意不指适"②"言寡情而鲜爱,辞浮飘而不归""混妍蚩而成体,累良质而为瑕"③均无所可取。

总言之,陆机的文质思想儒道合流,突破了儒家"发乎情,止乎礼义"的文质观念,揭示了文学艺术特征和内在规律,是"文的自觉"的进一步发展。

陆机之弟陆云(262—303)也发表了对文质问题的看法。刘勰曾评论说:"士龙思劣,而雅好清省。"④陆云《与兄平原书》曰:"云今意视文,乃好清省,欲无以尚,意之至此,乃出自然。"⑤他认为文辞不宜冗繁,要出于自然,提倡具有"深情远旨""清新相接"的"清美"之作。对于文质关系,陆云主张"附情而言",先情后辞,情感与文辞相符。陆云"文贵清省"文质观是后世"清新自然"文质思想的先河。

(三)葛洪的文质思想

葛洪(284—364),字稚川,自号抱朴子,丹阳郡(今江苏句容)人,东晋思想家,著有《抱朴子》。葛洪的文艺思想儒道结合,继承了曹丕、陆机的文质思想。葛洪认为,"夫制器者珍于周急,而不以采饰外形为善;立言者贵于助教,而不以偶俗集誉为高"⑥,强调"文贵致用"。这是对儒家重质思想的继承。葛洪也非常重视"文"的价值,认为"文可废而道未行,则不得无文"⑦。他主张"文贵

---

① [晋]陆机著,张少康集释:《文赋集释》,第132页。
② [晋]陆机著,张少康集释:《文赋集释》,第145页。
③ [晋]陆机著,张少康集释:《文赋集释》,第183页。
④ 《文心雕龙·熔裁》,[晋]刘勰著,范文澜注:《文心雕龙注》,人民文学出版社1962年版,第544页。
⑤ 穆克宏主编:《魏晋南北朝文论全编》,第56—66页。
⑥ 《抱朴子外篇·应嘲》,杨明照撰:《抱朴子外篇校笺》(下),中华书局1997年版,第414页。
⑦ 《抱朴子外篇·文行》,杨明照撰:《抱朴子外篇校笺》(下),第445页。

丰赡"①,提倡繁富奥博之文,讲究华艳雕饰。葛洪还提出"古者事事醇素,今则莫不雕饰,时移世改,理自然也"②。他认为文学发展从质朴到华丽是必然的趋势,但反对"徒弄华藻",反对"治靡丽虚言之美"。《应嘲》曰:

> 著书者徒弄华藻,张磔迂阔,属难验无益之辞,治靡丽虚言之美……适足示巧表奇以诳俗,何异乎画敖仓以救饥,仰天汉以解渴。③

这是对曹丕之"丽"、陆机之"绮靡"的反思。

在文质关系上,葛洪认为"质"需要"文饰",认为美是不同构成因素的和谐统一,"非和弗美"。他说:"五色聚而锦绣丽,八音协而箫绍美"④,"清音贵于雅韵克协,著作珍于判文析理。故八音形器异而钟律同,黼黻文物殊而五色均。"⑤而这种"和谐之美"需要后天的加工。"故瑶华不琢,则耀夜之景不发;丹青不治,则钝钩之劲不就。火则不钻不生,不扇不炽;水则不决不流,不积不深。故质虽在我,而成之由彼也。"⑥可见,葛洪的文质思想进一步拓展了曹丕、陆机等的文质思想。

二、南北朝时期的文质论

始于魏晋的"文的自觉"意识,到南北朝时期得到极大发展,对文学本体的探讨成为一种理论自觉,文质论也成为这一时期文学思想关注的重要问题。南北朝文质论开始转向对文学本体的探讨,注重文学的内在规律,是文质论深入发展时期。沈约、"四萧"、裴子野、颜之推、钟嵘、刘勰等人都对文质论问题做了深入探讨。

(一)沈约的文质思想

沈约(441—513),字休文,吴兴武康(今浙江湖州德清)人,南朝史学家、文

---

① 《抱朴子外篇·辞义》,杨明照撰:《抱朴子外篇校笺》(下),第397页。
② 《抱朴子外篇·喻蔽》,杨明照撰:《抱朴子外篇校笺》(下),第77页。
③ 杨明照撰:《抱朴子外篇校笺》(下),第416页。
④ [晋]葛洪:《抱朴子外篇·喻蔽》,杨明照撰:《抱朴子外篇校笺》(下),第433页。
⑤ [晋]葛洪:《抱朴子外篇·辞义》,杨明照撰:《抱朴子外篇校笺》(下),第393页。
⑥ [晋]葛洪:《抱朴子外篇·勖学》,杨明照撰:《抱朴子外篇校笺》(上),中华书局1991年版,第114页。

学家,齐梁时代文坛领袖。沈约在《谢灵运传论》中表达了对文质问题的看法。沈约认为"民禀天地之灵,含五常之德,刚柔迭用,喜愠分情。夫志动于中,则歌咏外发,六义所因,四始攸系"①。他认为文学是人的自然本性,是"情志"的"外发"。沈约把"情志"看作儒家"政教"文质观的"六义""四始"之"因",打破了儒家文学观,凸显了文学的独立特性。在文质关系上,沈约提出了"以情纬文,以文被质"②的思想。"以情纬文"即根据作者感情来组织文辞。"以文被质"即运用华美的文表现"质"。沈约的文质观显示出他对文学艺术维度的偏爱。这种偏爱还表现在他对前代作家的评价中。如赞扬屈原、宋玉、贾谊、相如是"英辞润金石,高义薄云天"③,评价王褒、刘向、扬雄等人的作品"清辞丽句"④,评价潘岳、陆机的创作"缛旨星稠,繁文绮合"⑤。这些评价都体现了沈约对"文华"之美的推崇。基于崇尚"文华"的审美旨趣,沈约特别重视诗歌的声律之美,认为"夫五色相宣,八音协畅,由乎玄黄律吕,各适物宜。若使宫羽相变,低昂互节,若前有浮声,后须切响。一简之内,音韵尽殊;两句之中轻重悉异,妙达此旨,始可言文"⑥。这是对语言之音乐美,即"声文"的追求。进而,他提出了诗歌的"四声八病"说。《南史·陆厥传》曰:

> 时盛为文章,吴兴沈约、陈郡谢朓、琅琊王融以气类相推毂,汝南周颙善识声韵。约等文皆用宫商,将平上去入四声,以此制韵,有平头、上尾、蜂腰、鹤膝。五字之中,音韵悉异,两句之内,角征不同,不可增减。世呼为"永明体"。⑦

沈约的"四声八病"说,奠定了中国诗歌的格律理论,为唐代近体诗的繁荣奠定了基础。总之,沈约的文质思想,以"情志"为文学之"本",以文采声韵之美为文学的特质,以文学艺术性为文学观的核心,是文质论的重要发展。

---

① [梁]沈约:《宋书·谢灵运传论》,第1778页。
② [梁]沈约:《宋书·谢灵运传论》,第1778页。
③ [梁]沈约:《宋书·谢灵运传论》,第1778页。
④ [梁]沈约:《宋书·谢灵运传论》,第1778页。
⑤ [梁]沈约:《宋书·谢灵运传论》,第1778页。
⑥ [梁]沈约:《宋书·谢灵运传论》,第1779页。
⑦ [唐]李延寿:《南史·陆厥传》,中华书局1975年版,第1195页。

(二)"四萧"的文质思想

继承沈约的文学思想,凸显文学本体色彩的还有萧子显、萧统、萧纲和萧绎等的文质思想。他们的文质思想都具有较强的文学自觉意识,注重文学的艺术特性,具有"为艺术而艺术"的唯美色彩。

萧子显(489—537),字景阳,梁南兰陵(今江苏常州)人,南朝梁朝史学家、文学家。其主要著作有《南齐书》。萧子显在《南齐书·文学传论》中提出:"文学者,盖性情之风标,神明之律吕也。蕴思含毫,游心内运,放言落纸,气韵天成。莫不禀以生灵,迁乎爱嗜,机见殊门,常悟纷杂。"①同沈约相似,萧子显也主张文学是"情性"之表现。他认为文学是"性情"的"风标",文学的风格因作者个性不同而丰富多彩。以此为据,萧子显对当下的文学进行分体批评:

> 今之文章,作者虽众,总而为论,略有三体。一则启心闲绎,托辞华旷,虽存巧绮,终致迂回。宜登公宴,本非准的。而疏慢阐缓,膏肓之病,典正可采,酷不入情。此体之源,出灵运而成也。次则缉事比类,非对不发,博物可嘉,职成拘制。或全借古语,用申今情,崎岖牵引,直为偶说。唯睹事例,顿失清采。此则傅咸五经,应璩指事,虽不全似,可以类从。次则发唱惊挺,操调险急,雕藻淫艳,倾炫心魂。亦犹五色之有红紫,八音之有郑、卫。②

萧子显以"性情"为标准,将当代的文学创作分为三类进行评价,指出了各自的创作特色、利弊和渊源。但认为此三类作品均非文质俱美之作。在此基础上,他提出了自己的文质审美理想:

> 言尚易了,文憎过意,吐石含金,滋润婉切。杂以风谣,轻唇利吻,不雅不俗,独中胸怀。轮扁斫轮,言之未尽,文人谈士,罕或兼工。非唯识有不周,道实相妨。谈家所习,理胜其辞,就此求文,终然翳夺。故兼之者鲜矣。③

---

① [梁]萧子显:《南齐书·文学传论》,中华书局1972年版,第907页。
② [梁]萧子显:《南齐书·文学传论》,第907页。
③ [梁]萧子显:《南齐书·文学传论》,第908页。

萧子显主张,作文情感要真切,言辞要平易自然,"言"与"意"要相恰,做到文质相兼。显然,萧子显提倡文质统一,文质并茂。

萧统(501—531),字德施,小字维摩,南朝梁代文学家,南兰陵(祖籍江苏丹阳)人,梁武帝萧衍长子,后世又称"昭明太子"。萧统对文学颇有研究,召集文人学士,广集古今书籍三万卷,编集成《文选》三十卷,又称《昭明文选》。《昭明文选》以"事出于沉思,义归乎翰藻"的选文准则,选辑先秦至梁以前800年间的诗文作品七百多篇,对后世有较大影响。

萧统认为"诗者,盖志之所之也,情动于中而形于言"①。主张"情志"是文学的根本,"言"(文)是"情志"的表现。在文质思想上,萧统主张文质兼备,提倡"文质彬彬"。《答湘东王书》曰:"夫文典而累野,丽则伤浮,能丽而不浮,典而不野,文质彬彬,有君子之致。"②这是萧统向往的为文之最高境界,集中体现了他的文质理想。萧统力图在文质之间寻求平衡,提倡"文质彬彬",但又重"文",提倡"丽",要求文学形式的清丽、华美。萧统对"丽"的追求集中体现在《文选》的选辑标准上。《文选》选文以"综辑辞采""错比文华"为审美标准,突出文学的声律美和辞藻美,崇尚"典而丽"之作。《文选序》曰:"若夫椎轮为大辂之始,大辂宁有椎轮之质?增冰为积水所成,积水曾微增冰之凛,何哉?盖踵其事而增华,变其本而加厉;物既有之,文亦宜然;随时变改,难可详悉。"③萧统认为文学的发展是"踵事增华""变本加厉",提倡文学的新变。萧统的文质思想也表现在其创作上。刘孝绰《昭明太子集序》云:"深乎文者,兼而善之,能使典而不野,远而不放,丽而不淫,约而不俭,独善众美,斯文在斯。"④这是对萧统文质思想的极好印证。

萧纲(503—551),字世缵,南兰陵(今江苏武进)人,梁武帝萧衍第三子,萧统之弟,梁简文帝、文学家。萧纲的诗作因其"伤于轻靡"的创作风格被称为"宫体"诗。萧纲的文学思想具有两面性,一方面认为"不为壮夫,扬雄实小言

---

① [梁]萧统:《文选序》,穆克宏主编:《魏晋南北朝文论全编》,第453页。
② 穆克宏主编:《魏晋南北朝文论全编》,第456页。
③ 穆克宏主编:《魏晋南北朝文论全编》,第452页。
④ 穆克宏主编:《魏晋南北朝文论全编》,第467页。

破道;非谓君子,曹植亦小辩破言。论之刑科,罪在不赦"①,强调文学要符合"礼义教化";另一方面则畅言"立身之道与文章异,立身先须谨重,文章且须放荡"②,主张文学与教化分离,以"吟咏情性"为主,"放荡"为"文"。这种文质观表现在其创作上,就是"伤于轻艳,当时号曰'宫体'"③的诗歌创作。他的诗歌创作追求文华藻饰,鄙弃质朴无华,将文学的"丽靡"特质张扬到极致。他批评裴子野的创作"了无篇什之美",认为其诗"质不宜慕"④。由此可见,萧纲在文质观念上也是以文学为本位,提倡"性情卓绝,新致英奇"⑤之作,重视文学的审美属性。萧纲崇"文"弃"质",追求新变,倡导绮艳丽靡文风,代表梁中后期文风的潮流所向。

萧绎(508—555),字世诚,小字七符,自号金楼子,南兰陵(今江苏武进)人,梁武帝萧衍第七子,梁简文帝萧纲之弟,有文学才华,著有《金楼子》。《梁书·元帝本记》称赞他:"既长好学,博综群书,下笔成章,出言为论,才辩敏速,冠绝一时。"⑥萧绎的思想儒道杂糅,在文质观方面主张文质兼备,但又主张新变,偏重于追求绮艳华靡。《内典碑铭集林序》称:

> 夫世代亟改,论文之理非一;时事推移,属词之体或异。但繁则伤弱,率则恨省,存华则失体,从实则无味。或引事虽博,其意犹同;或新意虽奇,无所倚约。或首尾伦帖,事似牵课;或翻覆博涉,体裁不工。能使艳而不华,质而不野;博而不繁,省而不率;文而有质,约而能润;事随意转,理逐言深,所谓菁华,无以间也。⑦

萧绎认为文风随时代的推移而变化,文章"存华则失体,从实则无味",即过于华艳,会与应有的体制风格不符;而过于质实,则又会变得没有滋味。因此他提出了"文而有质""艳而不华""质而不野"的文质观,以"文""质"的和

---

① [梁]萧纲:《答张缵谢示集书》,穆克宏主编:《魏晋南北朝文论全编》,第469页。
② [梁]萧纲:《诫当阳公大心书》,穆克宏主编:《魏晋南北朝文论全编》,第468页。
③ [唐]姚思廉:《梁书·简文帝本纪》,中华书局1973年版,第109页。
④ [梁]萧纲:《与湘东王书》,穆克宏主编:《魏晋南北朝文论全编》,第472页。
⑤ [梁]萧纲:《答新渝侯和诗书》,穆克宏主编:《魏晋南北朝文论全编》,第470页。
⑥ [梁]姚思廉:《梁书·元帝本纪》,中华书局1973年版,第135页。
⑦ 穆克宏主编:《魏晋南北朝文论全编》,第478页。

谐统一为追求的终极目标,这是对孔子"文质彬彬"论的具体阐发。萧绎还在《金楼子·立言》中总结了他对文质的看法。他说:"至于文者,唯须绮縠纷披,宫征靡曼,唇吻遒会,情灵摇荡。"①他认为文学作品需要文采繁富,音韵谐美,情感激荡。以情感和文采为文学的特征,凸显了其理论的文学本体色彩。

总之,南朝"萧氏"文学集团的文质思想具有浓郁的文学本体色彩,"质"的内涵从儒家之"道"转向了"情性",对"文"则更注重形式之美;"四萧"提倡"文质彬彬",但强调"文而有质",即在讲求藻采、斟酌声律的同时,又要注意传达"意"和"理","文"与"质"的地位发生了微妙变化,文学的形式要素被摆在了重要位置,"彬彬"的侧重点转向"文"。萧氏的文质思想赋予"文质彬彬"新的内涵,有利于文学审美特性的独立发展,是文学走向"自觉"的表征。

(三)裴子野与颜之推的文质思想

与萧氏代表的审美文质论不同,裴子野则以重质为主,是萧氏"竞丽"一派的对立面。裴子野(469—530),字几原,河东闻喜(今山西闻喜县)人,南朝著名史学家、文学家,著有《雕虫论》。裴子野尚质轻文,是尚质派的代表人物。《梁书·裴子野传》曰:"子野为文典而速,不尚丽靡之词,其制作多法古,与今文体异,当时或有诋诃者,及其末皆翕然重之。"②萧纲在《与湘东王书》中曰:"裴氏乃是良史之才,了无篇什之美。""裴亦质不宜慕。"③《雕虫论》曰:

> 自是闾阎少年,贵游总角,罔不摈落六艺,吟咏情性。学者以博依为急务,谓章句为专鲁。淫文破典,斐尔为功。无被于管弦,非止乎礼义。深心主卉木,远致极风云。其兴浮,其志弱;巧而不要,隐而不深,讨其宗途,亦有宋之遗风也。④

裴子野认为文学是"雕虫小技",对齐梁文学片面追求形式的文风甚为不满,批评宋齐文学追求"繁华蕴藻"是舍本逐末,主张文学"止乎礼义""劝美惩恶",强调文学的社会政教作用,体现出尚质的倾向。

---

① 穆克宏主编:《魏晋南北朝文论全编》,第475页。
② [唐]姚思廉:《梁书·裴子野传》,中华书局1973年版,第444页。
③ 穆克宏主编:《魏晋南北朝文论全编》,第472页。
④ [梁]裴子野:《雕虫论》,穆克宏主编:《魏晋南北朝文论全编》,第450页。

不同于"萧氏"和裴子野,颜之推主张文质并重。其文质思想具有折中的意味。颜之推(531—约595),字介,琅邪临沂(今山东省临沂市)人,著《颜氏家训》二十篇。

颜之推重视文章的社会价值,主张文章当经国致用,认为"朝廷宪章,军旅誓诰,敷显仁义,发明功德,牧民建国,施用多途"①的文字才是文章正体。他批评当时"趋末弃本,率多浮艳。辞与理竞,辞胜而理伏;事与才争,事繁而才损。放逸者流荡而忘归,穿凿者补缀而不足"②的文风。颜之推主张:"文章当以理致为心胸,气调为筋骨,事义为皮肤,华丽为冠冕。"③其文质观主张思想内容为本,表现形式为末。他认为"古人之文,宏材逸气,体度风格,去今实远;但缉缀疏朴,未为密致耳。今世音律谐靡,章句偶对,讳避精详,贤于往昔多矣。宜以古之制裁为本,今之辞调为末,并须两存,不可偏弃也"④。强调作文宜融合古今,文质不可偏废。他还提出了"典正"的文质理想:"吾家世文章,甚为典正,不从流俗。"⑤"典正"是与"从流俗"相对立而言的,是符合儒家雅正标准的文学风格。颜之推"融合古今"的观点是初唐令狐德棻"斟酌古今"思想的前奏。

三、钟嵘与刘勰的文质论

魏晋南北朝文质论的集大成者是钟嵘和刘勰。钟嵘和刘勰分别从诗歌和泛文学的角度提出了辩证通达的文质观,对前人的文质思想进行了理论总结,对唐代文质论产生了积极的影响

(一)钟嵘的文质论

钟嵘(约468—约518),字仲伟,颍川长社(今河南长葛)人,中国南朝文学批评家,著有《诗品》。章学诚说:"《文心》体大而虑周,《诗品》思深而意

---

① [北齐]颜之推著,王利器注:《颜氏家训集解》,上海古籍出版社1993年版,第237页。
② [北齐]颜之推著,王利器注:《颜氏家训集解》,第237页。
③ [北齐]颜之推著,王利器注:《颜氏家训集解》,第237页。
④ [北齐]颜之推著,王利器注:《颜氏家训集解》,第250页。
⑤ [北齐]颜之推著,王利器注:《颜氏家训集解》,第251页。

远。"①钟嵘仿汉代"九品论人,七略裁士"的著作先例,将两汉至梁作家一百二十二人,分为上中下三品进行评论。钟嵘论诗以"文质"为核心,以"文质彬彬"为标准,认为"风力"与"辞采"并茂、"体被文质"的作品才是理想的作品。

钟嵘对诗歌的本质有较深刻的认识,对诗歌的地位给予了高度评价。他说:

> 气之动物,物之感人,故摇荡性情,形诸舞咏。照烛三才,晖丽万有,灵祇待之以致飨,幽微藉之以昭告。动天地,感鬼神,莫近于诗。②

钟嵘认为诗歌是吟咏情性的产物,而"情性"的主要方面是"怨",突出了孔子所强调的"诗可以怨"的观念。

钟嵘的文质观"崇自然",提倡"自然英旨",反对"错彩镂金"的雕琢之美,欣赏"芙蓉出水"的自然之美。钟嵘从内容与形式两方面对诗歌创作提出了要求:"文约意广""指事造形,穷情写物,最为详切""干之以风力,润之以丹采""文已尽而意有余。"③并对当时诗歌创作中堆砌典故和"膏腴子弟,耻文不逮,终朝点缀,分夜呻吟"④创作倾向,以及刻意追求"四声八病"以致"襞积细微,专相陵架。故使文多拘忌,伤其真美"⑤的弊病提出了尖锐的批评。

钟嵘以"文质兼备"的评判标准纵论各代五言诗作,认为班固的咏史诗"质木无文";批评永嘉玄言诗"理过其辞,淡乎寡味";称赞建安诗歌"彬彬之盛,大备于时";盛赞曹植诗"骨气奇高,词采华茂。情兼雅怨,体被文质"⑥;评价刘桢诗歌"真骨凌霜,高风跨俗。但气过其文,雕润恨少"⑦;评价王粲诗"文秀而质羸"⑧;评价陶渊明的诗"笃意真古,辞兴婉惬"⑨;认为张华诗"其体华艳,兴

---

① [清]章学诚:《文史通义·诗话》,辽宁教育出版社1998年版,第143页。
② [梁]钟嵘:《诗品·序》,第1页。
③ [梁]钟嵘:《诗品·序》,第2页。
④ [梁]钟嵘:《诗品·序》,第3页。
⑤ [梁]钟嵘:《诗品·序》,第13页。
⑥ [梁]钟嵘:《诗品》,第21页。
⑦ [梁]钟嵘:《诗品》,第23页。
⑧ [梁]钟嵘:《诗品》,第24页。
⑨ [梁]钟嵘:《诗品》,第42页。

托不奇。巧用文字,务为妍冶"。"儿女情多,风云气少。"①显然,钟嵘认为只有曹植的诗歌是文质兼备,完美无缺的。

总之,钟嵘提倡风力,反对玄言;主张音韵自然和谐,反对人为的声病说;主张"直寻",反对用典。钟嵘的文质思想是对齐梁以前中国诗学的总结,其文质观凸显了诗歌的纯文学地位。

(二)刘勰的文质思想

刘勰的文质论则对此前的文质思想从本体论的角度做了系统的总结。刘勰(约465—520),字彦和,祖籍山东莒县(今山东省莒县),南朝梁代文学理论家,所著《文心雕龙》是中国文学批评史上一部体大思深、空前绝后的杰作。刘勰的文学思想受儒家思想影响,对"原道、征圣、宗经"的思想做了系统的阐释。《文心雕龙》对文质问题做了深入系统的思考,对文学风貌、作家风格、文体特征、情采辞藻等均有独到的看法。其文质兼备的文质观念,相比南朝其他文质论尤富创见。刘勰的文质论具有纠偏和集大成的性质。

文质论是《文心雕龙》探讨的重要问题。刘勰《原道》篇认为"道沿圣以垂文,圣因文而明道"②。"道"是"文"的内容,"文"是"道"的形式,二者"衔华而配实",高度统一。在《文心雕龙》中,"文"与"质"的内涵有两重性。其一指作品的形式和内容。《情采》篇曰:"理正而后摛藻,使文不灭质,博不溺心,正采耀乎朱蓝,间色屏于红紫,乃可谓雕琢其章,彬彬君子矣。"③此处,"质"是内容,"文"是形式。其二指作品语言的文华与质朴和以此为基础的作品整体风貌。《情采》篇曰:"《孝经》垂典,丧言不文;故知君子常言未尝质也。老子疾伪,故称'美言不信';而五千精妙,则非弃美矣。""研味李老,则知文质附乎性情。"④显然,这里的"文"与"质"分别指语言的文华和质朴。

刘勰《情采》篇专论"文质"问题。从文质论看"情采","情"即"质","采"即"文"。刘勰提出了"情者文之经"的文质观。认为"情性"是"文"之根本,

---

① [梁]钟嵘:《诗品》,第34页。
② [梁]刘勰著,范文澜注:《文心雕龙注》,第3页。
③ [梁]刘勰著,范文澜注:《文心雕龙注》,第539页。
④ [梁]刘勰著,范文澜注:《文心雕龙注》,第537页。

"质"决定"文"。《情采》曰:"夫铅黛所以饰容,而盼倩生于淑姿;文采所以饰言,而辩丽本于情性。故情者,文之经,辞者,理之纬;经正而后纬成,理定而后辞畅,此立文之本源也。"①刘勰认为要"文不灭质,博不溺心",即形式华美而不掩盖内容,辞采繁复却不淹没作家的思想情感。对于文质关系,刘勰又提出"文附质""质待文"的观点。《情采》曰:"夫水性虚而沦漪结,木体实而花萼振,文附质也。虎豹无文,则鞟同犬羊,犀兕有皮,而色资丹漆,质待文也。"②他认为"文质相待",内容与形式紧密结合,二者互相依赖,有机统一。二者结合的理想模式是"文质相称",即"文"与"质"的完美结合。

刘勰文质论的核心"风清骨峻"的审美理想,使抽象的"文质"转换成了具象的"风骨"这一审美范式。黄侃认为"风即文意,骨即文辞"③。周振甫认为,"风是对作品内容的美学要求","骨是对作品文辞的美学要求"④,而"风骨"是指明朗刚健的文风。刘勰《风骨》篇认为"若风骨乏采,则鸷集翰林,采乏风骨,则雉窜文囿"⑤。因而他明确标榜,理想的文风是"质"与"文"的有机结合。从文质论看,刘勰所推崇的"风骨"是文学作品内容与形式高度统一的审美理想,即内容要充实、纯真和富有感染力,而形式要质朴、遒劲和富有表现力。

刘勰认为"文质相称"的典范是圣人之经,因此他主张要"征圣""宗经"。《征圣》篇云:"然则圣文之雅丽,固衔华而佩实者也。"⑥刘勰认为圣人的经书既雅且丽,文华质实兼备,真正做到了"文质相称"。《宗经》提出了"辞约而旨丰""体约而不芜""文丽而不淫"⑦的文质要求。刘勰认为,理想的文学作品应该风格清新不混杂,体制精练不繁冗,要文辞美丽不浮靡。究其实质,这些主张的核心就是文质兼顾,二者和谐统一。

刘勰还从文学发展史的角度论述了文质问题,提出了"质文代变"的文质

---

① [梁]刘勰著,范文澜注:《文心雕龙注》,第538页。
② [梁]刘勰著,范文澜注:《文心雕龙注》,第537页。
③ 黄侃:《文心雕龙札记》,上海古籍出版社2000年版,第101页。
④ 周振甫:《〈文心雕龙〉译注》,江苏教育出版社2006年版,第430页。
⑤ [梁]刘勰著,范文澜注:《文心雕龙注》,第514页。
⑥ [梁]刘勰著,范文澜注:《文心雕龙注》,第16页。
⑦ [梁]刘勰著,范文澜注:《文心雕龙注》,第22–23页。

史观。刘勰认为,文学的发展规律是"质文代变",经历了一个由质趋文、文胜质衰的发展过程。《通变》曰:"搉而论之,则黄唐淳而质,虞夏质而辨,商周丽而雅,楚汉侈而艳,魏晋浅而绮,宋初讹而新。从质及讹,弥近弥澹。何则? 竞今疏古,风味气衰也。"①《明诗》曰:"晋世群才,稍入轻绮……采缛于正始,力柔于建安……宋初文咏,体有因革,庄老告退,而山水方滋,俪采百字之偶,争价一句之奇,情必极貌以写物,辞必穷力而追新,此近世之所竞也。"②的确,就纵向的文学发展而言,自楚汉直至南朝是文胜于质,而齐梁时期讲究文采臻于极端,以致流于轻浮绮丽。刘勰认为,对文采的过分追求必然产生文胜质衰的弊端。因此,他提出了"通变"的文质发展观:"故练青濯绛,必归蓝蒨;矫讹翻浅,还宗经诰。斯斟酌乎质文之间,而櫽括乎雅俗之际,可与言通变矣。"③刘勰认为文学的发展必须以"经书"为取法之楷模,要文质相兼、雅俗相济。刘勰的"质文代变"文质史观和"通变"文质发展观是对文学发展规律的正确认识,是对文质论的丰富和发展,对此后的文质思想产生了积极的影响。

总之,刘勰《文心雕龙》确立了"文质相称"的文质观,提出了"质文代变"的文质史观和"通变"的文质发展观,对此前的文质思想做了总结和深化。刘知几《史通·自序》说:"词人属文,其体非一,譬甘辛殊味,丹素异彩,后来祖述,识昧圆通,家有诋诃,人相掎摭,故刘勰《文心》生焉。"④自此以后,刘勰的文质思想为南北文风的融合提供了理论指导,为古典文学的发展指出了一个正确的发展方向。

综上所论,魏晋南北朝时期文质思想取得了巨大成就,文质观念发生了显著变化:第一,文学的观念由"言志"转化为"缘情",文学之"质"由社会化的"礼义"之"志"转向了个人化的"情性";第二,文学本体化色彩加强,"文"的地位凸显;第三,"诗缘情而绮靡"命题的提出意味着新的文质观的确立,即"质"

---

① [梁]刘勰著,范文澜注:《文心雕龙注》,第520页。
② [梁]刘勰著,范文澜注:《文心雕龙注》,第67页。
③ 《文心雕龙·通变》,[梁]刘勰著,范文澜注:《文心雕龙注》,第520页。
④ 《史通·自叙》,[唐]刘知几撰,姚松、朱恒夫译注:《史通全译》,贵州人民出版社1997年版,第577页。

要"缘情",而文要"绮靡",对"情"与"文"的高扬象征着"文学的自觉时代"①的到来。总之,魏晋南北朝时期的文质思想在继承先秦两汉思想的基础上,又有更深入的发展,在思想上逐渐趋于成熟,在理论形态上更具体系化,是古典文质思想发展史上的巨大进步。

---

① 鲁迅:《鲁迅选集》(第二卷),人民文学出版社1992年版,第380页。

第二章

文质彬彬:初唐文质论

初唐时期是唐代文学观念初步确立的时期,也是唐代文质思想的发轫时期。唐朝建国后,在政治和地域上实现了南北统一,但南北文学并未融合。初唐时期,文学建设作为国家政治文化建设的重要方面得到高度重视。初唐文学思想建设的核心是要继承前代文学遗产,扫除齐梁遗风,拨乱反正,建构与唐帝国政治、经济和文化发展相适应的新的文学思想体系,其核心问题是文风问题,即历代文学都在思考的文质问题。初唐时期文质论最重要的成就是明确了"政教"与"审美"并重的文质观,确立了"文质彬彬"的文学理想,提出了"兴寄""风骨"等文质观念,为"文质"注入了新的时代内涵。初唐文质论的主要成就是贞观君臣、孔颖达、刘知几、"初唐四杰"和"陈子昂"的文质思想,标志着唐代文质观念的初步确立。

第一节 "咸去浮华"与"中和""典雅"

唐代文质论的前奏是隋代文质论。从文学发展史的角度看,隋代文学是南北朝文学向唐代文学发展进程中至关重要的一环。隋统一后,国家在文化建设方面继承了北朝重视经学的文化传统,提倡儒家教化文学思想,重视文学的政教价值,积极呼吁改革南朝"文盛质衰"的文风,提出了"重质轻文"的文质思想,这是对南朝齐梁"绮靡"文风的反拨。隋代对文质论做出思考的是李谔和王通等人。李谔、王通在思想上反对六朝绮靡文风,提倡文风改革,但重质轻文,否定文学的独立性。

一、李谔的文质思想

隋朝统一后在思想文化建设方面采取了一系列巩固政权的举措,与此相应在文学上也采取了功利主义色彩很强的政教文学观。隋初面临一个文风重建的问题。"及大隋受命,圣道聿兴,屏黜轻浮,遏止华伪。"①针对当时倾慕南朝之华艳虚浮,体尚轻薄的文风,开国之君隋文帝多次发号施令,以行政手段进行自上而下的文风改革。《隋书·文学传序》曰:"高祖初统万机,每念斫雕为朴,发号施令,咸去浮华,然时俗词藻,犹多淫丽,故宪台执法,屡飞霜简。"②又《隋书·李谔传》载:"开皇四年,普诏天下,公私文翰,并宜实录"③,明确提出了改革文风的具体要求和标准。这次改革影响了当时的文学观念和文学风气,不良文风有所改变,同时也开启了唐代文风改革思潮。

隋代前期的文质思想在李谔的《上隋文帝论文书》中有系统阐述。李谔,字士恢,赵郡(今河北赵县)人,历仕北齐、北周、隋三朝。其《上隋文帝论文书》代表了隋代前期的文学思想,成为当时官方文学思想的经典文本,也体现了隋代文学思想"重质轻文"的文质观。《上隋文帝论文书》曰:

> 五教六行为训民之本,《诗》《书》《礼》《易》为道义之门。故能家复孝慈,人知礼让,正俗调风,莫大于此。其有上书献赋,制诔镌铭,皆以褒德序贤,明勋证理。苟非惩劝,义不徒然。降及后代,风教渐落。魏之三祖,更尚文词,忽君人之大道,好雕虫之小艺。下之从上,有同影响,竞骋文华,遂成风俗。江左齐、梁,其弊弥甚,贵贱贤愚,唯务吟咏。遂复遗理存异,寻虚逐微,竞一韵之奇,争一字之巧。连篇累牍,不出月露之形,积案盈箱,唯是风云之状。世俗以此相高,朝廷据兹擢士。禄利之路既开,爱

---

① [唐]魏征等撰:《隋书·李谔传》(卷六十六),中华书局1973年版,第1545页。
② [唐]魏征等撰:《隋书·文学传序》(卷七十六),第1730页。
③ [唐]魏征等撰:《隋书·李谔传》(卷六十六),第1545页。

尚之情愈笃。于是闾里童昏,贵游总卝,未窥六甲,先制五言。至如羲皇、舜、禹之典,伊、傅、周、孔之说,不复关心,何尝入耳。以傲诞为清虚,以缘情为勋绩,指儒素为古拙,用词赋为君子。故文笔日繁,其政日乱,良由弃大圣之轨模,构无用以为用也。损本逐末,流遍华壤,递相师祖,久而愈扇。①

李谔针对隋初"属文之家,体尚轻薄,递相师效,流宕忘反"的创作风气,认为自己"既忝宪司,职当纠察",上书文帝主张进行文章改革,通过革除浮华文风以矫正世风。李谔的文质思想的要义主要包括以下几方面:

首先,李谔从政治统治的目的出发,强调文学的教化功能,认为文学可以起到"正俗调风""褒德序贤""明勋证理""惩劝"等"风教"作用。这是对儒家文质观中"重质"思想的继承和凸显。

其次,从"政教"出发,李谔批评魏晋以来"风教渐落""竞骋文华"的文学风气,认为文学是"雕虫之小艺",给政治造成了不利影响。李谔总结魏晋以来的文学风尚,认为齐梁以来浮靡文风的始作俑者是曹氏父子,认为他们"更尚文词,忽君人之大道,好雕虫之小艺",使得"下之从上,有同影响,竞骋文华,遂成风俗",以至于"江左齐、梁,其弊弥甚,贵贱贤愚,唯务吟咏。遂复遗理存异,寻虚逐微,竞一韵之奇,争一字之巧。连篇累牍,不出月露之形,积案盈箱,唯是风云之状"。这种文学风气随即发展成了一种政治风气,"世俗以此相高,朝廷据兹擢士。"进而逐渐形成了一种社会风气——"禄利之路既开,爱尚之情愈笃。于是闾里童昏,贵游总卝,未窥六甲,先制五言。至如羲皇、舜、禹之典,伊、傅、周、孔之说,不复关心,何尝入耳。以傲诞为清虚,以缘情为勋绩,指儒素为古拙,用词赋为君子。"并最终影响了国家的长治久安,正所谓"文笔日繁,其政日乱"。因此,李谔认为文风之弊造成了治国之弊,将文风与政风紧密相连。李谔的批评显然具有极强的现实针对性,指出了当时的不良文风及其弊害。

但李谔认为文学是"训民之本""道义之门",认为"缘情""吟咏""月露"

---

① [唐]魏征等撰:《隋书·李谔传》(卷六十六),第1545页。

"风云"等表现情感之作是"雕虫之小艺""无用"之虚构,认为"竞一韵之奇,争一字之巧"的形式追求是"舍本逐末",把文学看作经学的附庸,政教的工具,否定了文学的独立性,尤其否定了魏晋以来文学发展的成就。李谔认为"轻薄"的文风不仅败坏社会风气,而且影响政治,"文笔日繁,其政日乱",将文学视为乱政的根源,混淆了文学与政治的本质,无疑有矫枉过正之嫌。

显然,李谔的文质思想以"政教"为本位,只强调文学的政教功能,而否定文学的审美价值,是典型的重质轻文的文质观,严重违背了文学发展的规律,不利于文学的发展。

二、王通和刘善经的文质论

李谔的文质思想是官方文艺思想的集中体现,其出发点不是文学而是政治,具有很强的政治功利主义色彩。随着南北文学的融合,隋代后期的文学观念明显发生了变化。隋代后期文学思想在强调内容的同时能够兼及形式,开始走上了南北融合、文质兼重的发展道路。隋代后期文质思想的代表是王通和刘善经。

(一)王通的文质思想

王通(584—618),字仲淹,绛州龙门人,隋末大儒,著作仅存《中说》。王通以弘扬儒家思想为己任,文学思想重道轻文,重理轻言,是后世文道论的先声。但王通对文学的认识较为通达,对文学总体上持肯定态度。《中说·关朗篇》曰:"诗者,民之性也。情性能亡乎?"[1]他认为诗歌是人之情性的表现,情性不能缺少,所以诗歌也是必要的,提倡文学要能反映"民之情性"。显然,此观点还是以儒家诗教说为基础。《中说·天地篇》曰:

> 子曰:"学者,博诵云乎哉!必也贯乎道;文者苟作云乎哉!必也济乎义。"[2]

王通认为学习、作文的目的不在于博诵、述作、进利,而在于"贯道""进道"

---

[1] 周祖譔编:《隋唐五代文论选》,人民文学出版社1990年版,第11页。
[2] 周祖譔编:《隋唐五代文论选》,第9页。

"济义",主张"文以明道"。对于诗歌的功用,王通也表现出重教轻艺的思想,突出其政教功能。《中说·天地篇》曰:"小人歌之以贡其俗,君子赋之以见其志,圣人采之以观其变。"①认为其价值在于明道、观风、化民。这种文学思想反映到文质观上就是重内容轻形式,重理轻言。《中说·王道篇》曰:

> 子在长安,杨素、苏夔、李德林皆请见,子与之言,归而有忧色。门人问子,子曰:"素与吾言终日,言政而不及化;夔与吾言终日,言声而不及雅;德林与吾言终日,言文而不及理。"门人曰:"然则何忧?"子曰:"非尔所知也。二三子皆朝之预议者也,今言政而不及化,是天下无礼也;言声而不及雅,是天下而无乐也;言文而不及理,是天下而无文也。"②

王通认为"理"是文章的本质所在,如果缺少了"理",文章也就失去了存在的依据。这种"重理"文质观还表现在王通对于宋、齐以降主要作家的评价上。《中说·事君篇》曰:

> 子谓文士之行可见。谢灵运小人哉!其文傲,君子则谨;沈休文小人哉!其文冶,君子则典。鲍照、江淹,古之狷者也,其文急以怨;吴筠、孔稚珪,古之狂者也,其文怪以怒;谢庄、王融,古之纤人也,其文碎;徐陵、庾信,古之夸人也,其文诞。或问孝绰兄弟,子曰:"鄙人也,其文淫。"或问湘东王兄弟,子曰:"贪人也,其文繁。谢朓,浅人也,其文捷;江总,诡人也,其文虚。皆古之不利人也。"子谓颜延之、王俭、任昉有君子之心焉,其文约以则。③

王通对众多作家的文风做了评价,除肯定颜延之、王俭、任昉"其文约以则",曹植"其文深以典"④之外,对其他作家基本上都持否定态度。王通认为作家的人格决定作品的风格。他反对诗文表现"傲""冶""淫""急以怨""怪以怒"等不符合儒家温柔敦厚思想的观念和情感,也反对诗文带有"浅""虚"

---

① 周祖譔编:《隋唐五代文论选》,第9页。
② 周祖譔编:《隋唐五代文论选》,第9页。
③ 周祖譔编:《隋唐五代文论选》,第10页。
④ 周祖譔编:《隋唐五代文论选》,第10页。

"碎""繁""捷"等不符合儒家"中和"审美思想的文风,肯定"谨""典""约以则""深以典"的作品。很显然,王通是将作家的思想、道德与文风相联系来衡量文章优劣的。王通《事君篇》还认为:"古之文也约以达,今之文也繁以塞。"①由此可以看出,王通主张文质并重,提倡一种简约、典雅的文风。

总体看,王通"论文主理,论诗主政教之用,论文辞主约、达、典、则"②,虽带有强烈的儒家政教色彩,但他对文学的价值是认同的,与李谔的主张毕竟不同,具有进步性。

(二)刘善经的文质思想

王通的文学思想侧重于对文学内容的思考,而此时对文学的内部规律,即艺术形式"文"进行探讨的理论家是刘善经。刘善经,生卒年不详,约炀帝大业中前后在世,著有《四声指归》③。刘善经的文学思想主要体现在《四声指归》的《论体》《定位》两篇文章中。

刘善经继承曹丕"诗赋欲丽"的观点,其《论体》提出"陈绮艳,则诗赋表其华"④的观点,认为"绮艳"是诗赋的美学标准。但他认为任何事物"苟非其宜,失之远矣","绮艳之失也淫",提出要把握好度,否则会"逞欲过度,淫以兴矣"。因此,他提倡诗赋"绮艳"而不"过度"。这是对曹丕《典论·论文》"诗赋欲丽"说的深化。

刘善经对文学内容与形式之关系也有较深刻的认识。《论体》曰:

> 凡作文之道,构思为先,亟将用心,不可偏执。何者?篇章之内,事义甚弘,虽一言或通,而众理须会。若得于此而失于彼,合于初而离于末,虽言之丽,固无所用之。⑤

他认为,语言是传达内容的工具,如果语言有违内容,即使再美也毫无意义,主张形式应该服务于内容。刘善经的文质观是对王通文质观的补充,二者

---

① 周祖譔编:《隋唐五代文论选》,第10页。
② 罗宗强:《隋唐五代文学思想史》,中华书局2003年版,第11页。
③ [唐]魏征等撰:《隋书·文学传》(卷七十六),第1748页。
④ 周祖譔编:《隋唐五代文论选》,第4页。
⑤ 周祖譔编:《隋唐五代文论选》,第10页。

共同构成了隋代文学思想的主干。

总之,隋代没有提出正确的文学发展思想,南北文学差异并没有消融,文风合而未融,最终没有产生积极健康的文风,没有真正建立起有自己朝代特点的"一代之文学"。终隋一朝,无论是李谔的文质观,还是王通的文质观,均表现出一种狭隘的功利性特征,把文学和社会关系简单化,未能正确认识文学自身特质。但隋代的文风改革为初唐新文质思想的形成做了准备,是唐代文质论的"前奏"。

第二节 "雅正"与"文质彬彬"

初唐贞观时期是唐代文学思想和文质论发展的一个重要阶段。杨启高《唐代诗学》说:"贞观诗学有二特点:一、唐太宗提倡风雅;二、上官仪六对说①。"这一论断指出了唐初文学思想发展的线索。贞观时期以"文治"为治国之策,积极进行文化建设,通过有力举措促使文化走向繁荣,为文学的发展打下了良好的基础。以太宗为核心的贞观君臣高度重视文学思想的建设,积极建构新的义学理想,致力于义风的改革,提出了以"雅正"为核心的义质观念,确立了"文质彬彬"的文质理想,初步形成了正确的文学指导思想,为唐代文学确立了发展目标和方向。

一、唐太宗的文质思想

武德九年(626)李世民(599—649)登上王位后宣称:"朕虽以武功定天下,终当以文德绥海内。文武之道,各随其时"②,并及时做出政策调整,加大文化建设的力度,以适应新形势的需要。太宗推行"偃武修文"的国策,包括制礼作乐、广收图籍、编纂史书、兴办学校、开设弘文馆等。在他统治期间,政治较为

---

① 杨启高:《唐代诗学》,岳麓书店2011年版,第24页。
② [后晋]刘昫等撰:《旧唐书》(卷二十八),中华书局1975年版,第1045页。

清明,文化氛围较为宽松,为文学的发展营造了良好的氛围。对于文学,太宗主张文学应该有益于政教,反对齐梁以来流行的淫靡文风;同时,也充分重视文学自身的文学性和艺术性,文质并重。

唐太宗的文质思想以"雅正"为核心,具体体现在以下几个方面:

第一,重视诗歌的教化功能,提倡"雅正",反对淫靡文风。其《帝京篇序》曰:

> 予以万几之暇,游息艺文。观列代之皇王,考当时之行事,轩、昊、舜、禹之上,信无间然矣!至于秦皇、周穆、汉武、魏明,峻宇雕墙,穷侈极丽,征税殚于宇宙,辙迹遍于天下,九州无以称其求,江海不能赡其欲,覆亡颠沛,不亦宜乎?予追踪百王之末,驰心千载之下,慷慨怀古,想彼哲人。庶以尧、舜之风,荡秦、汉之弊;用咸英之曲,变烂熳之音;求之人情,不为难矣!故观文教于六经,阅武功于七德,台榭取其避燥湿,金石尚其谐神人,皆节之于中和,不系之于淫放。故沟洫可悦,何必江海之滨乎?麟阁可玩,何必两陵之间乎?忠良可接,何必海上神仙乎?丰镐可游,何必瑶池之上乎?释实求华,以人从欲,乱于大道,君子耻之。①

唐太宗对于文学的考虑主要是从治理国家的政治角度出发,以政治为本位,认为文学的出发点和最终归宿都是为政教服务。因此,为了巩固国家政权,他特别重视诗歌的教化功能。唐太宗从政治的高度总结了历代帝王横征暴敛、穷奢极欲以至"覆亡颠沛"的惨痛政治教训,针对此提出摒弃奢靡、节制欲望的观点,并借此要求重视诗歌的社会功能,恢复传统儒家诗教精神。《贞观政要·文史》载:

> 贞观十一年,著作佐郎邓隆表请编次太宗文章为集。太宗谓曰:"朕若制事出令,有益于人者,史则书之,足为不朽。若事不师古,乱政害物,虽有词藻,终贻后代笑,非所须也。只如梁武帝父子及陈后主、隋炀帝,亦大有文集,所为多不法,宗社皆须臾倾覆。凡人主唯在德行,何必要事文

---

① [唐]李世民著,吴云、冀宇校注:《唐太宗全集校注》,天津古籍出版社2004年版,第3页。

章耶?"竟不许。①

太宗对南朝文学有着强烈的私心喜好,但是并不以文章自居。唐太宗的文学思想鲜明地体现着一个政治家的胸怀、视野和眼光。

太宗对雅道沦缺深为忧心,反对淫靡诗风。唐太宗在《颁示礼乐诏》中曰:

> 日往月来,朴散淳离。淫愿以兴,流涵忘本。鲁昭所习,唯在折旋;魏文所重,止于郑卫;秦氏纵暴,载籍咸亡;汉朝循绎,典章不备。时更战国,多所未遑。雅道沦丧,万兹永久。②

贞观初,太宗对监修国史的房玄龄说:

> 比见前、后《汉史》载录扬雄《甘泉》《羽猎》,司马相如《子虚》《上林》,班固《两都》等赋,此既文体浮华,无益劝诫,何假书之史策?其上书论事,词理切直,可裨于政理者,朕从与不从皆须备载。③

他不仅严肃批评了扬雄和司马相如本人的浮华文风,更是直接批评了史籍著录的不当。《新唐书》中记载:

> 帝尝作宫体诗,使赓和。世南曰:"圣作诚工,然体非雅正。上之所好,下必有甚者,臣恐此诗一传,天下风靡,不敢奉诏。"帝曰:"朕试卿耳。"④

太宗以政治利益为重,以"雅正"规范文学创作,这是出于其政治意愿的。作为唐帝国的最高统治者,太宗反对失实求华,提倡"雅正"。他并不反对文采,而是追求一种有着天朝气象的"雅正"文风。

第二,崇尚南方文学,提倡文采。唐太宗虽然出身于关陇士族,但却十分仰慕南朝的文化和文学,十分看重文学本身的价值,同时也很欣赏南方文人。据《贞观政要·任贤》篇记载:

---

① [唐]吴兢:《贞观政要·文史》,上海世纪出版集团2008年版,第162页。
② [清]董诰等编:《全唐文》(卷六),中华书局1983年版,第70页。
③ [唐]吴兢:《贞观政要·文史》,第162页。
④ [宋]欧阳修、宋祁撰:《新唐书》(卷一百二),中华书局1975年版,第3972页。

贞观初,太宗引(虞世南)为上客,因开文馆,馆中号为多士,咸推世南为文学之宗。授以记室,与房玄龄对掌文翰……贞观七年,累迁秘书监,太宗每机务之隙,引之谈论,共观经史……太宗尝称世南有五绝:一曰德行,二曰忠直,三曰博学,四曰词藻,五曰书翰。及卒,太宗举哀于别次,哭之甚恸。①

从中可以看出,唐太宗对于文学和艺术十分看重,对于南朝文学极为艳羡,对飞扬的文采极为倾心。

唐太宗对于南朝绮丽文采的赞赏和追求还体现在对史籍的修撰领域。贞观二十年,太宗诏修《晋书》,参与修撰《晋书》者如许敬宗、李义府、薛元超、上官仪等人"多是文咏之士,好采诡谬碎事,以广异闻;又所评论,竞为绮艳"②。不仅如此,唐太宗还亲撰了其中的《宣帝纪》《武帝纪》《陆机传》《王羲之传》的论。在《陆机传》和《王羲之传》的论赞中,太宗不惜使用大量的溢美之词来表达自己对二人的赞美之情,表明了他的文学旨趣。

总之,要求文学为政教服务,是唐太宗政治家的必然要求;而重视文学的艺术特征,则是其文学家本色的体现。唐太宗以政治为第一要义,而同时并不否定文学的审美功能,能够较好地协调两者的关系,为文学的发展营造较为宽松的氛围,对此后文学的发展奠定了正确的方向。

二、魏征的文质思想

太宗的文化政策和文学思想得到其臣子的积极响应。贞观时期,以魏征、令狐德棻、李百药等人为代表的政治家、史学家,在修撰前代史的过程中寄托了深沉的历史反思意识,对文学也做了较为深入的思考。他们借修史对太宗的"雅正"思想做了深入阐发,使其内涵更为明确。他们的文质论代表了当时官方的文学观念。

魏征(580—643),谥号文贞公。魏征的文学思想和文质观主要表现在《隋书·文学传序》中。宇文所安认为《隋书·文学传序》"是中国文学史上最合

---

① [唐]吴兢:《贞观政要·任贤》,第29页。
② [后晋]刘昫等撰:《旧唐书·房玄龄传》(卷六十六),第2463页。

理、最丰富的表述之一"①。它对隋代之前的文学发展进行了最为全面的总结,提出了"文质彬彬"的文学理想,为唐代文学的发展做出了宏伟的规划。

首先,魏征重申了儒家文学教化理论,推崇"文"的社会文化作用,主张文学要为政教服务,表现出"尚质"的文学思想。在《隋书·文学传序》的开篇,魏征便引《易经》中的"观乎天文,以察时变,观乎人文,以化成天下"和《易传》中的"言,身之文也,言而不文,行之不远"作为自己的立论基础,提出了"然则文之为用,其大矣哉"的论点,进而把文学的功用归纳为三个方面。他说:

> 然则文之为用,其大矣哉!上所以敷德教于下,下所以达情志于上,大则经纬天地,作训垂范,次则风谣歌颂,匡主和民。②

他认为文学具有作训垂范、匡主和民、抒情言志三种功用。这是对儒家文学思想的肯定,表明他重视文学的思想内容,体现出"重质"的文质观念。

其次,魏征通过评价重估前代文学成就,表明其反对淫靡文风而又不否定文学审美功能的文质思想。《隋书·文学传序》曰:

> 梁自大同之后,雅道沦缺,渐乖典则,争驰新巧。简文、湘东,启其淫放,徐陵、庾信,分路扬镳。其意浅而繁,其文匿而彩,词尚轻险,情多哀思。格以延陵之听,盖亦亡国之音乎!③

《隋书·经籍志》中说:

> 梁简文之在东宫,亦好篇什。清辞巧制,止乎衽席之间,雕琢蔓藻,思极闺闱之内。后生好事,递相放习,朝野纷纷,号为宫体流宕不已,讫于丧亡。陈氏因之,未能全变。其中原则兵乱积年,文章道尽。④

魏征通过对汉魏至隋代文学发展的梳理,对泛滥于梁陈的绮艳文风进行了严肃的批评,将其视为亡国之音,对梁陈淫靡文风极力反对。但他在《隋书·文学传序》中同时又说:

---

① [美]宇文所安:《初唐诗》,三联书店 2004 年版,第 27 页。
② [唐]魏征等撰:《隋书·文学传序》(卷七十六),第 1729 页。
③ [唐]魏征等撰:《隋书·文学传序》(卷七十六),第 1730 页。
④ [唐]魏征等撰:《隋书·经籍志》(卷三十五),第 1090 页。

> 暨永明、天监之际,太和、天保之间,洛阳、江左,文雅尤盛。于时作者,济阳江淹、吴郡沈约、乐安任昉、济阴温子升、河间邢子才、巨鹿魏伯起等,并学穷书圃,思极人文,缛彩郁于云霞,逸响振于金石。英华秀发,波澜浩荡,笔有余力,词无竭源。方诸张、蔡、曹、王,亦各一时之选也。闻其风者,声驰景慕,然彼此好尚,互有异同。①

在《隋书·经籍志》中也说:

> 爰逮晋氏,见称潘陆,并黻藻相辉,宫商间起。清词润乎金石,精义薄乎云天。永嘉已后,玄风既扇,辞多平淡,文寡风力。降及江东,不胜其弊。宋齐之世,下逮梁初,灵运高致之奇,延年错综之美,谢玄晖之藻丽,沈休文之富溢,辉焕斌蔚,辞义可观。②

从其对南朝诗人谢灵运、颜延年、谢朓、沈约的评价看,魏征并未否认文辞之美,对南朝文学"辉焕斌蔚"的文学成就是充分认可的。他并没有单纯强调文学的政治功利性,并没有简单地否定文学的审美属性。

第三,魏征主张合南北文学之长,提出了"文质彬彬"的文质理想。在文质思想上,魏征最主要的观点是主张文质统一,合南北文学之长,从而形成"文质彬彬"的新文学风貌。其曰:

> 江左宫商发越,贵于清绮,河朔词义贞刚,重乎气质。气质则理胜其词,清绮则文过其意,理深者便于时用,文华者宜于咏歌,此其南北词人得失之大较也。若能掇彼清音,简兹累句,各去所短,合其两长,则文质彬彬,尽善尽美矣。③

魏征以公允的态度重新审视文学历史遗产,指出其最主要的问题是"文"与"质"的分离。宇文所安认为,魏征"将前两世纪的文学描绘成理想的统一体文(形式,修饰,文学的美学特性)和质(内容)的分裂过程。南朝文学的'文'

---

① [唐]魏征等撰:《隋书·文学传序》(卷七十六),第1730页。
② [唐]魏征等撰:《隋书·经籍志》(卷三十五),第1090页。
③ [唐]魏征等撰:《隋书·文学传序》(卷七十六),第1730页。

过滥,而太多的'质'则使北朝文学乏味"①。面对这种文学发展格局,魏征提出了"融合南北文学、取用两长"的文学主张。魏征的高明之处在于,他把"文"与"质"这种抽象的概念与现实中的南北文风相对,并主张通过"各去所短,合其两长"——即汲取南方文学文辞华美的形式和北方文学刚健清新的风骨来缔造一种全新的文风。

要言之,魏征明确提出了合南北文学所长、统一文质的主张,提出了"文质彬彬"的文学理想,发展了太宗的"雅正"文质观,直接影响了唐代文学的发展。

三、令狐德棻的文质思想

令狐德棻(583—666),宜州华原(今陕西耀县)人。令狐德棻撰《周书》,其文质思想主要见于《周书·王褒庾信传论》。《周书·王褒庾信传论》曰:

> 原夫文章之作,本乎情性。覃思则变化无方,形言则条流遂广。虽诗赋与奏议异轸,铭诔与书论殊涂,而撮其指要,举其大抵,莫若以气为主,以文传意。考其殿最,定其区域,摛六经百氏之英华,探屈、宋、卿、云之秘奥。其调也尚远,其旨也在深,其理也贵当,其辞也欲巧。然后莹金璧,播芝兰,文质因其宜,繁约适其变,权衡轻重,斟酌古今,和而能壮,丽而能典,焕乎若五色之成章,纷乎犹八音之繁会。夫然,则魏文所谓通才足以备体矣,士衡所谓难能足以逮意矣。②

令狐德棻提出"文章之作,本乎情性",认为"情性"是文学的根源,强调文学的"情性"本质。他还提出了"以气为主,以文传意"的观点,指出"气"是文章之根本,而"文"是"意"的载体,显然,他认为"质"是第一位的,"文"服务于"质"。从文质关系出发,令狐德棻认为理想的文学应该"调远""旨深""理当""辞巧",应当文质相宜、繁约得当、"和而能壮,丽而能典"。令狐德棻的文质思想是对魏征文质思想的补充和完善,为唐代文学的发展指出了具体的努力方向和标准,对文学创作实践具有极高的理论指导意义。

---

① [美]宇文所安:《初唐诗》,第27页。
② [唐]令狐德棻等撰:《周书·王褒庾信传论》(卷四十一),中华书局1971年版,第744页。

四、史家文质思想的总体观照

除魏征、令狐德棻外,李百药、姚思廉和李延寿等贞观史臣也提出了对于文学的看法。总体观照,贞观史臣的文质思想具有"家族相似性":既肯定文学的社会政教功能,又肯定文学的审美价值;既反对绮靡文风,又肯定文采;在文质关系上主张文质并重、文质并茂。具体而言:

第一,赋予文学崇高的地位,认为其既有"政教"功能,也包含"抒情"功能。初唐史臣一致认为文学作为"人文"的主要载体,具有"化成天下"的崇高地位。《隋书·文学传序》:"观乎天文,以察时变,观乎人文,以化成天下。"①《北齐书·文苑传序》:"圣达立言,化成天下,人文也。"②文学的"化成"之功首先为"政教"功能。《隋书·文学传序》:"然则文之为用,其大矣哉!上所以敷德教于下,下所以达情志于上,大则经纬天地,作训垂范,次则风谣歌颂,匡主和民。"③《梁书·文学传序》:"然经礼乐而纬国家,通古今而述美恶,非文莫可也。"④他们认为文学应该服务于政治教化,作训垂范,匡主和民。这无疑是继承了儒家的政教文学观。其次,文学的"化成"之功还表现为"抒情言志"。贞观史臣的高明之处在于他们也认可文学表达感情、抒发性灵的作用。《隋书·文学传序》:"或离谗放逐之臣,途穷后门之士,道轗轲而未遇,志郁抑而不申,愤激委约之中,飞文魏阙之下,奋迅泥滓,自致青云,振沉溺于一朝,流风声于千载,往往而有。"⑤《陈书·文学传序》:"小则文理清正,申纾性灵。"⑥他们都充分肯定了文学的抒情功能。

第二,从文学的本体出发,肯定了文学的"情性"本质,对文学的审美特性充分肯定。初唐史臣认为文学的本质是"性情",以"情性"为文学之"质",为

---

① [唐]魏征等撰:《隋书·文学传》(卷七十六),第 1729 页。
② [唐]李百药:《北齐书·文苑传》(卷四十五),第 601 页。
③ [唐]魏征等撰:《隋书·文学传》(卷七十六),第 1729 页。
④ [唐]姚思廉:《梁书·文学传》(卷四十九),中华书局 1973 年版,第 685 页。
⑤ [唐]魏征等撰:《隋书·文学传》(卷七十六),第 1729 页。
⑥ [唐]姚思廉:《陈书·文学传》(卷三十四),中华书局 1972 年版,第 453 页。

文学表现之内容。《周书·王褒庾信传论》:"原夫文章之作,本乎情性。"①《南史·文学传论》:"文章者,盖情性之风标,神明之律吕也。"②这都从文学本体出发,认为文学源于"情志",是对"情志"的表现。从对"情志"的认可可见,他们对文学的审美特性充分肯定,对"文"(形式)之美高度重视,其所谓"高致之奇""错综之美""藻丽""富溢""辞义可观"等评价均表明了初唐史家对于宋、齐文采的推崇。

第三,反对淫靡文风,推崇刚健质朴文风,主张南北文风的统一。初唐史臣肯定文学的文采,但反对内容空洞、过度注重形式的绮靡文风。《隋书·文学传序》批评梁陈文学"雅道沦缺,渐乖典则""其意浅而繁,其文匿而彩,词尚轻险,情多哀思"③"清辞巧制,止乎衽席之间,雕琢蔓藻,思极闺闱之内"④,认为其过度、盲目地追求文采的华丽,而忽视情感的真实和内容的健康,从而严重影响社会风气,导致丧家亡国。他们对北朝文学"词义贞刚,重乎气质"的刚健质朴风格极为欣赏,《北史·文苑传序》曰:

  及太和(孝文帝)在运,锐情文学,固以颉颃汉彻,跨蹑曹丕,气韵高远,艳藻独构。衣冠仰止,咸慕新风,律调颇殊,曲度遂改。辞罕泉源,言多胸臆,润古雕今,有所未遇。是故雅言丽则之奇,绮合绣联之美,眇历岁年,未闻独得。⑤

显然,初唐史臣对南北文学的优缺点有清楚的认识,针对南北文风对立的问题,他们最终提出了,合南北文学之长,既要"通变"又要"中庸"的文学发展思路。《隋书·经籍志》曰:

  遭时制宜,质文迭用,应之以通变,通变之以中庸。中庸则可久,通变则可大,其教有适,其用无穷,实仁义之陶钧,诚道德之橐钥也。⑥

---

① [唐]令狐德棻等撰:《周书·王褒庾信传》(卷四十一),第744页。
② [唐]李延寿:《南史·文学传》(卷七十二),中华书局1975年版,第1792页。
③ [唐]魏征等撰:《隋书·文学传》(卷七十六),第1730页。
④ [唐]魏征等撰:《隋书·经籍志》(卷三十五),第1090页。
⑤ [唐]李延寿:《北史·文苑传》(卷八十三),中华书局1974年版,第2779页。
⑥ [唐]魏征等撰:《隋书·经籍志》(卷三十五),第903页。

此处所言"中庸"就是"文质彬彬",即"文"与"质"的"中和"并茂。这表现在抽象的层面是雅正的内容与优美的形式的结合,而表现在实践的层面则是南北文风的融合。对此,魏征《隋书·文学传序》做了言简意赅的总结:

> 江左宫商发越,贵于清绮,河朔词义贞刚,重乎气质。气质则理胜其词,清绮则文过其意,理深者便于时用,文华者宜于咏歌,此其南北词人得失之大较也。若能掇彼清音,简兹累句,各去所短,合其两长,则文质彬彬,尽善尽美矣。①

令狐德棻在《周书·王褒庾信传论》中也表达了相似的思想:

> 其调也尚远,其旨也在深,其理也贵当,其辞也欲巧。然后莹金璧,播芝兰,文质因其宜,繁约适其变,权衡轻重,斟酌古今,和而能壮,丽而能典,焕乎若五色之成章,纷乎犹八音之繁会。夫然,则魏文所谓通才足以备体矣,士衡所谓难能足以逮意矣。②

总之,贞观君臣虽然从政治家的立场审视文学,但能通达辩证地看待文学与政治的关系,既追求文学"人文化成"的社会现实价值,也肯定文学"缘情绮靡"的审美功能。他们提出了"文质彬彬,尽善尽美"的文学理想,主张将文学的"言志"和"缘情"传统融为一体,实现政教与审美的统一;将"重乎气质"的北方文学与"贵于清绮"的南方文学相融合,实现南北文风的统一;将雅正的思想情感与完美的艺术形式相结合,实现内容与形式的统一。初唐贞观君臣的文质思想一方面再次确立了儒家政教尚质思想,同时又批判继承了六朝审美尚文观念,在政教与审美之间走了一条辩证统一的道路。唐初统治者的"雅正""文质彬彬"文质思想为唐代文学的繁荣奠定了良好的思想基础。

---

① [唐]魏征等撰:《隋书·文学传》(卷七十六),第1730页。
② [唐]令狐德棻等撰:《周书·王褒庾信传》(卷四十一),第745页。

第三节 "情志"与"实录"

初唐时期太宗和魏征等史臣的文质思想侧重于总体文学理想的建构,为唐代文学的发展确立了总体发展方向。而一些学者则从不同的角度对文质问题进行了探讨,如孔颖达从经学的角度、刘知几从史学的角度分别对文质问题进行思考,对此后文学和文质论的发展产生了积极的影响。

一、孔颖达的文质思想

孔颖达(574—648),字冲远、仲达,冀州衡水(今河北衡水)人,隋唐间儒学家、经学家。孔颖达奉诏编纂《五经正义》,为南北经学的统一做出了卓越贡献。《五经正义》为唐代经学思想的统一提供了理论依据,并作为有唐一代科举考试之教材影响士林、学界,其文质思想尤其对唐代文学的发展产生了深远影响。

(一)《五经正义》的文学理论价值

唐初,经学呈现出南北分离的格局,北学继承汉代章句之学,南学则承袭魏晋玄学之风。这种局面不利于思想文化的统一。因此,为了巩固政权,统一思想,树立儒学的崇高地位,就必须统一南北经学。唐初统一南北经学的重要举措是重新整理《五经》。《贞观政要》载曰:"贞观四年,太宗以经籍去圣久远,文字讹谬,诏前中书侍郎颜师古于秘书省考定《五经》。"①后太宗又以"儒学多门",章句繁杂,诏国子祭酒孔颖达等诸儒撰定《五经》疏义凡一百八十卷,名曰《五经正义》。孔颖达从文字校正、疏义、训诂等方面对五经进行了规范和整理,从而解决了"文字多讹缪"和"儒学多门,章句繁杂"②的问题。到永徽四年(651)《五经正义》正式颁行,且付国学施行,标志着儒家经典文本的统一。

---

① [唐]吴兢:《贞观政要》,第60页。
② [清]皮锡瑞:《经学历史》,中华书局2004年版,第139页。

作为唐初思想文化建设的重要成就,它从根本上确立了儒家学术著作的经典地位,也确立了儒家思想在官方意识形态中的主导地位,使儒家"经世致用"的现实主义思想成为有唐一代主流的时代精神。《五经正义》作为科举考试之教材,天下习之,影响所及遍于整个士林,这在一定意义上实现了南北学术思想的统一。皮锡瑞称:"自《正义》、《定本》颁之国胄,用以取士,天下奉为圭臬。唐至宋初数百年,士子皆谨守官书,莫敢异议矣。"①可见,通过科举这一枢纽,孔氏之《五经正义》深深地影响了唐代士人的学术思想和价值观念,进而影响了他们的文学创作观念。

《五经正义》中最具文学思想价值者为《毛诗正义》。孔颖达在《毛诗正义》中,通过对《诗经》的重新诠释,阐发了自己对于《诗经》的理解,建构了普遍的诗学观念,是对汉代诗经学的总结和超越。而从文学思想史的视角审视,其最大的价值在于他对诗的本质和功用的思考和诠释,形成了较为系统的诗学体系。孔颖达在《毛诗正义序》《诗谱疏》《诗大序疏》等文本中,集中思考了诗的本质和功能等诸多诗学问题,阐述了自己的诗学观念,是唐初最具理论价值的文学思想话语。其所提出的"情志一也""风雅之诗,缘政而作""诗述民志""畅怀舒愤"等诗学命题,超越创新,适应了唐代社会发展的现实,为有唐一代文学的发展提供了理论"源泉"和思想"原型"。

(二)"情志一也"的文质观

孔颖达文质观的基石是"情志一也"的文学本质观。对于诗的本质,在先秦时期,《左传·襄公二十七年》中有"诗以言志"说,《尚书·尧典》明确提出了"诗言志"的命题。先秦诗学对于诗的本质强调"志",其内涵侧重于思想和志向。汉代,《诗大序》提出了"诗者,志之所之也。在心为志,发言为诗。情动于中而形于言"②,将"情志"并提,但"志"涵括了"情","情"是"志"之附庸。而在魏晋这一"文的自觉时代",陆机提出了"诗缘情而绮靡"的命题,文学创作发生转向,"志"转向了"情","情"淹没了"志",使"情"独领风骚。因此,在隋唐之前,中国古典诗学对于诗的本质的认识是从"志"向"情"发展演变。这一

---

① [清]皮锡瑞:《经学历史》,第146页。
② 李学勤:《十三经注疏·毛诗正义》,北京大学出版社1999年版,第6页。

方面与时代发展相适应,同时也符合文学自身发展的规律。

孔颖达顺应唐帝国统一的政治、文化格局的需要,通过对儒家经典的整理,思考"诗"的本质,尝试把处于裂变状态的"志"与"情"统二为一,从而确立"情志"统一的文学本体论。在《春秋左传正义》中,孔氏对赵简子"民有好恶、喜怒、哀乐,生于六气。是故审则宜类,以制六志"之"六志"正义云:"此六志,《礼记》谓之六情,在己为情,情动为志,情志一也,所从言之异耳。"①认为诗源于个体的情感,情感表现为志,二者在本质上是一致的,明确提出了"情志一也"的观点。在《毛诗正义》中,孔颖达对"情志一也"命题做了进一步的申说,对《诗大序》"诗者,志之所之也,在心为志,发言为诗"正义云:

> 诗者,人志意之所之适也;虽有所适,犹未发口,蕴藏在心,谓之为志;发见于言,乃名为诗……《艺文志》云"哀乐之情感,歌咏之声发",此之谓也。正经与变,同名曰诗,以其俱是志之所之故也。情谓哀乐之情,中谓中心,言哀乐之情动于心志之中,出口而形见于言。②

孔氏在此详论诗之本质,整合"情""志",认为诗是作者情感和意志的表现,其本质是"情志"的统一。《荀子·正名》说:"性之和所生,精合感应,不事而自然,谓之性。性之好、恶、喜、怒、哀、乐谓之情。"③从《尚书》"诗言志"的萌芽,到先秦儒家的教化之志的规定,再到《诗大序》中"情""志"并举的调和,继而六朝《文赋》"诗缘情"的提出,最后到唐代孔颖达"情志一也"命题的确立,清晰地呈现出中国诗学从"言志"到"缘情",最终走向融合统一的发展脉络。

"情志一也"文质观的提出,标志着古典诗学对诗歌本质认识的进一步成熟,具有极大的诗学价值。孔氏的"情志",既非先秦两汉之"志",亦非魏晋六朝之"情",而是打通了"言志"与"诗缘情"所代表的诗学传统,实现了二者的统一,为唐诗的发展从理论上树立了依据。孔氏对于诗歌本质的认识适应了唐帝国统一的政治文化发展的形势,一方面恢复六朝诗歌中所缺失的以"言志"为标志的政教传统,同时又认可以"缘情"为号召的审美传统,把表现群体

---

① 李学勤:《十三经注疏·春秋左传正义》,北京大学出版社1999年版,第1455页。
② 李学勤:《十三经注疏·毛诗正义》,第6页。
③ [清]王先谦撰,沈啸寰、王星贤点校:《荀子集解》,第412页。

和国家之"志"的政教传统与表现个人"一己之情"的审美传统有机地统一起来,从而拓展了诗歌的表现内涵,在理论上为唐代诗学奠定了基础。

(三)政教与审美统一的诗歌功能论

以"情志"统一的诗歌本质论为基点,孔氏思考了诗歌的功能和价值问题。这体现在他的"诗有三训"上。孔颖达释郑玄《诗谱序》云:

> 然则诗有三训,承也、志也、持也。作者承君政之善恶,述己志而作诗,为诗所以持人之行,使不失坠,故一名而三训也。①

"三训"内涵丰富,是对诗歌功能与价值的全面思考,既强调诗之政教功能和社会教育功能,同时也重视诗歌抒情功能。对此,孔颖达在《毛诗正义序》中做了更全面的论述:

> 夫诗者,论功颂德之歌,止僻防邪之训。虽无为而自发,乃有益于生灵。六情静于内,百物荡于外。情缘物动,物感情迁。若政遇醇和,则欢娱被于朝野;时当惨黩,亦怨刺形于咏歌。作之者所以畅怀舒愤,闻之者足以塞违从正。发诸情性,谐于律吕。故曰感天地,动鬼神,莫近于诗。此乃诗之为用,其利大矣。②

孔颖达认为诗歌具有"论功颂德""止僻防邪"的社会价值,同时也具有"畅怀舒愤"功能,可以"有益于生灵""其利大矣"。由此可以看出,孔颖达对诗歌功能和价值的思考是"情志"并重的,但他更强调诗歌的社会功能,尤其重视诗歌的政教功能。

从重视诗歌的社会功能出发,孔颖达在《诗大序》的疏文中明确提出了"风雅之诗,缘政而作"的命题。他认为:"风、雅、颂者,皆是施政之名也","人君以政化下,臣下感政作诗,故还取政教之名,以为作诗之目。风、雅、颂同为政称,而事有积渐,教化之道,必先讽动之;物情既悟,然后教化,使之齐正。"③诗歌的价值主要在于美刺讽谏,匡主和民。而诗"缘政而作"的要义在于"诗人所陈

---

① 李学勤:《十三经注疏·毛诗正义·目录》,第4页。
② 李学勤:《十三经注疏·毛诗正义·目录》,第3页。
③ 李学勤:《十三经注疏·毛诗正义》,第12页。

者,皆乱状淫形,时政之疾病也,所言者,皆忠规切谏,救世之针药也"①,作诗的目的在于"以风刺其上,觊其改恶为善"②,劝勉当代统治者实行仁政,从而达到"救世"的目的。因此,"风、雅之诗,缘政而作"的观点明确强调诗歌创作与政治的内在关联,把诗的功能同政治紧密地结合在一起,把诗歌的价值归于王政教化,从经学角度确立了诗歌政教功能的核心地位。"风雅之诗,缘政而作"的观念通过经学而经典化,重新确立了儒家政教诗学传统,成为唐代官方主流意识形态,并通过科举考试而影响了唐代儒家知识分子的精神世界,进而对唐代诗歌的创作产生了深远的影响,尤其对唐代以"风雅"为号召的现实主义诗学影响巨大。

在强调诗歌政教功能的基础上,孔颖达认为诗歌具有反映社会现实的功能。他又提出了"诗述民志,乐歌民诗。故时政善恶,见于音也"③。的观点,认为诗歌创作的一个重要作用在于其"述民志",即诗歌可以表现普天之下民众的心声、意愿和情感,而诗歌所表现的"民志"则可以反映"时政善恶",反映当时的社会现实。因此,诗人"览一国之意,以为己心,故一国之事,系此一人,使言之也"④。代民众立言,反映民情。这体现出孔颖达诗学强烈的关注社会现实的民本思想色彩,展现出其儒家诗学积极入世的现实情怀,凸显了其诗学思想的现实主义特色。

孔氏强调"情志"统一,因此他一方面突出诗歌"缘政""述民志"的社会现实功能,同时他也肯定了诗歌的抒情功能。《毛诗正义序》云:

> 六情静于中,百物荡于外,情缘物动,物感情迁。若政遇醇和,则欢娱被于朝野,时当惨黩,亦怨刺形于咏歌。作之者所以畅怀舒愤,闻之者足以塞违从正。⑤

孔颖达从创作主体的角度探讨了诗歌"畅怀舒愤"的抒情特质,认为诗人

---

① 李学勤:《十三经注疏·毛诗正义》,第 16 页。
② 李学勤:《十三经注疏·毛诗正义》,第 15 页。
③ 李学勤:《十三经注疏·毛诗正义》,第 9 页。
④ 李学勤:《十三经注疏·毛诗正义》,第 17 页。
⑤ 李学勤:《十三经注疏·毛诗正义·目录》,第 3 页。

可以把自己感物伤怀之情表达出来,从而达到"塞违从正"的目的。对此观点,他反复予以申说,其疏《诗大序》"诗者,志之所之也"句云:

> 诗者,人志意之所之适也。虽有所适,犹未发口,蕴藏在心,谓之为志。发见于言,乃名为诗。言作诗者,所以舒心志愤懑,而卒成于歌咏。①

所谓"以舒心志愤懑"与前述"畅怀舒愤""诗缘政作""诗述民志"等诗学观点相辅相成,从不同的视域肯定了诗歌的抒情功能。孔颖达以"诗有三训"为起点,从文学与政治、文学与民众、文学与诗人等方面系统地探讨了诗歌的功能,既肯定文学的社会政教作用,又肯定文学的抒情价值,实现了二者的统一,从而超越了前代诗学。

综上所论,孔颖达以《毛诗正义》为代表的诗学思想融合"言志"与"缘情"传统,实现了"情志"统一,明确了以"情志"为"质"的文质观,从理论上完善了魏征等贞观史臣在"八史"中提出的文质并重的文学思想,为唐诗"文质相炳焕"繁荣局面的到来从理论上做好了准备。而其推崇诗歌"缘于政""述民志"的社会功能,同时强调诗歌"畅怀舒愤"的抒情功能,实现了文学政教与抒情功能的统一,形成了唐代文学"经邦致用""关注民瘼"的现实主义创作范式,开启了以陈子昂、杜甫、元结、白居易等为代表的现实主义诗歌创作思潮,对有唐一代诗歌发展影响深远。

二、刘知几的文质思想

孔颖达从经学角度提出了"情志一也"的文质观,为唐代文学政教与审美的统一提供了理论依据。而刘知几则从史学立场出发,提倡"实录",为唐代文学之"质"注入了"真实"这一内质,从而为扭转六朝以来文盛质衰的文风找到了一个有力的切入点,也对唐代文学提倡写实的诗风、文风产生了积极的影响。

刘知几(661—721),字子玄,"三为史臣,再入东观"②"掌知国史,首尾二

---

① 李学勤:《十三经注疏·毛诗正义》,第6页。
② 《史通·自叙》,[唐]刘知几撰,姚松、朱恒夫译注:《史通全译》,第575页。

十余年"①,是初唐时期著名的史学家,撰《史通》。《史通》是中国古代史学理论巨著,现存四十九篇,分为内、外两篇。"内篇皆论史家体例,辨别是非。外篇则述史籍源流及杂评古人得失。"②《史通》对唐以前的史籍著述情况和史学理论的成就做了总结,"夫其书虽以史为主,而余波所及,上穷王道,下上穷王道,下掞人伦,总括万殊,包吞千有"③,在中国学术史上与《文心雕龙》并称。《史通》虽以史为研究对象,但对史著的撰述提出了许多独到见解,其观点由史及文,对文质问题也有较深入的思考。刘知几认为"古往今来,质文递变"④,其文质观一言以蔽之则为"崇实",即"质"要真实,"文"要"简质"。

(一)文史异辙

刘知几认为文史同源,"文之将史,其流一焉"⑤"史之为务,必籍于文。"⑥二者紧密联系。但他又提出"然朴散淳销,时移世异,文之于史,较然异辙。故以张衡之文,而不闲于史;以陈寿之史,而不习于文"⑦。认为二者具有不同的特点。刘知几认为,在秦汉之前,文与史一体,文史不分;秦汉以后文与史才分途发展。《叙事篇》:"昔夫子有云:'文胜质则史。'故知史之为务,必籍于文。自《五经》以降,《三史》而往,以文叙事,可得而言焉。"⑧强调不能以文学的虚构、夸张方法去著史,反对"文史相乱"。

刘知几有敏锐的文体意识,他认为文学与历史著作有本质的区别,应区别对待。《载言》指出"若人主之制、册、诰、令、群臣之章、表、移、檄"⑨这些应用性公文,应收入史书之中;而"诗人之什,自成一家","窃谓宜从古诗例,断入书中。"虽然,文学与历史有严格的区别,但他认为文学和历史都具有"惩恶劝善,

---

① [后晋]刘昫等撰:《旧唐书·刘子玄传》(卷一百二),第3168页。
② [清]纪昀等纂:《钦定四库全书总目》,中华书局1997年版,第1163页。
③ 《史通·自叙》,[唐]刘知几撰,姚松、朱恒夫译注:《史通全译》,第575页。
④ 《史通·六家》,[唐]刘知几撰,姚松、朱恒夫译注:《史通全译》,第2页。
⑤ 《史通·载文》,[唐]刘知几撰,姚松、朱恒夫译注:《史通全译》,第230页。
⑥ 《史通·叙事》,[唐]刘知几撰,姚松、朱恒夫译注:《史通全译》,第354页。
⑦ 《史通·核才》,[唐]刘知几撰,姚松、朱恒夫译注:《史通全译》,第491页。
⑧ [唐]刘知几撰,姚松、朱恒夫译注:《史通全译》,第354页。
⑨ [唐]刘知几撰,姚松、朱恒夫译注:《史通全译》,第49页。

观风察俗"①方面的作用。

因此,他对文与史提出了不同的文质标准,标明其对文学的本质有明确的认识,肯定了文学的独立性。

(二)"实录""直书"

刘知几继承了古代史学的撰述精神,提倡撰史要遵循"实录""直书"的原则。同理,刘知几认为文章可以教化天下,了解国家的兴亡,因此文章要"实录""直书""不虚美,不隐恶",要求内容客观真实。

刘知几在《言语》篇中提出:"工为史者,不选事而书,故言无美恶,尽传于后。若事皆不谬,言必近真,庶几可与古人同居,何止得其糟粕而已"②,强调"言必近真","近真"而"录实"。他认为"华而失实,过莫大焉"③,反对"徒有其文,竟无其事"④。"实录直书"的观点是《史通》的基本写作主张。他认为"自唐、虞以下讫于周""世犹淳质,文从简略"⑤,认为先秦经典和史著中所载诗歌"其理说而切,其文简而要",都给予了肯定的评价。但他批评秦汉以后的史著"文体大变,树理者多以诡妄为本,饰辞者务以淫丽为宗",尤其是其中所载汉赋"喻过其体,词没其义,繁华而失实,流荡而忘返,无裨劝奖,有长奸诈"⑥。他推崇《汉书》"言皆精练,事甚该密"⑦,赞扬王劭所撰《齐》《隋》二史"文皆谙实,理多可信,至于悠悠饰词,皆不之取。此实得去邪从正之理,捐华撷实之义也"⑧。将其作为史籍撰述的典范。因此他极力提倡"拨浮华,采贞实"⑨,认为这是阻止淫丽文风的堤防,也是秉持雅正文风的关键。刘知几的文质思想扩大了传统文质观"质"的内涵,从"情志"转向了"真实",提出了"真"这一标准。从文学视域看,刘知几的"实录"是提倡文学要真实反映客观

---

① 《史通·载文》,[唐]刘知几撰,姚松、朱恒夫译注:《史通全译》,第231页。
② [唐]刘知几撰,姚松、朱恒夫译注:《史通全译》,第300页。
③ [唐]刘知几撰,姚松、朱恒夫译注:《史通全译》,第292页。
④ 《史通·载文》,[唐]刘知几撰,姚松、朱恒夫译注:《史通全译》,第234页。
⑤ 《史通·二体》,[唐]刘知几撰,姚松、朱恒夫译注:《史通全译》,第36页。
⑥ 《史通·载文》,[唐]刘知几撰,姚松、朱恒夫译注:《史通全译》,第231页。
⑦ 《史通·六家》,[唐]刘知几撰,姚松、朱恒夫译注:《史通全译》,第33页。
⑧ 《史通·载文》,[唐]刘知几撰,姚松、朱恒夫译注:《史通全译》,第242页。
⑨ 《史通·载文》,[唐]刘知几撰,姚松、朱恒夫译注:《史通全译》,第245页。

的现实生活,尤其是反映时弊,表现民生疾苦,这是正确的。但他完全用史著的标准要求文学创作,又忽视了文学的主观创造性,这无疑是不全面的。刘知几的"实录"思想对元结、白居易的现实主义创作思想具有直接影响。

(三)"文约而事丰"

刘知几在区分文史、提倡"实录"的前提下,提出了"文约而事丰"的文质思想。刘知几认为,史学著述的内容和形式要并重,"文"与"质"要"其文直,其事核""不虚美,不隐恶"①,"言近而旨远"②"文约而事丰"③,要文质相称,言简意丰。

刘知几对史著在"文"方面提出了"简质"的标准。对于"文"的价值,刘知几高度肯定,认为"言之不文,行之不远"④,盛赞圣贤文采"自圣贤述作,是曰经典,句皆《韶》《夏》,言尽琳琅,秩秩德音,洋洋盈耳"⑤。但他对于"文"有自己的标准。他要求"文直""辩而不华,质而不俚"⑥,讲求一种"体质素美"的语言风格。他批评魏晋以来的浮华风气:"其为文也,大抵编字不只,捶句皆双,修短取均,奇偶相配。故应以一言蔽之者,辄足为二言;应以三句成文者,必分为四句。弥漫重沓,不知所裁。"⑦认为其过分重视形式,内容空洞乏味。他对"世重文藻,词宗丽淫,于是沮诵失路,灵均当轴"⑧的著史现象极为不满。《叙事篇》曰:"叙事之工者,以简要为主。"⑨《书事篇》提出:"记事之体,欲简而且详,疏而不漏。"⑩足见,刘知几对著史之"文"极力主张"尚简"。

因此,他提出作文要"励精雕饰",反对"繁文",主张"用晦"。"励精雕饰"关乎"文质"两个方面,即"言简意赅",也就是"其文直,其事核,不虚美,不隐

---

① 《史通·鉴识》,[唐]刘知几撰,姚松、朱恒夫译注:《史通全译》,第404页。
② 《史通·叙事》,[唐]刘知几撰,姚松、朱恒夫译注:《史通全译》,第337页。
③ 《史通·叙事》,[唐]刘知几撰,姚松、朱恒夫译注:《史通全译》,第326页。
④ 《史通·言语》,[唐]刘知几撰,姚松、朱恒夫译注:《史通全译》,第283页。
⑤ 《史通·叙事》,[唐]刘知几撰,姚松、朱恒夫译注:《史通全译》,第335页。
⑥ 《史通·鉴识》,[唐]刘知几撰,姚松、朱恒夫译注:《史通全译》,第404页。
⑦ 《史通·叙事》,[唐]刘知几撰,姚松、朱恒夫译注:《史通全译》,第340页。
⑧ 《史通·核才》,[唐]刘知几撰,姚松、朱恒夫译注:《史通全译》,第495页。
⑨ [唐]刘知几撰,姚松、朱恒夫译注:《史通全译》,第326页。
⑩ [唐]刘知几撰,姚松、朱恒夫译注:《史通全译》,第468页。

恶"。他还提倡"用晦":

> 章句之言,有显有晦。显也者,繁词褥说,理尽于篇中。晦也者,省字约文,事溢于句外。然则晦之将显,优劣不同,较可知矣。夫能略小存大,举重明轻,一言而巨细咸该,词组而洪纤靡漏,此皆用晦之道也。①

他认为,文章的写作"有显有晦","显"的表现是"繁词褥说",意义浅显;而"用晦"就是要在写作中"省字约文",做到言简意赅,言有尽而意无穷。刘知几主张史著的语言要讲究,要"言必进真",反对"华而失实",文辞要"文而不丽,质而非俚"②。这都说明,刘知几对文章风格的要求偏于"简质"。

总之,刘知几从史学的角度提出了"实录""文约而事丰"文质观,追求"真实""简质"的质朴文风,其体现了一种"崇实"的文学精神,是初唐在"政教""情志"之外的新的文学发展方向。刘知几的文质思想,对扭转六朝"绮丽"文风发挥了积极的作用,也为唐代文学抒写真情实感做了理论准备。

第四节 "兴寄"与"风骨"

贞观君臣提出了"雅正""文质彬彬"的文质思想,确立了正确的文学发展方向;经学家孔颖达则从儒家经学思想出发,主张"情志"统一,为文质统一提供了理论依据,使文质内涵更为丰富;而史学家刘知几则因史及文,提出了"实录""简质"思想,为唐代文风转变找到了新的方向。他们的文质思想共同为文风改革做好了理论准备。但在文风转变的缓慢过程中,对文风变革产生实质性影响的是唐高宗、武后时期以"初唐四杰"和陈子昂为代表的诗人。他们对文质问题做了新的思考,是"唐文学繁荣到来之前的第二次思想准备工作"③。

---

① 《史通·叙事》,[唐]刘知几撰,姚松、朱恒夫译注:《史通全译》,第335页。
② 《史通·叙事》,[唐]刘知几撰,姚松、朱恒夫译注:《史通全译》,第317页。
③ 罗宗强:《隋唐五代文学思想史》,第28页。

一、"初唐四杰"的文质思想

初唐诗人王勃、杨炯、卢照邻、骆宾王,"天下称王杨卢骆,号四杰。"①"四杰"大都生于唐贞观年间,创作活动集中在唐高宗至武后时期。《新唐书·文艺传》曰:"唐有天下三百年,文章无虑三变。高祖、太宗,大难始夷,沿江左余风,缔句绘章,揣合低卬,故王、杨为之伯。"②"四杰"怀着变革文风的自觉意识,担负起了诗歌改革的重任。"四杰"在文学观念上较为相近,文质思想主要集中在两个方面:反对绮艳文风,主张表现浓郁的情感和壮大的气势。"四杰"在诗歌创作的内容和形式上有新的突破,杜甫称赞"王杨卢骆当时体"③,为唐诗注入了新的因素,使唐诗风格朝着"质"的方向发展。

(一)王勃的文质思想

在"四杰"中,王勃的文质思想最具代表性。王勃(约650—约676),字子安,古绛州龙门(今山西河津)人,是隋末大儒王通之孙。王勃在思想上继承了乃祖的思想,文学思想以儒家"诗教"传统为核心。他在《上吏部裴侍郎启》中说:

> 自微言既绝,斯文不振。屈宋导浇源于前,枚马张淫风于后,谈人主者以宫室苑囿为雄,叙名流者以沉酗骄奢为达。故魏文用之而中国衰,宋武贵之而江东乱。虽沈谢争鹜,适先兆齐梁之危;徐庾并驰,不能止周陈之祸。④

从中可以看出,王勃的文学观是以儒家正统的"诗教"观为要义,认同的是儒家的"微言大义"和"斯文"传统,而对屈原、宋玉以降的"缘情体物"文学一概不予认可,批评辞赋是导致国家动乱、衰亡的祸根,对绮丽的六朝文风进行了批判。王勃对屈宋乃至六朝文学的全盘否定,虽然有矫枉过正之嫌,但显示了其变革文风的决心,具有积极的意义。

---

① [宋]欧阳修、宋祁撰:《新唐书·王勃传》(卷二百一),第5739页。
② [宋]欧阳修、宋祁撰:《新唐书·文艺传》(卷二百一),第5725页。
③ 《戏为六绝句》,[清]仇兆鳌注:《杜诗详注》,中华书局1979年版,第896页。
④ [清]董诰等编:《全唐文》(卷一百八十),第1829页。

从这样的立场出发,王勃"开辟翰苑,扫荡文场"①,对上官仪为代表的宫廷诗风进行批判,提出了复兴诗歌"骨气"和"刚健"文风的主张。杨炯在《王勃集序》中说:

> 尝以龙朔初载,文场变体,争构纤微,竞为雕刻。糅之金玉龙凤,乱之朱紫青黄。影带以徇其功,假对以称其美。骨气都尽,刚健不闻。思革其弊,用光志业……遂使繁综浅术,无藩篱之固;纷绘小才,失金汤之险。积年绮碎,一朝清廓。②

王勃批评上官仪为代表的宫体诗风"争构纤微,竞为雕刻""骨气都尽,刚健不闻"。由此,他提出了"骨气"和"刚健"的文质思想。这使初唐提出的"文质彬彬"的理想具有了具体的追求目标,赋予了"文质"具体的内涵。"骨气"和"刚健"体现为对人生的关怀,展现为一种追求情思浓郁与气势恢宏的文学思想倾向,成为新诗风的特质,从而与宫廷诗风区别开来。

王勃注重"风骨""刚健"的文质思想,其根源是儒家文学思想。《上吏部裴侍郎启》曰:

> 夫文章之道自古称难,圣人以开物成务,君子以立言见志。遗雅背训,孟子不为;劝百讽一,扬雄不耻。苟非可以甄明大义,矫正末流,俗化资以兴衰,家国由其轻重,古人未尝留心也……周公孔氏之教,存之而不行于代。天下之文,靡不坏矣。③

可以看出,王勃以"雅训""大义""周公孔氏之教"为"为文之道"。因此,从理论上看王勃的文学思想以儒家思想为根本,重视文学的教化功能;但从创作实践看,他所重之"质"是面向人生的积极"情思"。其作品以充沛的思想感情和真实的生活阅历为基础,有风有骨,初步摆脱了齐梁浮华轻艳习气,形成了唐诗新的风格。

---

① [唐]王勃:《山亭思友人序》,[清]董诰等编:《全唐文》(卷一百八十),第1837页。
② [清]董诰等编:《全唐文》(卷一百九十一),第1929页。
③ [清]董诰等编:《全唐文》(卷一百八十),第1829页。

(二)杨炯、卢照邻和骆宾王的文质思想

杨炯(650—692),字盈川,华州华阴(今陕西华阴市)人。杨炯的文质观同王勃具有共同性,以儒家正统文学观为本位,推崇"雅颂""风骚"传统,体现出"重质"的倾向。杨炯《王勃集序》:

> 贾马蔚兴,已亏于雅颂;曹王杰起,更失于风骚……泊乎潘陆奋发,孙许相因,继之以颜谢,申之以江鲍,梁魏群才,周隋众制,或苟求虫篆,未尽力于丘坟;或独徇波澜,不寻源于礼乐。①

杨炯从儒家礼乐文化的角度否定非实用的、以抒情审美为功能的文学,推崇"雅颂""风骚"传统,提倡文学要以儒家经典和礼乐为渊源。但杨炯还提出:

> 有人文焉,立言以重其范。历年滋久,递为文质,应运以发其明,因人以通其粹……文儒于焉异术,辞赋所以殊源。②

这又表明,杨炯已认识到"文质"递变,"文儒""异术","辞赋""殊源",肯定了文学的独立性。

卢照邻(约636—约680),字升之,自号幽忧子,幽州范阳(治今河北省定兴县)人。卢照邻的诗学思想集中于《驸马都尉乔君集序》《南阳公集序》《乐府杂诗序》等文章中。首先,卢照邻提倡复兴儒家文学思想,推崇"风骨""适意"、推崇儒家"礼乐之道""六经之业"。其曰:"昔文王既没,道不在兹乎?尼父克生,礼尽归于是矣","礼乐之道,已颠坠于斯文。"认为儒家的"礼乐之道""六经之业"已"不在","斯文"已"颠坠"。因此,他希望"衣冠礼乐,重闻三代之风;玉帛讴歌,无坠六经之业"③,复兴"斯文"。能学习"两班叙事,得丘明之风骨"④。重振汉魏"风骨"。可以看出,卢照邻的文质观以儒家之"道"为本位,推崇儒家文学传统。其次,卢照邻认为文学的发展"里颂途歌,随质文而沿

---

① [清]董诰等编:《全唐文》(卷一百九十一),第1929页。
② [清]董诰等编:《全唐文》(卷一百九十一),第1929页。
③ [唐]卢照邻:《驸马都尉乔君集序》,[清]董诰等编:《全唐文》(卷一百六十六),第1691页。
④ [唐]卢照邻:《南阳公集序》,[清]董诰等编:《全唐文》(卷一百六十六),第1692页。

革"①,"讴歌玉帛之书,何必同条而共贯? 文质再而复,殷周之损益足征;骊翰三而改,虞夏之兴亡可及。"②显然,其认为时代与社会在变迁,诗歌自然会沿革变化,而"文质再而复""质文代变"是文学发展的必然规律,其必然导致文学形式的多样性。可见,他认可"文"的独立性。卢照邻提倡"适意""清灵"的文质关系。他说"凡所著述,多以适意为宗;雅爱清灵,不以繁词为贵"③。"适意"强调文质相宜,融会相通。"清灵"当指思想意境与语言风格的清新灵动。可见,卢照邻一方面以儒家"礼乐之道"为文学之根本;同时主张文学的发展"随质文而沿革",提倡"适意""风骨""清灵",反对"繁词"。相比较而言,这是一种较为通达的文质观。

骆宾王(约619—?),字观光,婺州义乌(今浙江义乌)人。骆宾王反对齐梁诗风,推崇真情实感。《和学士闺情诗启》:"言志缘情,二京斯盛;含豪沥思,魏晋弥繁,布在缃简,差可商略。"④骆宾王推崇"情志"。

(三)"四杰"文质思想的意义

"初唐四杰"的文质思想在唐代文学发展史上具有重要的意义:

第一,初唐四杰在思想上继承了汉魏儒家精神,强调文学的政教作用,提出文章之道在于甄明大义,注重诗歌情感内容的健康壮大,同时在艺术上继承了六朝诗学,把汉魏风骨和宫体绮艳进行重构,形成了新的风格。他们努力摆脱齐梁诗风的影响,积极开拓诗歌的题材领域,对诗的格律形式也有所探索,从内容和形式两个方面开始了创新之路。

第二,"四杰"的文质观立足于文学本体,"文质并重",对文质的认识更为明确。他们推崇文学的"言志缘情"本质,在内容上情感真挚,扩大了诗的表现题材。闻一多先生说:"正如宫体诗在卢骆手里是从宫廷走向市井,五律到王杨的时代是从台阁移至江山与塞漠。"⑤他们开始把诗歌从宫廷移到了市井,

---

① [唐]卢照邻:《乐府杂诗序》,[清]董诰等编:《全唐文》(卷一百六十六),第1693页。
② [唐]卢照邻:《南阳公集序》,[清]董诰等编:《全唐文》(卷一百六十六),第1692页。
③ [唐]卢照邻:《驸马都尉乔君集序》,[清]董诰等编:《全唐文》(卷一百六十六),第1691页。
④ [清]董诰等编:《全唐文》(卷一百九十八),第2001页。
⑤ 闻一多:《唐诗杂论·四杰》,上海古籍出版社1998年版,第20页。

从台阁移到江山和塞漠,题材扩大了,思想严肃了。"四杰"在艺术上形成了明确的审美追求:反对纤巧绮靡,提倡刚健骨气。"四杰"将诗歌的基调转向了昂扬壮阔,将反映壮阔的情思和复杂的人生,作为一种自觉的美学追求。他们的诗歌创作刚健清新,初步改变了唐初的文学创作风貌。

第三,"四杰"的文质思想把早期理论家提出的文质观念和文风改革理想进一步落到了实处,从诗学观念和创作实践两方面完善了"文质彬彬"的文质思想,把唐诗的发展引向了良性发展的广阔道路。对此,罗宗强先生曾这样评价:

> 魏晋六朝时文学进入了自觉的时代,重在抒情,且亦追求形式之美,而当其走向极端时,弊在流于淫放绮艳。救弊之法,苏绰、李谔倡明政教之用,而又流于否定文学之特征,有背于文学自身之发展规律而收效甚微。"四杰"承初唐政治家之后,继承了他们既倡政教之用,而亦不否定文学特征的基本观点,重抒情,而于抒情中求昂扬壮大之气势。可以说,不管他们是否已经意识到,这实际上已经为纠正绮艳文风之弊找到了一条出路。①

总之,"初盛四杰"的文质思想代表了初唐诗歌精神,"把初唐政治家提出的文质并重的一般原则,变为具体的可感的美学要求。"②杜甫说:"王杨卢骆当时体""不废江河万古流"。初唐四杰崇尚汉魏风骨和精神,涤荡六朝浮靡的诗风,清除宫体诗和上官体诗风的影响,以饱含"骨气"的内容和"刚健"的文风,有力地促进了诗歌向盛唐方向发展。他们的诗歌创作题材范围扩大、体物写景技巧成熟、声律完善、风骨刚健,为唐诗艺术的繁荣奠定了基础,打开了"声律风骨兼备"的唐诗的大门。

二、陈子昂的文质思想

在"四杰"之后,陈子昂对初唐文质论做了总结。陈子昂继四杰之后,以更

---

① 罗宗强:《隋唐五代文学思想史》,第35页。
② 罗宗强:《隋唐五代文学思想史》,第35页。

坚决的态度反对齐梁诗风,在理论和实践两方面表现出鲜明的创新精神,赋予文质新的意义,有力地扭转了齐梁淫靡文风,最终为盛唐文学高峰的到来铺平了道路。

(一)"风骨"与"兴寄"

陈子昂(661—702),字伯玉,梓州射洪(今属四川)人,是一位对唐诗发展产生重大影响的诗人,有《陈伯玉集》。陈子昂思想较为复杂,儒释道三教融合,但以儒家思想为主导。陈子昂在扭转初唐诗坛齐梁余风方面做出了卓越贡献,是革除旧弊、开创新风的重要人物。金代元好问称:"沈宋横驰翰墨场,风流初不废齐梁。论功若准平吴例,合着黄金铸子昂。"①点出了陈子昂在初唐后期诗学革新中的地位。在"四杰"之后,陈子昂"卓立千古,横制颓波,天下翕然,质文一变"②。韩愈《荐士》称赞他:"国朝盛文章,子昂始高蹈。"③《新唐书·陈子昂传》曰:"唐兴,文章承徐、庾余风,天下祖尚,子昂始变雅正。"④这里所谓"雅正"正是唐太宗所倡导的"雅正",即内容的真实和表现的真切。唐初太宗所主导的"雅正"文质思想,到陈子昂才真正得以实现。

陈子昂的《修竹篇序》是唐代诗歌改革的宣言书,是其文质思想的具体表述,也标志着唐代诗风的新变。《修竹篇序》曰:

> 文章道弊五百年矣。汉魏风骨,晋宋莫传,然而文献有可征者。仆尝暇时观齐梁间诗,彩丽竞繁,而兴寄都绝,每以永叹。思古人,常恐逶迤颓靡,风雅不作,以耿耿也。一昨于解三处见明公《咏孤桐篇》,骨气端翔,音情顿挫,光英朗练,有金石声。遂用洗心饰视,发挥幽郁。不图正始之音,复睹于兹;可使建安作者,相视而笑。⑤

---

① [金]元好问:《论诗三十首》,郭绍虞主编:《中国历代文论选》(2),上海古籍出版社2001年版,第449页。
② [唐]卢藏用:《右拾遗陈子昂文集序》,[清]董诰等编:《全唐文》(卷二百三十八),第2402页。
③ [唐]韩愈著,钱仲联集释:《韩昌黎诗系年集释》,上海古籍出版社1984年版,第527页。
④ [宋]欧阳修、宋祁撰:《新唐书·陈子昂传》(卷一百七),第4067页。
⑤ [唐]陈子昂撰,徐鹏点校:《陈子昂集》,上海古籍出版社2013年版,第16页。

陈子昂的文质思想,首先表现为对文学独立性的肯定。陈子昂评估文学发展史,提出了"文章道弊五百年矣"的论断。以"道弊"对之前"五百年"文学发展的状态做了定性判断。此处"文章"专指以诗歌为主的文学。"道"是指文学的内在本质和发展规律。陈子昂认为,此前的文学之"道"已凋敝。这显然是从文学本体的角度,而不是从"人文"的角度所理论的,说明陈子昂所关注的是文学的本质和发展规律,其承认文学的独立性,这是文学观的自觉。

其次,陈子昂赋予"质"以具体的内涵:"风骨"和"兴寄"。"风骨"指的是"雅好慷慨"的文学特质,是指以建安文学精神为标志的对浓郁强烈的真实情感的追求,是对文学精神方向的审美规定。它要求诗歌要有高尚、真实、浓烈的思想感情,要有刚健充实的现实内容。而"兴寄"以《诗经》中"兴"为表现手法,是一种由外到内的感发方式,"寄"是对诗歌整体思想内容的要求,强调诗歌有感而发,有所寄托。这是对诗经"比兴"原则的继承和发展,强调诗歌对"情志"的表现。"兴寄"说要求创作主体有感而发,作品的思想内容要有针对性,要寄托作者的情思。"兴寄"说从实质上增加了诗歌的内容,使诗歌具有更多的质感,与前人出于政教目的而纠正诗风的简单做法相比,它距离文学的本来规律更近了一步,为即将到来的盛唐之音做了较为完善的准备。

"风骨"和"兴寄"实质上是一个问题的两个方面。在本质上,二者都是要求内容和情感的质朴刚健、真切自然。陈子昂之所以选择"风骨"和"兴寄",原因在于,他深刻认识到欲从根本上消除弥漫于诗坛的六朝余风,只有从"质"到"文",从内容到形式进行双重革新,方可实现。于是,他提倡恢复寄寓着远大人生理想、蕴涵着丰沛情感的建安风骨,并赋予其新的时代内涵,提倡运用富有表现力的"兴寄"手法,把时代精神和政治理想寄寓在审美之中。

陈子昂把文学的"质"从外在之"道"转向了内在的"情思",并且提出了具体的规范,是积极健康的,也是真实有益的。陈子昂是从文学的本体出发,思考诗歌的本质,把文学从单纯形式的追求复归到"抒情""言志"的道路上来。从诗歌言情的角度来说,陈子昂的"风骨"和"兴寄"主张更加接近于诗的本质,淡化了诗歌的政治教化,强调诗歌的抒情观念,要求诗人以积极向上的态度参与现实社会生活,发挥创作主体的能动性,这无疑对盛唐诗人有深刻的影响。

而对于"文",陈子昂提倡"风雅"之作,并以"建安""正始"为标准,反对"彩丽竞繁"的齐梁诗风。从陈子昂所推崇的诗歌风貌来看,无论是"汉魏风骨""骨气""顿挫"还是"朗练""有金石声",都有一个显著的特点,那就是风貌上的质实、刚健、有力;而从他所排斥的诗歌风貌来看,"采丽竞繁,而兴寄都绝""逶逸颓靡,风雅不作",其特质是绮艳华丽、拖沓萎靡、内容空洞。联系其"兴寄""风雅"的诗歌主张,足见其所推崇质实、刚健、有气力的诗歌风貌是以抒发真情实感、表达美刺讽喻为基础的;而抒发真情实感、表达美刺讽喻也必须做到风貌上的质实、刚健、有气力。

在文质关系上,陈子昂提倡"文质并重"。陈子昂从内容与形式结合的角度旗帜鲜明地提出了"骨气端翔,音情顿挫,光英朗练,有金石声"的文质并重的诗学理想。"骨气端翔"中的"骨气"就是"风骨","端翔"是指端直劲健有力,有飞动之势;"音情顿挫"包括音节和情感,要求作品音节抑扬顿挫,情感波澜起伏;"光英朗练"是对文辞的要求,文辞要有光彩,明朗皎洁;"有金石声"为形象说法,比喻作品要铿锵有力。陈子昂认为,理想的诗歌既要有充实的内容和真挚的情感,又要有明朗皎洁的语言和抑扬顿挫的韵律。此十六字是陈子昂对东方虬《咏孤桐篇》的评赞之语,其对创作主体的情感、作品的内容、音节和语辞的感化力量以及整体效果等都做了肯定的评价。《咏孤桐篇》为陈子昂所追求的理想诗歌模式,而"骨气端翔,音情顿挫,光英朗练,有金石声"为陈氏文质观的最好表达。

陈子昂主张将壮大昂扬的情思与声律词采结合,将"诗的真""情感的真"与远大的人生指向联系起来,从内容和形式两个方面创造健康瑰丽的文学。陈子昂的文质观,为贞观史臣"文质彬彬"文学理想注入了具体的内涵。

(二)文质思想的影响

陈子昂的文质思想体现在其诗歌创作中,并影响后来诗人的创作。《感遇诗》三十八首,正是表现这种革新精神的集中展示。从"四杰"开始的那种渴望建功立业的昂扬情调,在陈子昂的这类兴寄之作中更显激越,带有壮怀激烈、拔剑而起的豪侠之气。陈子昂的全部诗作内容广阔、思想丰富,洋溢着壮伟之情和豪侠之气,已彻底摆脱了齐梁浮艳的气息,充分地体现了能反映一个时代

士人精神风貌的被称为唐诗"风骨"的东西。杜甫对陈子昂高度赞赏,《陈拾遗故宅》曰:

> 有才继骚雅,哲匠不比肩。公生扬马后,名与日月悬。同游英俊人,多秉辅佐权。彦昭超玉价,郭振起通泉。到今素壁滑,洒翰银钩连。盛事会一时,此堂岂千年。终古立忠义,《感遇》有遗编。①

独孤及在《检校尚书吏部员外郎赵郡李公中集序》中说:"帝唐以文德敷裕天下,民被王风,俗稍王变。至则天太后时,陈子昂以雅易郑,学者渲而向方。"②这指出了陈子昂对当时文风的影响。

总之,陈子昂在继承"四杰"理论的基础上,其理论主张和创作实践进一步追求内容和情感的壮大,追求艺术形式的完美,有意识地把"文"与"质"结合,将唐诗引向了健康的发展道路。陈子昂继承了和总结了初唐以来的文质思想,从理论上解决了文质分离、政教与审美对立的文学观,把文学从政教的藩篱下剥离开来,从文学本体的角度思考文学,建构了以文学为本位的文质观,对诗风的转变产生了积极的作用。

---

① [清]仇兆鳌注:《杜诗详注》,第947页。
② [清]董诰等编:《全唐文》(卷五百一十八),第5260页。

第三章

文质炳焕:盛唐文质论

殷璠《河岳英灵集序》曰:"景云中,颇通远调。开元十五年后,声律风骨始备矣。"① 这标志着初唐确立的"文质彬彬"文学理想的初步实现。经过初唐近百年的发展,到开元天宝时期唐帝国进入了"开天盛世",文化上呈现出"盛唐气象",诗歌创作达到高峰,涌现出李白、杜甫、王维、孟浩然、王之涣、崔颢、高适、王昌龄、岑参、张籍等一大批优秀诗人,形成了骨力遒劲、兴象玲珑、神采飘逸、平易自然的"盛唐之音"。盛唐诗歌以"性情"为"质",又借鉴六朝诗歌艺术的精华,把充实的内容和高超的艺术完美结合,形成了风骨、声律和兴象高度统一的唐诗范式。盛唐诗人和作家提出了丰富的诗学主张,文质思想也趋于成熟,深化了初唐文质论。

第一节 "完美"与"清真"

开元时期,唐玄宗励精图治,欲创造可与"三代两汉"相比拟的一代盛世。随着经济繁荣,唐玄宗"富而教之",实施了一系列文化建设举措。大者如开元十年(722)下诏撰修《唐六典》②,开元十一年(723)置丽正书院,开元十四年令

---

① 王克让:《河岳英灵集注》,四川出版集团巴蜀书社2006年版,第1页。
② [宋]欧阳修、宋祁撰:《新唐书·艺文志》(卷二百一),第5725页。

集贤殿编撰《开元礼》,等等。在学术思想上,"玄宗好经术,群臣稍厌雕琢,索理致,崇雅黜浮,气益雄浑"①,影响及于文学,使文风发生了很大变化。这种变化在盛唐初期主要体现在张说和李白的文质思想中。

一、张说的"完美"文质观

盛唐前期,引领文学风貌的是张说。张说是继陈子昂之后,文学由初唐转入盛唐发展过程中起关键作用的人物。张说(667—730),字道济,一字说之,河南洛阳人。张说历仕武则天、中宗、睿宗、玄宗四朝,主要活动期在神龙至开元初唐代政治与文学的转型时期。《旧唐书·张说传》云:

> 为开元宗臣。前后三秉大政,掌文学之任凡三十年。为文俊丽,用思精密,朝廷大手笔,皆特承中旨撰述,天下词人,咸讽诵之。尤长于碑文墓志,当代无能及者。喜延纳后进,善用己长,引文儒之士,佐佑王化,当承平岁久,志在粉饰盛时。其封泰山,祠睿上,渴五陵,开集贤,修太宗之政,皆说为倡首。②

张说是"开元宗臣""前后三秉大政,掌文学之任凡三十年",是开元时期文坛领袖,一代文宗。其文章俊丽精密,与苏颋并称"燕许大手笔"。其诗也有较高水平,唐玄宗誉之为"当朝师表,一代词宗"③。张说一生"喜延纳后进""引文儒之士"④,培养和选拔了大批富有才学的青年。当时文士如张九龄、贺知章、王翰和王湾等人皆为其荐拔。张说毕生"重道尊儒",致力于推行礼乐政教文艺方针,为唐盛文学的繁荣做出了贡献。张说的创作昭示了初盛唐之际的文学精神和风貌。他的诗学主张和追求充分体现了其文质思想,也代表了盛唐早期的文质观念。

(一)"风雅""滋味""风骨"并重

张说的文质观首先表现为对文学本质的全面认识。他在《齐黄门侍郎卢

---

① [宋]欧阳修、宋祁撰:《新唐书·文艺传》(卷二百一),第5725页。
② [后晋]刘昫等撰:《旧唐书·张说传》(卷九十七),第3049页。
③ [清]董诰等编:《全唐文》(卷二十二),第259页。
④ [后晋]刘昫等撰:《旧唐书·张说传》(卷九十七),第3049页。

思道碑》中提出:"吟咏情性,纪述事业,润色王道、发挥圣门,天下之人谓之文伯。"①从四个方面确定文的本质,把"吟咏情性"放在第一位,既认可文学的"情性"本质,同时他也不排除文学的"政教"价值,"文质半取",融通而全面。

  张说继承了儒家的"风雅"观,要求作品"雅有典则""类之风雅""济时适用",合乎儒家政教观念。正如富嘉谟之文"如孤峰绝岸,壁立万初,丛云郁兴,震雷俱发,诚可畏乎。若施之于廊庙,则为骇矣"②。富嘉谟之文虽有气势,但因不合风雅而不能置于庙堂之上。张说在《洛州张司马集序》中认为作诗要"理关刑政""义涉箴规""兴去国之悲""助从军之乐"③。他批评内容空虚、"丽服靓妆"的作品是"风雅之罪人"。正如"阎朝隐之文,则如丽色靓妆,衣之绮绣。燕歌赵舞,观者忘忧。然类之《风雅》,则为罪矣"④。张说喜欢直抒胸臆的"击辕之歌",其曾劝告杨炯说:"虽有韶夏,勿弃击辕。"⑤"韶夏"指的是庙堂雅乐,而"击辕"指的是那种兴之所至,抒发胸臆的平民野人的忧叹之歌。张说主张,不仅"击辕之歌",甚至风月池台、莺雁花草亦皆无可入诗篇。张说要求作品反映社会日常生活,不作无病呻吟,使文学趋向写实。

  张说重风雅而不忽视情感滋味,反对"雅有典则而薄于滋味"。他说:"韩休之文,有如太羹玄酒,虽雅有典则,而薄于滋味。"⑥"太羹"一语出自陆机《文赋》"阙大羹之遗味,同朱弦之清泛"⑦句。可见,张说强调的"滋味"其实就是"遗味",即作品要"言有尽而意无穷"⑧,耐人寻味。韩文尽管符合了风雅之道,却有寡然无味的缺点,因而不能算是完美的文章。如果作品有浓郁的情思和"峻峰激流崭绝"的气势、丰美的文词以及雄浑阔大而具深广概括力的意境,这样的作品让人读后才觉有"遗味"。他反对那些内容雅正而又理过其辞、淡乎寡味的作品,可见他是很重视"滋味"的。这正是严羽所推崇的盛唐诗的"言

---

① [清]董诰等编:《全唐文》(卷二百二十七),第2290页。
② [唐]刘肃等撰,恒鹤等点校:《大唐新语》,上海古籍出版社2012年版,第75页。
③ [清]董诰等编:《全唐文》(卷二百二十五),第2275页。
④ [唐]刘肃等撰,恒鹤等点校:《大唐新语》,第75页。
⑤ [唐]张说:《赠别杨盈川炯箴》,[清]董诰等编:《全唐文》(卷二百二十六),第2280页。
⑥ [唐]刘肃等撰,恒鹤等点校:《大唐新语》,第75页。
⑦ [晋]陆机著,张少康集释:《文赋集释》,第183页。
⑧ [宋]严羽著,郭绍虞校释:《沧浪诗话校释》,人民文学出版社1961年版,第26页。

有尽而意无穷"的特征。总之,张说的"遗味"说与钟嵘的"滋味"说遥相呼应,又给司空图的"韵味"说以有益的启示,填补了"滋味"说在初盛唐之间理论上的空白。

张说肯定了"四杰"和陈子昂的文学观念,继承了重"风骨"的传统,强调文章健康的精神气质。他评论许景先之文"有如丰肌腻体,虽秾华可爱,而乏风骨"①。张说所谓"风骨",指的是作品中浓郁的情思和雄浑壮大的气势力量,即雄浑刚健的美学风格。这正是与"四杰"的"骨气",陈子昂的"风骨"相一致的审美范畴,也正是盛唐诗人所追求的审美理想。但张说的"风骨"具有"逸势标起,奇情新拔"②"天然壮丽""开卷海纳,摇笔云飞"③的特征,把"风骨"与"丰肌腻理"对举,是自觉的文学审美追求。与"风骨"的精神一致,张说"尚气势"。他认为许景先之文"无峻峰激流崭绝之势",而富嘉谟之文"如孤峰绝岸,壁立万仞,丛云郁兴,震雷俱发"④,庾信的作品"笔涌江山气,文骄云雨神"⑤,其将"气势"作为品鉴诗文的标准,足见其对雄浑豪放气势的推崇。

(二)重声律,重辞采

张说的文质观还表现在对声律、辞采的追求上。"四杰"和陈子昂对"彩丽竞繁"颇有微词,而张说赞赏"发言而宫商应,摇笔而绮绣飞"⑥的形式之美,讲究声律、辞藻等的完美。张说对文采的价值有深刻认识。其《唐昭容上官氏文集序》曰:

> 臣闻七声无主,律吕综其合;五彩无章,黼黻交其丽。是知气有壹郁,非巧辞莫之通;形有万变,非工文莫之写。先王以是经天地,究人神,阐寂寞,鉴幽昧,文之辞义大矣哉!⑦

---

① [唐]刘肃等撰,恒鹤等点校:《大唐新语》,第75页。
② [唐]张说:《洛州张司马集序》,[清]董诰等编:《全唐文》(卷二百二十五),第2275页。
③ [唐]张说:《唐昭容上官氏文集序》,[清]董诰等编:《全唐文》(卷二百二十五),第2275页。
④ [唐]刘肃等撰,恒鹤等点校:《大唐新语》,第75页。
⑤ [唐]张说著,熊飞校注:《张说集校注》,中华书局2013年版,第425页。
⑥ [唐]张说:《洛州张司马集序》,[清]董诰等编:《全唐文》(卷二百二十五),第2275页。
⑦ [清]董诰等编:《全唐文》(卷二百二十五),第2274页。

张说从文的价值出发提倡文采的重要性。他认为声音和色彩本身杂乱无章,因而需要"律吕""黼黻"来有效地组织才能达到"和"与"丽"的效果。"文之辞义大矣","气有壹郁,非巧辞莫之通",主体的情感郁积非得精巧的言辞为之疏导才能得到发泄。"形有万变,非工文莫之写",只有"工文"才能抒写千变万化的世界。因此他强调"辞"必须"巧","文"一定要"工"。

张说对文采非常重视,甚至主张文章言辞可以华美富丽有如"良金美玉",也可以"秾华可爱""烂然可珍"。《洛州张司马集序》曰:

> 夫言者志之所之,文者物之相杂。然则心不可蕴,故发挥以形容;辞不可陋,故错综以润色。万象鼓舞,入有名之地;五音繁杂,出无声之境。非穷神体妙,其孰能与于此乎?①

他认为诗文创作只有通过"巧辞""工文"或"形容""润色"才能达于"穷神体妙"的境界,强调辞采对于表现内容,抒情状物的重要性,认为心志的表达必须以丰富的辞采作为媒介。他肯定许景先之文"属词丰美",又批评张九龄之文"有如轻缣素练,虽济时适用,而窘于边幅"②。"窘于边幅"形象地表现了张九龄之文过于质朴实用而缺乏辞采的弊病。张说重视声律、辞采,正体现了他对艺术形式的自觉追求,也顺应了文学自身发展的客观规律。

(三)"完美"文质理想

张说追求"完美"的文质审美理想,提倡文质并重的审美标准,强调内容与形式的辩证统一。他曾评介张希元的诗作:

> 发言而宫商应,摇笔而绮绣飞。逸势标起,奇情新拔,灵仙变化,星汉昭回。感激精微,混《韶》《武》于金奏;天然壮丽,缔云霞于玉楼。③

这表明张说所崇尚的是一种情势壮大、声采华美的文风。他理想的文学模式是"奇情新拔""天然壮丽"与"属词丰美,得中和之气"、文质皆美的文学。因此,张说在文质理想上追求"完美":属词丰美与风骨气势同兴,典则雅正与

---

① [清]董诰等编:《全唐文》(卷二百二十五),第2275页。
② [唐]刘肃等撰,恒鹤等点校:《大唐新语》,第75页。
③ [唐]张说:《洛州张司马集序》,[清]董诰等编:《全唐文》(卷二百二十五),第2275页。

韵味无穷齐具,质朴适用与境界宏阔共存。这种完美文质理想的追求和后来的批评家殷璠《河岳英灵集》的选诗标准"言气骨则建安为传,论宫商则太康不逮"①不谋而合。

张说对唐代诗歌发展最主要的贡献正是这一文质审美理想的确立。作为对这一理想境界的具体标示,张说还曾将诗人王湾《次北固山下》诗中"海日生残夜,江春入旧年"一联题书于政事堂,并"每示能文,令为楷式"②。这看似随意的举动其实隐含着张说的文学审美追求。王湾的"海日生残夜,江春入旧年"以宏大的气魄给人以乐观、积极向上的艺术鼓舞力量,显示出一种开阔高远的风神气度,以一种昂扬阔大的自然境象融炼成为极富概括力量的弘阔深远的审美境界。正是所谓"盛唐之音"的重要表征。张说以一种先觉者的阔大襟怀敏锐地感受、认识并把握住这一重要特征,标举为一种新的艺术理想与审美风范。

张说的文质思想继承了"四杰"和陈子昂等提倡的"风雅""兴寄""汉魏风骨"等理论成果,借鉴了"齐梁"诗的辞采艺术,把兴寄、风骨与声律、辞采并举,提倡文质的完美统一,初步预示了汉魏风骨与齐梁辞采结合的"盛唐气象"的出现。张说的文质思想融通综合,"文质半取",追求"完美",是盛唐文质思想的前奏,对盛唐文学审美理想的形成做出了贡献。

二、李白的文质思想

盛唐时期,初唐所确立的"文质彬彬"文质理想被付诸创作实践,初唐所因袭的"六朝绮靡"诗风逐渐被新的诗风所取代,诗歌创作风貌产生了巨大变化。这种变化在李白的诗歌创作中表现尤为突出。李白(701—762)在盛唐诗歌创作风貌的转变中居功至伟。李白继承陈子昂的改革精神,在创作中积极革除"齐梁"之流弊,使唐诗风貌发生巨变。李阳冰《唐李翰林草堂集序》指出:"陈拾遗横制颓波,天下质文翕然一变。至今朝诗体,尚有梁陈宫掖之风,至公大

---

① 王克让:《河岳英灵集注》,第4页。
② 王克让:《河岳英灵集注》,第346页。

变,扫地并尽。"①这充分肯定了李白在改革齐梁诗风方面所起的作用。李白思想上儒道兼收,文学思想也综融多重思想资源,继承风雅传统,提倡回归正声;提倡文质相炳焕,追求清真自然之美;虽批评六朝绮靡文风,但集纳六朝诗歌艺术成就,形成了新的文质观念。并将此观念付诸实践,最终在诗歌创作实践中取得了非凡的成就。

(一)"风雅""风骨"并重

李白继承了陈子昂的复古革新精神,继承了儒家的"风雅"文学传统,提倡"大雅""颂声"。其《古风·大雅》云:"大雅久不作,吾衰竟谁陈?"②《古风·丑女》又云:"《大雅》思文王,颂声久崩沦。"③李白标举雅颂,体现了对《诗经》兴寄美刺为代表的儒家文学传统的继承和弘扬。李白对屈原极为推崇,《江上吟》曰:"屈平词赋悬日月,楚王台榭空山丘。兴酣落笔摇五岳,诗成笑傲凌沧洲。"④李白对"汉魏风骨"高度赞扬,对谢朓清新自然的创作风格极为赞赏。《宣州谢朓楼饯别校书叔云》云:"蓬莱文章建安骨,中间小谢又清发。俱怀逸兴壮思飞,欲上青天揽明月。"⑤李白还提倡"兴寄"。"兴寄深微,五言不如四言,七言又其靡也,况使束于声调俳优哉?"⑥他认为诗歌应该关心社会政治,其内容应有深微的比兴寄托。足见,李白继承了"四杰"、陈子昂等提倡的"壮思""风骨""兴寄",为诗歌的"质"注入了丰富的内涵。这是对儒家诗学和当代诗学精神的继承和肯定,是盛唐文学精神的反映。

(二)"清真""自然"的诗美理想

李白的文质思想继承发扬了儒家诗学精神,同时提倡复归道家文学思想。李白文质思想的创新之处,就在于发扬道家文学精神,提出了"清真""自然"的文质观,从而开创了新的文学审美风尚。《古风·大雅》说:"圣代复元古,垂衣

---

① [清]董诰等编:《全唐文》(卷四百三十七),第4460页。
② [清]王琦注:《李太白全集》,中华书局1977年版,第87页。
③ [清]王琦注:《李太白全集》,第133页。
④ [清]王琦注:《李太白全集》,第374页。
⑤ [清]王琦注:《李太白全集》,第861页。
⑥ 丁福保编:《历代诗话续编》,中华书局1977年版,第14页。

贵清真。"①李白提出要"复远古",即要以早期道家文化为价值标准。而"贵清真",其"清"即清新秀丽,"真"即天真自然,"清真"则是要以道家审美观念为审美理想。可见,李白推崇清新自然之美,主张复归道家的文学传统和审美理想。《赠清漳明府侄聿》曰:"心和得天真,风俗犹太古。"②《草书歌行》曰:"古来万事贵天生。"③《王右军》曰:"右军本清真,潇洒出风尘。"④《避地司空原言怀》曰:"所愿得此道,终然保清真。"⑤《金陵名僧頵公粉图慈亲赞》曰:"粉为造化,笔写天真。"⑥《经乱离后赠江夏韦太守良宰》曰:"清水出芙蓉,天然去雕饰。"⑦足见,李白以"天然"反对"雕饰",追求诗歌情感真纯、内容清新、品格雅正、文辞清丽、自然天成之美的决心与信心。

李白肯定南朝文学在艺术上所取得的成就,但对南朝文风绮靡的文学总体上持否定态度,其《古风·大雅》曰:"自从建安来,绮丽不足珍。"⑧他认为建安以来的作品,大抵追求文辞绮丽,不足珍视。孟棨《本事诗》记载:

> 白(李白)才逸气高,与陈拾遗齐名,先后合德。其论诗云:"梁陈以来,艳薄斯极,沈休文又尚以声律,将复古道,非我而谁与!"故陈、李二集律诗殊少。尝言:"兴寄深微,五言不如四言,七言又其靡也,况使束于声调俳优哉?"⑨

李白认为,南朝后期的诗歌风貌绮艳轻薄,沈约等提倡四声八病加剧了诗风的艳薄,影响了诗歌的健康发展。他认为在诗歌的"兴寄深微"方面,后起的五言诗不及四言体,七言诗更不行,四声八病束缚了诗歌的表现力。因此,李白对六朝绮靡诗风基本持否定态度,对沈约为代表的注重"四声八病"的形式

---

① [清]王琦注:《李太白全集》,第87页。
② [清]王琦注:《李太白全集》,第497页。
③ [清]王琦注:《李太白全集》,第456页。
④ [清]王琦注:《李太白全集》,第1028页。
⑤ [清]王琦注:《李太白全集》,第1116页。
⑥ [清]王琦注:《李太白全集》,第1318页。
⑦ [清]王琦注:《李太白全集》,第567页。
⑧ [清]王琦注:《李太白全集》,第87页。
⑨ 丁福保编:《历代诗话续编》,第14页。

主义诗学也予以否定,而提倡"兴寄深微"的古体诗。这反映了其创作思想的崇古重质的倾向。

(三)"真"与"美"的统一

对于文质关系,李白提倡"文质相炳焕",追求"真"与"美"的统一。从思想内容方面提倡儒家"风雅"文学传统,要求文学的内容"寄兴深微";在艺术上又提倡"复远古",推崇道家"清真自然"的文学理想。其《古风·丑女》曰:

> 丑女来效颦,还家惊四邻。寿陵失本步,笑杀邯郸人。一曲斐然子,雕虫丧天真。棘刺造沐猴,三年费精神。功成无所用,楚楚且华身。《大雅》思文王,颂声久崩沦。安得郢中质,一挥成风斤。①

李白提倡内容与情感的真实自然,提倡"雅颂",反对内容空洞、情感虚假、雕琢华丽的文风;主张"真"与"美"的统一。这显然是对儒道美学思想的融合。

总之,在文质观念上,李白主张儒家传统和道家传统相结合,恢复雅正之传统,以"风骨""兴寄"扫除"绮丽"柔靡诗风,以"清真"为审美理想,提倡"文质相炳焕",创造出新的文学气象。李白的文质思想是盛唐诗学文质论的重要成就,对盛唐诗风的形成产生了积极影响。

第二节 "意境"与"格调"

盛唐时期的文质论具有综合、"折中"的特点,其论述已深入到了诗歌内在的审美规律,这在王昌龄的诗学思想中得到了充分体现。王昌龄(698—756),字少伯,河东晋阳(今山西太原)人,又一说京兆长安人(今西安)人,著名的边塞诗人,后人誉为"七绝圣手"。《唐才子传》卷二载:"昌龄工诗,缜密而思清,时称'诗家夫子王江宁'。"②王昌龄所著《诗格》是盛唐时期一部理论色彩较强

---

① [清]王琦注:《李太白全集》,第133页。
② 傅璇琮校笺:《唐才子传校笺》,中华书局1987年版,第258页。

的诗学著作,是唐代近体诗成熟的理论总结。在诗学观念上,王昌龄提出了意境与格调理论,从诗人的视域总结了盛唐的诗学风尚和文质观念,标志着盛唐文质思想逐步走向成熟。

一、重立意

王昌龄的文质观以文学为本位,文质并重,但其"文"与"质"的内涵较传统的"文"与"质"而言已发生了新变。传统文质论"质"的内涵关乎"情志",王昌龄在继承此论的基础上提出了"意",这直接拓展了"质"的内涵。王昌龄将"意"作为文学的核心要素加以阐释,提出"夫作文章,但多立意"①。王运熙先生认为此"意"包含两层意思:"一层是指诗人创作过程中头脑中涌现并逐步形成的思想感情、主旨和意象,表现出来,便成为作品的思想内容。另一层意思是指诗人的创作构思活动。"②从文质的角度,我们侧重探讨第一层意思,即文学的思想内容。此"意"的内涵极为丰富,既包含"志"与"情",也涉及人文"教化"。其《论文意》曰:

> 诗本志也,在心为志,发言为诗,情动于中而形于言,然后书之于纸也。③

> 诗者,书身心之行李,序当时之愤气。气来不适,心事不达,或以刺上,或以化下,或以申心,或以序事,皆为中心不决,众不我知。④

王昌龄看来,首先,诗歌是"情""志"的载体,而"诗""志""情"三者的关系具体而明了:"情"为"志"的本源,"志"为"情"的升华,"情"动之于心,升华为"志",付形为"诗",三者三位一体、自然生发、密不可分。其次,诗所抒发的作者"情""志",内涵丰富:既可抒作者内心美好的情愫,也可抒发作者心中块垒不平之郁结,还可以宣泄作者"心事不达"之闷气,更可言作者建功立业、奋

---

① [唐]王昌龄:《诗格》,张伯伟:《全唐五代诗格汇考》,江苏古籍出版社2002年版,第162页。
② 王运熙:《王昌龄的诗歌理论》,复旦大学学报(社会科学版),1989(05),第22-29页。
③ [唐]王昌龄:《诗格》,张伯伟:《全唐五代诗格汇考》,第161页。
④ [唐]王昌龄:《诗格》,张伯伟:《全唐五代诗格汇考》,第164页。

发向上之"愤气"。再次,正因为"诗"之本源为人之"情",无论其"申心"还是"叙事",都体现了人之"至情至性",所以,其可起到"刺上"或者"化下"的作用。统而观之,王昌龄这种"发愤抒情"的主张,与中国古典诗学的"言志说"和"缘情"说一脉相承,他在继承《诗经》《楚辞》以至汉魏六朝诗歌创作经验的基础上,融会贯通了《诗经》以"以名教为宗""兴于自然,感激而成"的感物言志传统,楚辞"属物比兴""发愤抒情"的怨刺时政传统,以及司马迁立"意"为本的"发愤著书"的传统,是韩愈的"不平则鸣"说的先导。

王昌龄对"意"的内容做了具体的规定。《诗格》言"诗有三宗旨"①,即"立意""有以""兴寄"。此"三宗旨"都关乎诗的立意,属"质"的范畴。王昌龄认为"立意"为作诗之关键,且认为要创作出高品位的诗,则必须要"立六义之意"②,即以"风、雅、比、兴、赋、颂"为规范,足见,他认为诗歌思想内容与表达形式都要合乎儒家之道。而"有以"和"兴寄"则是对"立意"的补充,强调诗歌要感物起兴、托物言志,要言之有物、反映现实,要具有鲜明的思想倾向性。显然,王昌龄对"诗"之"宗旨"所作之规囿,具有鲜明的时代特征。唐人从立国伊始,就对六朝文盛质衰之文风耿耿于怀,以唐太宗为代表的政治家以及一代又一代的文学理论家坚持不懈地致力于以儒家风雅之道匡正文学创作中的浮靡空泛之病。王昌龄强调诗歌要内容充实,反映现实,有所寄托,有所讽喻,其实质上是对儒家政教诗学的继承,也是对唐初陈子昂提倡的"兴寄"诗学的回应和承接。

王昌龄重视"立意"的同时,提出"意高则格高"的观点,认为"意"的高低决定作品的格调。《诗格》云:

> 凡作诗之体,意是格,声是律,意高则格高,声辨则律清,格律全,然后始有调。用意于古人之上,则天地之境,洞焉可观。③

王昌龄认为诗歌创作要改变力弱气沉的现状,创作出高"格"之作,其立意则要高古阔大,高迈超逸。中国古代诗论里,"格"的内涵极为丰富,外延也极

---

① [唐]王昌龄:《诗格》,张伯伟:《全唐五代诗格汇考》,第172页。
② [唐]王昌龄:《诗格》,张伯伟:《全唐五代诗格汇考》,第159页。
③ [唐]王昌龄:《诗格》,张伯伟:《全唐五代诗格汇考》,第160页。

为宽泛,涉及艺术作品的格式、风格、格局、体格、品格等。王昌龄所谓之"格"侧重于"格式""品格"之意。他认为"意"是"格"的基础,"格"是"意"的外在表现形式,二者相辅相成,互为表里。创作者思想境界高,立意高古,意旨超凡脱俗,则作品自然格调高雅、品位不凡,否则则格下。所以他强调:"用意于古人之上,则天地之境,洞焉可观。"足见"意"为文学之根本,立意的高下决定作品格调的高低。因此,王昌龄非常重视"立意",认为"立意"是"作文"之先导,强调"凡属文之人,常须作意"①。进而,他提出"夫文章兴作,先动气,气生乎心,心发乎言,闻于耳,见于目,录于纸。意须出万人之境,望古人于格下,攒天海于方寸。诗人用心,当于此也"②之论。此论创新之处在于,作者虽然强调"意"来自于心,而"心意"之本源在于诗人立于天地万物之间、行走于社会生活之中的目之所见、耳之所闻、神之所思。他认为诗人的所见、所闻、所思虽集于心,使其神思激荡、情感波澜,但若无"凝心于天海之外,用思元气之前,巧运言辞,精练意魄"③的才情与"或以刺上,或以化下,或以申心,或以序事"④的社会使命感,就无法创作出"出万人之境,望古人于格下,攒天海于方寸"⑤的诗作。因此,他强调作诗立意既要有超越古人,也要有超越时人的自觉意识。

王昌龄将"意"作为诗歌的理论范畴进行阐释,从理论的视域丰富了唐代诗歌"质"的内涵。使诗歌从抒发个人"情"与"志"的载体,上升为悯怀万物、体现人类普遍之真情,抒发慷慨激昂之情志的载休。王昌龄对诗歌"立意"的强调,无疑对诗人的思想境界与艺术修养提出了更高的准则,要求诗人立于天地之间,置身历史长河之中,则必须要有扶危济困、匡扶正义、舍我其谁之责任感,更要具备钻探古今、纵横天地、卓然为文的艺术修养。

二、重"辞采""格调"

王昌龄从"质"的视域重视"立意"的同时,对文学的表现形式即"文"提出

---

① [唐]王昌龄:《诗格》,张伯伟:《全唐五代诗格汇考》,第163页。
② [唐]王昌龄:《诗格》,张伯伟:《全唐五代诗格汇考》,第162页。
③ [唐]王昌龄:《诗格》,张伯伟:《全唐五代诗格汇考》,第163页。
④ [唐]王昌龄:《诗格》,张伯伟:《全唐五代诗格汇考》,第164页。
⑤ [唐]王昌龄:《诗格》,张伯伟:《全唐五代诗格汇考》,第162页。

自己的见解,他以文学本体为中心,将艺术形式作为文学的本体要素予以审视,进而深入探讨文学艺术的内部规律。王昌龄反对齐梁"性情渐隐,声色大开"的雕琢浮靡文风,推崇汉魏"气骨天纵"的文风,进而提出了新的审美标准。他认为南朝文学"递相祖述,经纶百代,识人虚薄,属文于花草,失其古焉。中有鲍照、谢康乐,纵逸相继,成败兼行。至晋、宋、齐、梁,皆悉颓毁"①。南朝诗文内容空洞、立意肤浅,其表现形式也靡弱颓废,显然无可鉴取。而"汉魏有曹植、刘桢,皆气高出于天纵,不傍经史,卓然为文"②。曹植、刘桢之文,从表现形式来看,自然感发,不加雕饰,而就风骨气韵而言,则才气横溢,骨力遒劲。究其关键,在于"立意"高远。王昌龄从"立意"的角度否定南朝绮靡文风,但对南朝发展起来的诗歌唯美艺术却积极肯定。而且其本人非常重视诗之"辞采",提出了语言的"流丽自然"与构思的"精工雕琢"相统一的诗歌创作原则。

王昌龄崇尚自然造化、赞美自然天成,主张诗歌语言天真宛媚。他认为"诗有天然物色,以五彩比之而不及。由是言之,假物不如真象,假色不如天然"③。其直言"物色"天然,缤纷绚烂,胜于任何"假物""假色",而诗人"语不用合帖,须直道天真,宛媚为上"。这与杜甫"文章本天然,妙手偶得之"之说异曲同工。正因为自然物象充满诗情诗意、诗语诗彩,所以,他认为诗歌语言只需要采撷自然,直写"物色"天然之"真象",无须辛苦雕琢。正如其在"诗有六式"中所言作文"二曰不难,三曰不辛苦"④。他解释"不难"曰:"此谓绝斤斧之痕也。"解释"不辛苦"曰:"此谓宛而成章也。"⑤

王昌龄一方面主张诗歌用语采撷自然、无须再事雕琢,强调语言应简洁省净、自然清新、不落窠臼。另一方面,他特别强调诗歌语言的承载力与穿透力。其曰:"古文格高,一句见意。"又言:"高手作势,一句更别起意"。进而强调:"夫诗,一句即须见其地居处。"⑥一句见意的最高境界则是"含不尽之意,见于

---

① [唐]王昌龄:《诗格》,张伯伟:《全唐五代诗格汇考》,第160页。
② [唐]王昌龄:《诗格》,张伯伟:《全唐五代诗格汇考》,第160页。
③ [唐]王昌龄:《诗格》,张伯伟:《全唐五代诗格汇考》,第166页。
④ [唐]王昌龄:《诗格》,张伯伟:《全唐五代诗格汇考》,第161页。
⑤ [唐]王昌龄:《诗格》,张伯伟:《全唐五代诗格汇考》,第162页。
⑥ [唐]王昌龄:《诗格》,张伯伟:《全唐五代诗格汇考》,第162页。

言外"。显然,王昌龄认为作为外在表现形式的语言要为表意服务,因此,选择语言最终要以"立意"为目标,这就要求创作者不但要有一语擎题、一字括十意的创作意识;还要具备将语言调遣得精准得当、恰切自然的能力;更要培养用精当的诗语呈现充沛诗意的自觉意识,使诗意、诗语能浑融一体,相得益彰、文质并茂。正如《论文意》所云:"诗有意好言真,光今绝古,即须书之于纸;不论对与不对,但用意方便,言语安稳,即用之。若语势有对,言复安稳,益当为善。"①"意好言真"可以说是王昌龄对盛唐诗歌文质彬彬的通俗诠释,他认为作诗用语的最高境界为不事雕琢而尽得风流,语言凝练而意蕴丰赡。

王昌龄认为作诗用语以"天然物色"为上,但对于诗歌的声律格调却强调须精工雕琢。其《诗格》云:

> 凡作诗之体,意是格,声是律,意高则格高,声辨则律清,格律全,然后始有调……夫诗格律,须如金石之声②。

"声辨律清"是王昌龄提出的声律基本原则。"声辨"强调声韵的安排要井然有序。"律清"强调声律要清晰不杂乱,谐调流畅不滞涩。"格律全,然后始有调"之"调"有情调、音调、谐调、格调等含义。结合其《诗有三不》所言:"一曰不深则不精。二曰不奇则不新。三曰不正则不雅。"③换个角度,"三不"可以看作"意高"与"格高"最简洁的注释,即好的诗作从"质"而言,需内容精深、创意新奇、思想雅正。在此基础上,如若有完美的表现形式,即"文"与其相配,如整齐匀称的音节、平仄相间的声调、和谐自然的韵律,加之浑然天成的语言,那么,它所呈现出的那种整体诗歌风貌,就是"调"。这是一种很高境界的诗美,统称"格调"。"格调"是诗歌的一种理想的审美境界,也是盛唐诗学中使用频率较高的一个理论范畴。殷璠《河岳英灵集》序曰:"贞观末标格渐高,景云中颇通远调,开元十五年后声律风骨始备。"④就将"格"作为一个准则来描述这一时期的诗风,如《河岳英灵集》评储光羲诗:"储公诗,格高调逸,趣远情深,

---

① [唐]王昌龄:《诗格》,张伯伟:《全唐五代诗格汇考》,第166页。
② [唐]王昌龄:《诗格》,张伯伟:《全唐五代诗格汇考》,第168页。
③ [唐]王昌龄:《诗格》,张伯伟:《全唐五代诗格汇考》,第173页。
④ 王克让:《河岳英灵集注》,第1页。

削尽常言,挟风雅之迹,浩然之气。"①这也表明"格调"是盛唐时期的诗歌风尚熔铸成的一个新的文质范畴,它偏重于对诗歌整体风貌的评价。

三、文质新范式"意境"

王昌龄对唐代诗学最大的贡献在于提出了"意境"这一诗学范畴,其是一个文质结合的最佳审美范畴。王昌龄的诗歌意境理论是对盛唐诗歌创作取得的伟大的艺术成就和丰富的审美经验的理论探索,也是其自身诗歌创作经验的总结。意境是对文学的内容与形式相结合所产生的审美境界的描述,是中国古典诗学文质彬彬的新模式。其对皎然、司空图等人的意境观起到了导夫先路的作用。王昌龄《诗有三境》曰:

> 一曰物境。欲为山水诗,则张泉石云峰之境,极丽绝秀者,神之于心。处身于境,视境于心,莹然掌中,然后用思,了然于境,故得形似。二曰情境。娱乐愁怨,皆张于意而处于身,然后驰思,深得其情。三曰意境。亦张之于意,而思之于心,则得其真矣。②

"物境""情境""意境"是诗歌中内涵不同的三种艺术世界。"物境"为自然万物投射于诗的镜像世界,其重在"形似";"情境"为诗人为了抒发"娱乐愁怨"所构筑的情感世界,其重在诗人内在情感的抒发。"意境"是诗人外感于物,内思于心,然后得其要义,再经审美移情活动将其升华为意象而构筑的"真意"世界,其重在抒写诗人所领悟的人事之理。"三境"可以简单解释为"写物之境""抒情之境"和"表意之境"。"三境"分别以物、情、意为表现对象,是三种不同的"质"。显然"三境"从外到内,从具象到抽象,形成了一个从低到高的审美层次。"三境"勾勒了古典诗歌审美风尚的嬗变,总结了从六朝尚"形似"到唐前期重情韵的诗学追求。

王昌龄的"意境"是对"物境"和"情境"的超越,拓展了"质"的内涵。《论文意》曰:"凡诗,物色兼意下为好,若有物色,无意兴,虽巧亦无处用之。"③"诗

---

① 王克让:《河岳英灵集注》,第281页。
② [唐]王昌龄:《诗格》,张伯伟:《全唐五代诗格汇考》,第172页。
③ [唐]王昌龄:《诗格》,张伯伟:《全唐五代诗格汇考》,第165页。

贵销题目中意尽,然看所见景物与意惬者当相兼道。若一向言意,诗中不妙及无味;景语若多,与意相兼不紧,虽理通亦无味。"①王氏"景意道相兼相惬"之说切中肯綮,道出了"意境说"的基本特征:情景交融、景意相惬、物我浑融。从文质论的角度看,景、情、意属质的范畴,其赋予了"质"新的质量,丰富了"质"的审美内涵。这表明,在盛唐诗歌高度繁荣,意象无比丰富绚丽的时期,人们将景意相兼、景理相惬看成当下诗歌创作的一种普遍的诗美特征。人们对诗美的追求也有了"质"的新变,追求"景物""情感""意兴"相统一,妙而有味、意丰理通诗歌理想。而超越"物境"与"情境"的诗学理想也成为当下的时代风尚。

综上所论,王昌龄的诗学思想吸取了传统的"言志"与"缘情"说之长,且将二者融通创新,提出"意境"这一新的文质审美范畴,使诗歌的审美境界达到了一个新的高度,将近体诗学由初唐注重琐细的声律形式转移到了立意、章法、境象等更为本质的理论上来,使文学的本体性得到了充分的彰显。这既是对盛唐文质并茂的诗歌风貌的高度概括,也是对"文质彬彬"诗学理想的新诠释,更为文质论注入了新的内涵,丰富了文质论,标志着盛唐文学观念的成熟。

第三节 "风骨""声律"和"兴象"

对盛唐文质论做出系统理论总结的是殷璠。殷璠所撰《河岳英灵集》是唐人选唐诗中较优秀的选本,不仅以其选诗的精辟于唐人选唐诗中出类拔萃,而且具有鲜明的文学理论色彩,其《序》和《集论》以及诗人评论多有精辟见解,是殷璠文质思想的集中体现。殷璠《河岳英灵集》秉持文质并重之诗学旨趣,标举"风骨""声律""兴象"等诗学范式,反映了从初唐至盛唐文质思想的变化。

---

① [唐]王昌龄:《诗格》,张伯伟:《全唐五代诗格汇考》,第169页。

一、盛唐诗风的典范《河岳英灵集》

有唐一代,诗歌创作繁荣,臻于巅峰,"唐人选唐诗"的丰硕成果即是其明证。"诗至唐,无体不备,亦无派不有。撰录总集者,或得其性情之所近,或因乎风气之所趋,随所撰录,无不可各成一家。"①随着诗歌创作的繁荣,唐人形成了独立的唐诗观念,产生了为数众多的唐诗选本。据陈尚君考证,唐人编选诗歌总集约一百九十种②。唐人选唐诗勾画出了唐代诗歌发展的轨迹,既展示了唐代不同时期诗歌创作之风貌,又体现了唐代诗学观念之嬗变,具有"当代诗史"和文学批评的性质和功能。

殷璠生平不详。据《全唐诗小传》:丹阳人,处士,无诗歌传世,以编成《河岳英灵集》著于世。《河岳英灵集》选录唐开元二年至天宝十二载(714—753)期间常建、李白、王维、高适、岑参、孟浩然、王昌龄等二十四人诗二百三十四首(今本实存二百二十八首),每人各有评语。殷璠生当其时,颇有时代自豪感和文学批评意识,他如诗坛之伯乐,雄踞坛端,统揽全局,赞叹"若王维、昌龄、储光羲等二十四人,皆河岳英灵也",坦言《英灵集》旨在"删略群才,赞圣朝之美"。③ 殷璠慧眼独具,"审鉴诸体""定其优劣",披沙炼金,精心裁汰,采撷品藻李白、常建等二十四人"起甲寅,终癸巳"之诗作二百三十四首,编为《英灵集》两卷。所选诗人,特立杰出,风格鲜明,有骨力遒劲、宏伟壮丽的储光羲、高适、陶翰、薛据、崔颢、王昌龄,有兴象玲珑、蕴藉风流的常建、孟浩然、贺兰进明、崔国辅,有风神高华、纵逸奇幻的李白、王维、王季友、岑参、王湾,有情深境幽、神闲意惬的綦毋潜、张谓、崔署,有声律宛然、发调清新的刘眘虚、李颀,有警策博雅、省净鲜静的祖咏、李嶷、卢象、阎防。而所选诗歌,乐府、五古、五律、五绝、五排、七古、七律、七绝无体不备,边塞游侠、咏物言志、情爱悼亡、怀古咏怀、山水田园、赠别思归无题不有。元虞集在《刘彦行诗序》中赞其:"虽名贤大

---

① [清]纪昀等纂:《四库全书总目》,第 2658 页。
② 陈尚君:《唐代文学丛考·唐人编选诗歌总集叙录》,中国社会科学出版社 1997 年版,第 213 页。
③ 王克让:《河岳英灵集注》,第 1 页。

家,所收不过十数篇,而意气调度可以尽见,所谓尝鼎一脔而尽知其味者也。"①见微知著,从《英灵集》足见盛唐诗坛之葳蕤繁茂,正如李白所言"文质相炳焕,众星罗秋旻"②。《英灵集》是盛唐诗风的杰出代表,呈现了盛唐诗歌创作的风貌。

选录编辑是一种特殊的文学批评活动,能体现编者的审美标准和文学观念。鲁迅认为"凡选本,往往能比所选各家的或选家自己的文集更流行,更有作用……选本可以借古人的文章,寓自己的意见,博览样籍,采其合于自己意见的为一集……如此,读者虽读古人书,却得了选者之意"③。《英灵集》的选编颇具创新意识,采用评选结合的方式,前有叙言、集论,作家名下有短评,突破了前人寓评于选的体例,开创了新的批评模式。叙言、集论梳理了自魏晋以降的文学发展状况,阐明了编者的诗学观念、审美旨趣和选编准则。而对诗人诗作,序次恰切,评鉴精当,多有精辟见解。纪昀赞其"凡所品题,类多精惬"④。五代人孙光宪更赞其"有唐御宇,诗律尤精,列姓字,提英秀,不啻十数家,惟丹阳殷璠,优劣升黜,咸当其分,世之深于诗者,谓其不诬"⑤。可见,名家、名作与精辟独到的诗评交相辉映,使《英灵集》成为不朽之作,极具诗学价值。作为盛唐诗选的杰出代表,《英灵集》"文质半取",通过作家作品的评选,对盛唐文学"文质彬彬"的内涵从实践与理论两个层面做了注解,并且赋予"文""质"以盛唐之特质,对盛唐诗学做出了理论总结。

二、"风骨"与"神来,气来,情来"

殷璠在《英灵集·叙》中曰:"开元十五年后,声律风骨始备矣。"⑥高棅《唐诗品汇各体序目》曰:"诗至开元、天宝间,神秀声律粲然大备。"⑦显然"声律风

---

① 李修生编:《全元文》(卷八百二十九),凤凰出版社2004年版,第263页。
② [清]王琦注:《李太白全集》,第87页。
③ 鲁迅:《鲁迅选集》(第四卷),人民文学出版社1982年版,第329页。
④ [清]纪昀等纂:《四库全书总目》,第2603页。
⑤ [五代]孙光宪:《白莲集序》,《全唐文》(卷九百),第9391页。
⑥ 王克让:《河岳英灵集注》,第1页。
⑦ [明]高棅:《唐诗品汇·叙目》,上海古籍出版社1912年版,第5页。

骨"兼备既是盛唐诗风的特质,也是盛唐诗风成熟的标志。"声律"属于"文"的范畴,而"风骨"则隶属"质"的层面。对于唐代诗歌来说,声律是近体诗共同的特质,而风骨却为历代诗人不懈的追求。声律必须以"风骨"为前提才能充分实现其审美价值。清代胡震亨认为"殷璠酷以声病为拘,独取风骨"①。其实,"风骨"并非殷璠独创。刘勰、钟嵘都极力推崇"风骨",但在南朝并没产生积极影响。到唐代,"初唐四杰"标举"刚健""骨气"以扭转文风,陈子昂高倡"风骨"以引领时代潮流。经近百年之努力,到唐玄宗"开元十五年,声律风骨始备"。大量具有盛唐气象的诗歌涌现,盛唐诗坛出现了"文质相炳焕,众星罗秋纹"的繁荣局面。

"风骨"作为盛唐诗歌最具共性的审美质素,它是盛唐诗歌在内容和形式上走向统一,文质浑融一体所呈现出的审美风貌,也是盛唐刚健爽朗的时代精神在文学中的具体体现。殷璠诗学造诣颇深,对盛唐诗歌发展之趋势洞察深微,对当时诗坛之情状了然于心。他通过宏观考察和具体把握,用"风骨"概括盛唐诗歌风貌,并把其为主要审美标准品评诗人诗作,可谓提纲挈领、切中肯綮。如评王昌龄"饶有风骨"②,评高适"然适诗多胸臆语,兼有气骨"③,评崔颢"风骨凛然"④,评陶翰"既多兴象,复备风骨"⑤。王、高、崔、陶等人皆为盛唐最负盛名的边塞诗人,他们的诗歌创作承继建安文学的"风骨"传统,摒弃了卑靡纤弱、华丽轻艳的诗风,积极追求雄浑刚健的气势之美,为盛唐诗歌注入了刚健清新的气息。殷璠对他们倍加推崇,《英灵集》对他们的诗作择录偏多,王昌龄诗达 16 首,高适诗 13 首,崔颢、陶翰均 11 首。而所选王昌龄的《从军行》《塞下曲》,高适的《塞上闻笛》《燕歌行》,崔颢的《古游侠呈军中诸将》《赠王古威》《辽西作》《送单于裴都护》,陶翰的《古塞下曲》《赠郑员外》《燕歌行》等都为盛唐边塞诗的典范。这些诗作或抒发慷慨从戎、镇守边关的豪情,或描写朔风箭雨、血肉横飞的战争场面,或展示英勇善战、浴血杀敌的将士风采,或

---

① [明]胡震亨:《唐音癸签》,上海古籍出版社 1981 年版,第 192 页。
② 王克让:《河岳英灵集注》,第 300 页。
③ 王克让:《河岳英灵集注》,第 180 页。
④ 王克让:《河岳英灵集注》,第 212 页。
⑤ 王克让:《河岳英灵集注》,第 122 页。

传达征人思乡、闺人思远的别离之情,等等。它们均骨力遒劲,刚健爽朗,慷慨豪迈,气势恢宏,充满力量之美。可见,殷璠之"风骨"虽继承了刘勰、钟嵘、陈子昂等人的思想,追求诗作情感的明朗壮大和内容的充实;但他却赋予其独特的盛唐审美内涵。它不同于建安诗人有感于"世积乱离,风衰俗怨"①,基于郁气、苦思与幽情而使诗歌呈现出的慷慨悲凉、梗概任气的诗歌风貌,而是盛唐诗人基于豪气、壮思和激情而体现出的昂扬高亢,壮大豪迈的美学风貌,体现了大唐蒸蒸日上的强盛国力和士人奋发向上的豪迈心态。

"风骨"是对盛唐诗歌风貌的总体概括,而对于具体的诗人及作品,殷璠则追根溯源,洞幽烛微,从"神""气""情"三个维度加以评析,从而凸显出盛唐诗歌丰富的思想内涵。"神""气""情"在古典诗学中是关乎文学本体的三个重要范畴。《礼记·乐记》曰:"是故情深而文明,气盛而化神。"②殷璠在《叙》中提出:"文有神来、气来、情来"③,诗要求"神""气""情"三者并举,显然是对诗学传统的继承与发展。钱钟书先生认为:"无神韵,非好诗,而只有神韵,恐不能成诗,此殷璠《河岳英灵集》论文,所以神来、气来、情来三者并举也。"④可见,"气""情"为"神"之根本,"神"为"气""情"之神韵,三者相辅相成。

先说"神来"。《易经·说卦》曰:"神也者,妙万物而为言者也。"⑤刘勰《神思》曰:"'形在江海之上,心存魏阙之下',神思之谓也。文之思也,其神远矣。"刘勰首标"神思",认为其是"驭文之首术,谋篇之大端"⑥。殷璠"神来"说既接受了刘勰的"神思"内涵,肯定诗人创作时神妙的创作状态,同时强调神思妙构之作所呈现的飘逸兴会、洒脱不羁的审美风貌。这种审美风貌体现在风格上则为"逸""奇"。比如他赞李白之作"率皆纵逸。至如《蜀道难》等篇,可谓奇之又奇。然自骚人以还,鲜有此体调也"⑦。赞岑参"参诗语奇体峻,意

---

① [梁]刘勰撰,范文澜注:《文心雕龙注》,第674页。
② [清]孙希旦撰:《礼记集解》,第1006页。
③ 王克让:《河岳英灵集注》,第1页。
④ 钱钟书:《谈艺录》,中华书局1984年版,第48页。
⑤ [清]阮元校刻:《十三经注疏·周易正义》,中华书局1980年版,第93页。
⑥ [梁]刘勰撰,范文澜注:《文心雕龙注》,第493页。
⑦ 王克让:《河岳英灵集注》,第36页。

亦奇造。至如'长风吹白茅,野火烧枯桑',可谓逸矣"①。赞储光羲"储公诗,格高调逸"②。可见,同为"神来",但韵味迥异,风貌径庭。

"气"是古典文论的重要范畴。孟子提出"养气"说,曹丕提出"文以气为主"③的观点,认为创作主体充沛的内在之气是文章刚健劲朗的内在基础。刘勰在《时序》分析建安诗风时曰:"观其时文,雅好慷慨,良由世积乱离,风衰俗怨,并志深而笔长,故梗概而多气也。"④刘勰强调文学风貌与时代紧密相关的同时,认为"气"为文学活动的内在动力与外在表现,是风骨的基础。殷璠承继前人传统,认为"气"是创作主体生命力的表征,是作品风格迥异的内在动因,也是作品气骨凛然的内在源泉。比如盛唐边塞诗人高适,"喜言王霸大略,务功名,尚节义"⑤其诗雄浑磅礴、骨气峥嵘、慷慨激昂、豪情洋溢,其人其诗均气骨凛然。殷璠对此体认深刻,就认为高适"适性拓落,不拘小节,耻预常科,隐迹博徒,才名自远",故而其"诗多胸臆语,兼有气骨,故朝野通赏其文"⑥。再如,他从储光羲诗文"格高调逸,趣远情深,挟风雅之道,得浩然之气……储公《正论》十五卷,《九经义疏》二十卷,言博理当"的特征,毅然判定储具有"经国之才"⑦。可见,殷璠将"气"看作"文"的内在动力,内在之"气"的充盈旺盛使作家意气风发、豪迈慷慨,表现在诗文中则骨力遒劲、气势雄浑,给人正义凛然、蓬勃向上之力感。这就使"文"与"人"互为表里,形成一种稳固的互证关系。以此为逻辑起点,他赞扬薛据:"据为人骨鲠,有气魄,其文亦尔。"⑧却感慨刘眘虚:"唯气骨不逮诸公。"⑨

关于"情",荀子《正名》云:"情者,性之质也"⑩,认为情乃人性之本质。陆

---

① 王克让:《河岳英灵集注》,第201页。
② 王克让:《河岳英灵集注》,第281页。
③ [唐]李善注:《文选》(卷五十二),上海古籍出版社1986年版,第2271页。
④ [梁]刘勰撰,范文澜:《文心雕龙注》,第674页。
⑤ [后晋]刘昫等撰:《旧唐书》(卷一百十一),第3325页。
⑥ 王克让:《河岳英灵集注》,第180页。
⑦ 王克让:《河岳英灵集注》,第281页。
⑧ 王克让:《河岳英灵集注》,第233页。
⑨ 王克让:《河岳英灵集注》,第84页。
⑩ 王先谦:《荀子集解》,第428页。

机提出"诗缘情"之说,认为"情"为诗之根本。此论至唐已形成共识,初唐令狐德棻云"原夫文章之作,本乎情性"①,李百药则言"文之所起,情发于中"②,均认为"情"为"文"之根本。文学理论源于对文学创作活动的总结,其一方面滞后于文学实践,另一方面又对未来文学发展的态势具有预构性。唐代繁荣的诗歌创作既为"诗缘情""文本乎性情"做出了注解,也为殷璠"情来"说提供了文本依据。因此,殷璠"情来"说,一方面是对前人思想的继承与发扬,是对文学"情性"本质的张扬,另一方面也是对盛唐诗歌创作题材的总结与理论概括。殷璠对诗"情"之内涵的丰富性有充分的认识。如《英灵集》选綦毋潜、王季友、张谓诗各六首。綦氏之《题招隐寺绚公房》《题灵隐寺山顶院》《题鹤林寺》均题咏方外之情,而《春泛若耶》《若耶溪逢孔九》则表现若耶溪春景清幽绝俗之情。王季友"白首短褐"③一生不达,诗作多述其守道安贫之志,笃志山水之趣,如《杂诗》《酬李十六岐》《山中赠十四秘书山兄》《滑中赠崔高士瑾》等,多述其寄隐山林,忘情草木,乐而不返之情。张谓《湖中对酒行》《代北州老翁答》表现寄情于酒、醉意湖山的惬意生活情趣,其《题长安主人壁》《赠乔林》《读后汉逸人传二首》《同孙构免官后登蓟楼》则表现阅透世态、凌俗绝尘、委任自然、追慕孤风高节之士的情怀,皆情感真挚,自然蕴藉,风格独特。因而,殷氏对他们的作品给予了高度的评价,认为綦毋潜"诗屹崒峭蒨足佳句,善写方外之情"④,王季友"爱奇务险,远出常情之外"⑤,张谓之"《代北州老翁答》及《湖中对酒行》,并在物情之外"⑥。可见,殷璠所激赏的是探险追奇,脱俗去物之"奇情"。

盛唐诗人不仅善于抒写超凡脱俗之情,而且更善于表现世俗之情,讴歌美好的人间真情。比如《英灵集》所选储光羲十二首诗中,既有感叹世路艰难、幻想美好仙境的《杂诗二首》,也有描写田园风物、咏物明志的《寄孙山人》《田家

---

① [唐]令狐德棻等撰:《周书·王褒庾信传》(卷四十一),第745页。
② [唐]李百药:《北齐书·文苑传》(卷四十五),第602页。
③ 王克让:《河岳英灵集注》,第112页。
④ 王克让:《河岳英灵集注》,第251页。
⑤ 王克让:《河岳英灵集注》,第112页。
⑥ 王克让:《河岳英灵集注》,第101页。

事》《牧童词》《采莲词》《猛虎词》;既有描写景色荒寒、路途险要的《使过弹筝峡作》,也有表现山水清幽、隐者闲逸的《酬綦毋校书梦游耶若溪见赠之作》。储光羲感时伤世、描写梦境、抒写理想之作情感真挚,想象丰富;而描写山水田园风光之作大多情闲意惬,自然省净,平实质朴,不假雕饰。但不论哪类,都格调高雅,情深意切,表情达意极具张力。殷璠赞其"格高调逸,趣远情深",可谓一语中的。"情深"是美,"情幽"更是美。《英灵集》所选刘眘虚诗十一首,多为送别寄赠、登临访迹之作,皆情意真切,意境清幽,韵味隽永。殷璠盛赞曰:

> 眘虚诗,情幽兴远……至如'松色空照水,经声时有人',又'沧溟千万里,日夜一孤舟',又'归梦如春水,悠悠绕故乡',又'驻马渡江处,望乡待归舟',又'道由白云尽,春与清溪长。时有落花至,远随流水香。开门向溪路,深柳读书堂。幽映每白日,清晖照衣裳',并方外之言也。①

所引之诗,句句清幽之极,往往通过纯净幽静的诗境,孤寂高洁的意象,表达诗人无限的眷恋、思念与惜别之情。殷璠对此类情幽意丰、醇美空灵之作也是情有独钟,偏爱有加。

总言之,殷璠的"风骨"说与"三来"说是对盛唐诗歌整体风貌的准确把握和丰富情感内涵的具体阐释,它们之间纲目明晰,本末清楚。"风骨"为纲,而"神、气、情"为目。"风骨"凛然之本在于作家才华纵逸、浩气激荡、情感丰富之底蕴,而"神来、气来、情来"之作呈现出的整体风韵则为风神豪迈、骨力遒劲、情深境幽。

三、"声律"与"兴象"

如果说"风骨"说,"三来"说侧重于文学表现的内容层面,是对"质"的探讨,那么"声律""兴象"则重在艺术层面,注目于"文"的思考。殷璠的"声律"观较为通脱,与唐初上官仪等人的"声律观"大相径庭。首先,他肯定声律是诗歌最显著的特征之一,《集论》曰:"昔伶伦造律,盖为文章之本也。是以气因律

---

① 王克让:《河岳英灵集注》,第84页。

而生，节假律而明，才得律而清焉。宁预于词场，不可不知音律焉。"①可见，声律是诗歌创作之基础和根本之所在，要创作出好的诗歌作品，就必须通晓音律，他赞扬刘眘虚："顷东南高唱者十数人，然声律婉态，无出其右。"②但是，他同时表明"齐梁陈隋，下品实繁，专事拘忌，弥损厥道。夫能文者，匪谓四声尽要流美，八病咸须避之，纵不拈缀，未为深缺"③。殷璠在此批评齐梁陈隋的创作过分强调声律而忽视思想内容，虽数量众多，却质量较低。由此推论，他认为过分拘泥于"四声八病"，苛求声律技巧的做法显然是不可取的；相反"至如曹、刘诗多直语，少切对，或五字并侧，或十字俱平，而逸驾终成"④质朴无羁的古体作品，语言质素，音节自由，却内容充实，流传千古。因而，殷璠极为蔑视"然挈瓶庸受之流，责古人不辨宫商征羽，词句质素，耻相师范"⑤的做法，而主张突破永明体的病犯禁忌，追求自然流利，词调和谐的声律之美，强调"词有刚柔，调有高下，但令词与调合，首末相称，中间不败，便是知音"⑥。在殷璠看来，"词""调"有主次之分、"词"主"调"次，诗歌声律必须服务于内容，个性化的思想内容应有个性化的声韵节律。因此他特别赞扬不拘格套、内容与声律妙合无垠的"雅调"，如赞王维诗"词秀调雅，意新理惬，在泉为珠，着壁成绘，一句一字，皆出常境"⑦。赞孟浩然诗"文彩丰茸，经纬绵密，半遵雅调，全削凡体"⑧。赞祖咏诗"剪刻省静，用思尤苦，气虽不高，调颇凌俗"⑨。赞刘眘虚诗"顷东南高唱者十数人，然声律婉态，无出其右。"⑩赞储光羲诗"格高调逸"。⑪ 这种出于常境，全削凡体的"雅调"，卓尔不群、凌凡脱俗的"逸调"，体现了盛唐诗人熟练掌握声律规范之后，突破程序、大巧若愚、率性恣肆的创作风格，也体现盛唐

---

① 王克让：《河岳英灵集注》，第 4 页。
② 王克让：《河岳英灵集注》，第 84 页。
③ 王克让：《河岳英灵集注》，第 4 页。
④ 王克让：《河岳英灵集注》，第 1 页。
⑤ 王克让：《河岳英灵集注》，第 1 页。
⑥ 王克让：《河岳英灵集注》，第 4 页。
⑦ 王克让：《河岳英灵集注》，第 66 页。
⑧ 王克让：《河岳英灵集注》，第 259 页。
⑨ 王克让：《河岳英灵集注》，第 262 页。
⑩ 王克让：《河岳英灵集注》，第 84 页。
⑪ 王克让：《河岳英灵集注》，第 281 页。

诗人张扬个性、追求创新的精神。这种时代精神源于其特有的时代背景。讲究声律的"近体诗"自"永明体"始经初唐宫廷诗人杜审言、宋之问、沈佺期等人的探索完善，至盛唐其格律已经高度完备定型。格式固定则简便易行，但也容易流于俗套。因为声韵格律是有限的、程序化的，而诗歌表现的题材、书写的内容、表达的情感是无限广泛的。将无限的内容拘囿于有限的格式中，必将扼杀作者的创造力，必将扼杀诗歌的生命力。因此，自由潇洒、任性旷达、乐观豪迈的盛唐诗人在熟练掌握声韵节律的前提下，另辟蹊径，择取流美雅致，调逸韵婉，声情并茂之语自如无羁地书写生活、表现情感，这是一种"词与调合"的更高境界。殷璠对此有深切的体认，他不仅在理论上主张诗歌"发调既清""词与调合"的声律搭配和"词秀调雅""格高调逸"的格调境界；并且在实践上，《英灵集》"既闲新声，复晓古体"，将讲究声律的近体诗与自由无羁的古体诗兼收并蓄；而且在诗人短评与所选诗歌上充分予以体现，如所选王维诗多为古体，但评语中所举的"落日山水好，漾舟信归风""涧芳袭人衣，山月映石壁""天寒远山净，日暮长河急""日暮沙漠陲，战声烟尘里"却为律诗。这体现了殷璠欣赏"词""调"相得益彰的声律之作，但反对拘泥于"四声八病"的音韵规则而忽视内容的声律观念。

　　殷璠诗学理论的创新在于独标"兴象"说。"兴"与"象"本来是两个独立的范畴，"兴"，是《诗经》"六义"之一，《诗大序》则将"兴"作为一种重要的艺术表现手法。此后，历代都有理论家对此进行注解引申，于是衍生出许多新意。郑玄谓："兴者，托事于物，则兴者，起也，取譬引类，发起己心。"[①]即看到某事某物，触物生情，因事寄兴。刘勰《比兴》曰："兴者，起也。""起情者依微以拟意。起情，故'兴'体以立。"[②]刘勰认为"兴"的本质也在于触物生情，源物寄意。但他强调"情"是"兴"的根本，这使"兴"的内涵更为丰富，渐渐具有了感兴、情兴、意兴、兴会之意。初唐陈子昂批评六朝文学"彩丽竞繁，而兴寄都绝"[③]，提出"兴寄"说，强调诗歌的政教功能。"象"是中国古代文艺批评中关

---

① ［清］阮元校刻：《十三经注疏·毛诗正义》，第271页。
② ［梁］刘勰撰，范文澜：《文心雕龙注》，第601页。
③ ［唐］陈子昂撰，徐鹏点校：《陈子昂集·修竹篇序》，第16页。

于文学艺术活动中审美形象、审美想象等的重要术语。《老子》曰:"大音希声,大象无形。"①《易传》云:"立象以尽意。"②此"象"约指艺术作品中有意味的形象。而对于"兴""象",唐初大儒孔颖达在《毛诗正义》首次将二者相联系,提出"兴必取象"③的观点。殷璠承继发展,兼容并包,将"兴""象"组合为一个理论范畴,为其注入了新的内涵。

致力于"兴象"的营构为盛唐诗歌的突出特征,而高倡"兴象"则为殷璠诗学理论的独特所在。殷璠批评那些以"声病"为贵者"攻异端,妄穿凿,理则不足,言常有余,都无兴象,但贵轻艳"④。何为"兴象"丰富之文?我们可通过与之相对的"轻艳"之文来获知。"轻艳"之文的鲜明特征为言有余而理不足,以重声律、贵辞藻、增矫饰的齐梁宫体诗为代表。可见,有"兴象"之文应该为感情充沛、语言素朴、意象丰富、兴味无穷之作;他赞扬陶翰"既多兴象,复备风骨"⑤,所选其诗歌,多为"兴象"丰富之作;赞扬孟浩然"'众山遥对酒,孤屿共题诗',无论兴象,兼复故实"⑥。殷璠特别激赏诗人独辟蹊径、有意营造的那种超凡脱俗、纯美空灵、韵味隽永的艺术境界,也特别激赏诗人所塑造的新颖别致、透彻玲珑、悚心骇目的"兴象"。比如他赞扬常建诗"似初发通庄,却寻野径,百里之外,方归大道。所以其旨远,其兴僻,佳句辄来,唯论意表"⑦,赞扬刘眘虚"情幽兴远,思苦词奇,忽有所得,便惊众听"⑧,赞扬贺兰进明"《行路难》五首,并多新兴"⑨。足见,殷璠认为,"兴象"是诗人为了表现受外界的物、事、情、理触发而产生的意绪、情感,所塑造的具体生动的艺术形象。这些艺术形象内涵丰富,外延宽泛,往往是作者有感于山水田园、边塞战事、友朋交往、命运穷通等诸事万物,而借山水风光、人物事件表达诗人内心丰富的情感,具有

---

① 楼宇烈:《老子道德经注校释》,中华书局2008年版,第113页。
② [清]阮元校刻:《十三经注疏·周易正义》,第82页。
③ [清]阮元校刻:《十三经注疏·毛诗正义》,第278页。
④ 王克让:《河岳英灵集注》,第1页。
⑤ 王克让:《河岳英灵集注》,第112页。
⑥ 王克让:《河岳英灵集注》,第259页。
⑦ 王克让:《河岳英灵集注》,第12页。
⑧ 王克让:《河岳英灵集注》,第85页。
⑨ 王克让:《河岳英灵集注》,第330页。

极强的承载力。由此可见,殷璠的"兴象"说,虽然继承了陈子昂的"兴寄"说,但他却侧重于对文学本体的关照,批评的重心已经发生了变化,从之前极具社会政治伦理色彩的批评,即对齐梁形式主义文风的反思,转向了以文学为本位的艺术审美观照,强调诗人的主体性、强调意象的感发性、强调诗歌的形象性和审美性,同时强调诗语的新奇凝练性,强调诗意的隽永深远性等等。

殷璠发展了陈子昂的"兴寄"说,"创造了'兴象'这样一个诗论的基本概念,遂开我国诗歌意境理论之先河"①,对皎然之"情在言外"、司空图之"韵外之致"、严羽之"兴趣"、王士禛之"神韵"说均产生了重要影响。因此,"兴象"赋予了"文质彬彬"具体的内涵,使得传统的文质论从概念性的表述升华为一个文质统一的审美范式,"表明人们对艺术形象的把握,已由注重外形的感知深入到内在精神的探求,或者说是由形象的'形而下'的外壳上升到'形而上'的内核。这是诗歌美学史上划时代的转变,它体现出唐诗在自身发展过程中所呈现出来的质的升华。"②这无疑是一种巨大的进步,是唐代诗歌发展的必然结果,也是唐代诗学成熟的表征。

四、文质半取,风骚两挟

作为盛唐特殊的诗歌批评论著,《英灵集》是对"文质相炳焕"的盛唐诗歌风貌的集中展示,其序、集论和诗评是对盛唐"文质彬彬"诗学观念的理论总结,也是对唐初贞观君臣"文质彬彬"的文学理想的照应与注释。殷璠在《英灵集·叙》论及魏晋以降诗歌发展嬗变的态势曰:"自萧氏以还,尤增矫饰。武德初,微波尚在。贞观末,标格渐高。景云中,颇通远调。开元十五年后,声律风骨始备矣。"③殷璠以当下为基点,以文质范畴为中心,对唐代诗歌的发展历程进行纵向追溯考察,在总体把握齐梁以降诗歌发展风貌的基础上,准确勾勒出了初唐至盛唐诗风嬗变的关键。唐初,"江左宫商发越,贵于清绮,河朔词义贞

---

① 罗宗强:《隋唐五代文学思想史》,第65页。
② 陈伯海:《唐诗学引论》,知识出版社1988年版,第25页。
③ 王克让:《河岳英灵集注》,第1页。

刚,重乎气质"①,南北迥异的文学格局形成已久,齐梁文盛质衰的文风犹存。从文学发展的角度看,无论是"文盛质衰"的文学,还是"质木无文"的文学都与大唐阳刚豪迈、积极进取的时代精神不相匹配。于是,贞观君臣适应政治统治的需要,进行大规模的文学建设。他们在充分了解文学发展规律,深入分析当代文学现状的基础上,根据当下政治对文学的需求、时代风尚对文学的期待、文学自身发展的趋向,通过仔细甄别、审慎取舍,预构出了与唐朝的文德政治相契合的文学图景——以"雅正"为基调,以"掇彼清音,简兹累句,各去所短,合其两长"②为路径,以"文质因其宜,繁约适其变,权衡轻重,斟酌古今"③为创作方法,追求"调远""旨深""理当""辞巧"创作境界,最终达到"和而能壮,丽而能典""文质彬彬,尽善尽美矣"④的文学理想。"文质彬彬"为唐代文学发展标示了努力之方向,但是,实现其并非易事。从初唐至盛唐,有"裁成六律,彰施五色"以期诗歌"言之而中伦,歌之而成声"⑤的沈佺期、宋之问的积极探索;有标举文学创作应"立言见志"⑥"悬日月于胸怀,挫风云于毫翰"⑦的"初唐四杰"的理论倡导与创作努力;有高倡文学应该"骨气端翔,音情顿挫,光英朗练,有金石声"⑧的陈子昂引领与标示;经过几代人近百年的努力,直至"开元十五年后,声律风骨始备矣",至此,初唐所建构的"文质彬彬,尽善尽美"的文学理想才得以实现。

"文质彬彬"是文学创作的最高境界,要求"文""质"并茂,内容与形式高度统一,相得益彰,然而它重在理论抽象,缺乏具体的内涵特质。《英灵集》作为盛唐诗歌的集大成者,所选作品均为"文质彬彬"之作,其思想内容与艺术成就从实践上赋予"文质彬彬"以具体内涵。而其叙、集论以及作家短评则从理

---

① [唐]魏征等撰:《隋书·文学传序》(卷七十六),第1730页。
② [唐]魏征等撰:《隋书·文学传》(卷七十六),第1730页。
③ [唐]令狐德棻等撰:《周书·王褒庾信传》(卷四十一),第745页。
④ [唐]魏征等撰:《隋书·文学传》(卷七十六),第1730页。
⑤ [唐]独孤及:《唐故左补阙安定皇甫公集序》,[清]董诰等编:《全唐文》(卷三百八十八),第3940页。
⑥ [唐]王勃著,蒋清翊注:《王子安集注》,上海古籍出版社1995年版,第129页。
⑦ [唐]卢照邻:《卢照邻集·南阳公集序》,上海古籍出版社1994年版,第71页。
⑧ [唐]陈子昂撰,徐鹏点校:《陈子昂集·修竹篇序》,第16页。

论上对"文质彬彬"予以解读。殷璠的在集论末尾概括其"颇异诸家"的选诗原则:"既闲新声,复晓古体。文质半取,风骚两挟。言气骨则建安为传,论宫商则太康不逮。"①这既为《英灵集》的选编准则,也为殷璠文质观的核心思想,更为盛唐诗坛盛况的镜像。《英灵集》所选诗歌:从体例而言,格律谨严的新体诗与自由纵逸的古体诗兼收并蓄;从标准而言,所选之作无论新声还是古体,都为文质并茂,情志并重之作;就风格而言,有与建安风骨一脉相承的气骨之作,也有声律词藻不亚于太康诗风的华美之作。显然"文质并重"是殷璠最核心的选编标准,也是其最主要的诗学观念。

但是,除"文质半取"以外,在《英灵集》的叙、集论以及诗评中再没有出现"文""质"这对范畴,原因在于,文学创作当"文""质"或缺抑或两缺时,其表征是鲜明的。如殷璠批评齐梁以来的文学:"萧氏以还,尤增矫饰""专事拘忌,弥损厥道""都无兴象,但贵轻艳。"②评价崔颢"颢少年为诗,属意浮艳,多陷轻薄"③。然而,当作品"文质并茂",真正达到"文质彬彬"的境界时,却无法用具体指标去规囿,而是呈现出纷繁多样的思想境界与艺术风貌。殷璠对此体认深刻。因此,在理论层面,他选用许多内涵丰富、特质鲜明的诗学范畴来展示盛唐诗歌的"文质彬彬",并且赋予这些诗学范畴以盛唐之特质。因此李珍华、傅璇琮认为:"它所提出的兴象说、音律说,鲜明地反映了盛唐时代诗歌高峰期的创作特色和理论特色。"④其实,盛唐诗歌不仅兴象玲珑、音律宛然,而且气骨凌然,风神俊逸,情深境幽。殷璠对文情并茂、文质兼美的当代诗歌风貌了然于心,以"风骨""神来、气来、情来""声律""兴象"等批评话语,提纲挈领,标其质素,可谓深中肯綮。这些诗学范畴从文质论角度看,表现为内容上重视"风骨",强调"神来、气来、情来";形式上提倡"声律",推崇"雅体",标榜"兴象",体现了盛唐诗学文质并重的审美价值取向。

总言之,殷璠诗学秉持文质并重之观念,将整体把握与个体关照相结

---

① 王克让:《河岳英灵集注》,第4页。
② 王克让:《河岳英灵集注》,第1页。
③ 王克让:《河岳英灵集注》,第212页。
④ 李珍华、傅璇琮:《河岳英灵集研究》,第19页。

合,提要钩玄,以"风骨""声律"兼备高度概括盛唐诗歌的整体风貌,以"兴象""神来""气来""情来"评鉴诗人特质,展现了盛唐诗歌意丰辞赡的品格、俊逸奇幻的神韵、刚健劲爽的气势和诗人积极入世的进取精神,赋予初唐史家"文质彬彬,尽善尽美"的诗学理想以具体内涵,彰显了盛唐诗歌"文质相炳焕"的诗歌风貌,对盛唐诗学多元宏通的文质思想做出了理论总结。

第四节 "风雅"与"规讽"

盛唐后期,随着社会文化的嬗变,文学风尚也出现了新的变化。这种变化首先从元结的文质观中表现了出来。元结对盛唐诗学提出了质疑,提倡复古,推崇风雅,批评近体诗学,重质轻文。从文质观看,这是不同于盛唐诗学的文学风尚,标志着盛唐后期文学精神的新变,是中唐以"政教"为旨归的现实主义诗学的前导。

一、"规讽":"质"的新变

元结(约719—约772),字次山,号漫叟、聱叟,原籍河南(今河南洛阳),是盛唐后期提倡复古、推崇儒家"风雅"思想的重要理论家和作家,其诗文理论和创作实践在中唐新乐府诗歌创作和古文运动的兴起中起了先导作用。元结在其《二风诗论》和《箧中集序》等理论文章中提出了他的文学主张,其中蕴含着丰富的文质思想。元结重质轻文,提倡诗歌在内容上反映社会现实,在形式上质朴务实,强调文学的政教功能而轻视文学的审美功能,代表了盛唐后期文质观和文学风尚的转变。

初唐时期,贞观君臣提出了"合南北文学之长"的"文质彬彬"的文学发展理想,经过近百年的努力,唐诗在内容上追求"兴寄"和"风骨",而在形式上致力于格律艺术,至盛唐开元天宝年间,唐诗最终实现了魏征提出的"文质彬彬,尽善尽美"①的文学理想,"风骨声律始备","文质半取"②"彬彬然,灿灿然"③,文学的发展达到了高峰,文风改革的使命也基本完成。但"安史之乱"爆发前后,唐帝国由盛转衰,政治危机引发文化危机。元结的文学创作和思考正是对危机的积极应对,是对当时现实问题积极思考的必然产物。

  元结在思想上具有浓厚的儒家思想,同时,他也受到道家思想的影响。章学诚曾指出"元之面目,出于诸子"。元结性格率性方直,柔性真纯,在思想上耿介拔俗,勇于创新,不随时流,不拘束于儒家思想,自著《元子》,表明了自立一家的意思。元结以挽救危局为己任,以"救时劝俗"为文学宗旨,主张诗歌要以"国事"为重,以讽谏君王为目的。天宝六年(747),在《二风诗论》中,元结提出"吾欲极帝王理乱之道,系古人规讽之流"④的观点,明确提出"规讽""美刺"的主张,肯定了文学的"政教"功能。天宝十二载,元结在《系乐府十二首序》中提出诗歌要"上感于上,下化于下"⑤,再次强调诗歌的"诗教"功能。在大历二年,元结在《文编序》中再次明确自己的创作宗旨是"救时劝俗""急于公直",认为好的作品要"可戒可劝,可安可顺""其意必欲劝之忠孝,诱以仁惠,急于公直,守其节分"⑥。他提倡诗歌要表达作者的思想感情,反映现实,反映政治和社会生活。这是对儒家"政教"诗学的继承和复归。其诗作《舂陵行》《贼退示官吏》反映民生疾苦,揭露时弊,是其诗学主张的实践。《舂陵行序》中明确表示其写作目的是"以达下情"⑦。杜甫在《同元使君〈舂陵行〉并序》中称赞说"不意复见比兴体制、委婉顿挫之词"⑧。元结的文学思想体现了其关注社会现实的精神,表明了改造社会的决心,有强烈的时代色彩。中唐白居易所提出的"为歌生民病"的主张,显然受到了元结思想影响。

  元结主张复兴儒家诗学的"政教"功能。但元结所重"政教",其重心不在

---

① [唐]魏征等撰:《隋书·文学传》(卷七十六),第1730页。
② 王克让:《河岳英灵集注》,第1页。
③ [唐]杜确:《岑嘉州集序》,[清]董诰等编:《全唐文》(卷四百五十九),第4692页。
④ [唐]元结著,孙望点校:《元次山集·二风诗论》,中华书局1960年版,第10页。
⑤ [唐]元结著,孙望点校:《元次山集》,第18页。
⑥ [唐]元结著,孙望点校:《元次山集》,第155页。
⑦ [唐]元结著,孙望点校:《元次山集》,第34页。
⑧ [清]仇兆鳌注:《杜诗详注》,第1694页。

对人民的教化,而在对统治者的讽谕。元结非常重视文学的思想内容,但并非表现儒家圣人之道,并不宗经。元结认为文学不是"经学"的附庸,不必重复圣贤经传的陈言,而要将其作为反映和批判现实的武器,要悯时伤世,表现现实生活,反映民生疾苦,倾述人民的呼声。其在《与韦尚书书》中曰:"古人所以爱经术之士,重山野之客,采与童之诵者,盖为能明古以论今,方正而不讳,悉人之下情。"①其推崇古人重视"下情"的做法,主张为文当表达下情。元结的思想显然是继承了《诗大序》所提倡的"上以风化下,下以讽刺上"儒家文学思想,但他更注重"下以讽刺上"的一面。

因此,不同于同时代的理论家,元结重视文学"救时劝俗"的社会价值,要求创作积极反映民生疾苦,其文质观中"质"的内涵转向了社会现实和民生疾苦,对"质"的认识有了新的变化,这是唐代文学文质观的新变。

二、"风雅":对近体诗风的反思

元结在文质思想上的新变也表现在对盛唐诗学的反思上。从重视文学的社会功能出发,元结提倡风雅传统,对盛唐诗学在内容上脱离社会现实,注重艺术形式的文学风气提出了质疑。这种倾向主要表现在其编选的《箧中集》中。

乾元二年(760),元结编成《箧中集》,把当时创作风格独特的沈千运等七位诗人的 24 首诗编为一集。《箧中集》虽篇幅不大,但在唐人选唐诗中却具有鲜明的特色。《箧中集》所选诗人"自沈公及二三子,皆以正直而无禄位,皆以忠信而久贫贱,皆以仁让至丧亡"②,皆为正直忠信、仕途失意、生活困顿者,所选七人之诗皆为"淳古淡泊,绝去雕饰,与当时作者,门径迥殊"③的古体诗。元结《箧中集》"于诸作者间,拔戟成一队"④,"以真朴自立门户"⑤以矫时习。

---

① [唐]元结著,孙望点校:《元次山集》,第 91 页。
② [唐]元结著,孙望点校:《元次山集·箧中集序》,第 100 页。
③ [清]纪昀等:《四库全书总目》,第 1688 页。
④ 皇甫湜:《题语溪石》,孙望点校:《元次山集·附录三》,第 178 页。
⑤ [清]贺贻孙:《诗筏》,见郭绍虞编:《清诗话续编》,上海古籍出版社 1983 年版,第 173 页。

他在《箧中集序》中盛赞沈千运"独挺于流俗之中,强攘于已溺之后""凡所为文,皆与时异"①,这也正是元结自身"通变"精神的写照。对此,刘熙载在《艺概》中曾说:"元次山以此序沈千运诗,亦以自寓也。"②元结《箧中集》中所收诗人诗作之风格迥异于盛唐诗学,构成了唐诗由歌颂盛世到写民生疾苦的"质"的转变。

元结以自身文学观念为范式与批评标准,编辑《箧中集》,彰显了其规讽、美刺的诗学主张,借以引导诗风。元结在《箧中集序》中曰:

> 风雅不兴,几及千岁,溺于时者,世无人哉。呜呼!有名位不显,年寿不终,独无知音,不见称颂,死而已矣,谁云无之。近世作者,更相沿袭,拘限声病,喜尚形似,且以流易为辞,不知丧于雅正,然哉!彼则指咏时物,会谐丝竹,与歌儿舞女生污惑之声于私室可矣。若令方直之士、大雅君子,听而诵之,则未见其可矣。③

元结认为"风雅不兴,几及千岁",而"近世作者"过度追求形式之美,"更相沿袭,拘限声病,喜尚形似,且以流易为词",把文学沦落成了"指咏时物,会谐丝竹,与歌儿舞女生污惑之声于私室"的娱乐消遣之具,使文学"丧于雅正",忽视了文学的社会功能。元结推崇《诗经》的"风雅"传统,提倡反映社会现实的诗歌精神。《刘侍御月夜宴会序》曰:

> 文章道丧盖久矣!时之作者,烦杂过多,歌儿舞女,且相喜爱,系之风雅,谁道是邪?诸公尝欲变时俗之淫靡,为后生之规范。④

元结指出"文章道丧"已久,批评时人"歌儿舞女"的诗风。而对刘侍御诸人改变淫靡风气的创作予以高度赞赏。元结这种重视文学社会功能的主张,与他关心社会民瘼的政治追求是密不可分的。

元结继承了陈子昂、杜甫所提倡的"风雅"的思想,"独挺于流俗之中",反

---

① [唐]元结著,孙望点校:《元次山集·箧中集序》,第100页。
② [清]刘熙载撰,袁津琥校注:《艺概注稿》,中华书局2009年版,第300页。
③ [唐]元结著,孙望点校:《元次山集》,第100页。
④ [唐]元结著,孙望点校:《元次山集》,第37页。

对形式主义文风,对"近世作者"诗作"拘限声病,喜尚形似,且以流易为辞,不知丧于雅正"的形式主义创作倾向和溺于歌舞游宴的艺术倾向提出了严厉的批评。元结提倡关注社会现实的"风雅"传统,提倡思想内容"雅正"的文学,提倡质朴的文风,反对沿袭六朝诗歌发展而成的近体诗艺术风格。

元结对盛唐诗风并不认同,甚至持否定态度。他所批评的"拘限声病""指咏时物"和"以流易为辞"的创作风气,所指正是盛唐注重声律的近体诗。元结主张文学应回复至古朴无华的"风雅"时代,而从六朝以来到盛唐趋于定型的近体诗学风尚与他的文学理想格格不入。这是对开天时代文学创作倾向的反拨,是对盛唐诗风的反思。

三、古朴淡泊的创作风貌

元结把儒家复古思想和五言古体诗结合起来,在思想内容和艺术形式的统一方面做出了很大的努力和探索。在盛中唐之际,元结倡扬回复诗歌"风雅"精神,反对"拘限声病、喜尚形似"的近体诗,为盛唐诗风注入了新的生命力。元结否定近体诗学,并非不注重形式,相反,其推崇五言古诗,认为无言古体诗是表现其思想的最佳形式。

元结在创作中践行其文质思想,在作品的思想内容上直写时事,针对时弊发论抒情。在艺术形式上提倡淳古淡泊之风,追求古朴雅正,反对绮靡浮华。因而,元结的诗歌创作与当时的诗风迥异,可谓独树一帜。沈德潜在《唐诗别裁》中曰:"次山诗自写胸次,不欲规模故人,而奇响逸趣,在唐人中另辟门径,前人譬诸古钟磬不谐里耳,信然。"①其诗作在题材上很少咏物和写景;而在诗体方面则很少唐人推重的近体诗。他最喜爱和擅长的是典雅高古的古体诗,尤其擅长五古。《全唐诗》著录元结诗两卷,约百首,其中古体诗占了绝大部分,而五言诗最多。"元结五言古诗声体尽纯,在李、杜、岑参外另成一家。"②元结在诗体上推重五言古诗,是因为五古便于表现其思想情感,而在形式上则质朴雅致,正好符合其古朴的审美追求。从中也可以看出,元结在创作思想上

---

① [清]沈德潜:《唐诗别裁》,中国致公出版社2011年版,第51页。
② [明]许学夷:《诗源辩体》,人民文学出版社1987年版,第176页。

对内容的重视超过了形式。

元结对诗歌创作中"指咏时物,会谐丝竹"的浮荡风气深为不满。其在诗歌创作上追求情感真实、风格质朴的诗风,从不刻意追求华美的形式。毛晋曰:"漫士逢天宝之后,置身仕隐间,自谓与世聱牙,不肯作绮靡章句。"①元结诗尚简,不雕琢字句,语言平易淳朴,内容与形式浑然一体,风格与《箧中集》所选作品的风格相类。湛若水在《元次山集序》中说:"欲质不欲野,欲朴不欲陋,欲拙不欲固,卓然自成一家者也。"②这是对元结创作文质风貌最好的概括。当然,元结一心致力于追求诗歌的高古淳朴,过分推崇五古而排斥其他诗体,反对语言的流利圆熟,这使其作品在形式上显得过于质朴,降低了其诗歌的艺术感染力,影响了其诗歌的艺术效果。

总之,元结继承了儒家"诗教"传统,提倡"规讽",提倡"风雅",以《诗经》的"雅正"传统为旨归,提倡雅正质朴的文风,提倡清淡高古的古体诗,反对绮靡诗风。在文质关系上,元结主张内容决定形式,形式为内容服务。元结注重文学的社会价值,而否定近体诗声律、辞采之美,这显然具有片面性。这从侧面也反映了其文质观的局限性。元结的文质观既是对盛唐诗学的反拨,也是中唐文学变革的前导,标志着盛唐文学风尚的转变,对中唐白居易和韩愈的文学革新产生了直接的影响。

第五节 "政教"与"审美"统一

在盛中唐之际,杜甫在创作上"集大成",诗学思想"兼容并包",创作实践与理论总结互为表里,既总结了有唐以来的诗学观念,又开启了此后诗学发展的新方向。杜甫的诗学思想体现了一种"相容并包"的文质思想。杜甫的文质思想主要表现在其论诗诗,如《戏为六绝句》《偶题》《解闷》等诗篇中。其中,

---

① [明]毛晋:《汲古阁跋·箧中集条》,上海古典文学出版社1958年版,第74页。
② 湛若水:《元次山集序》,[唐]元结著,孙望点校:《元次山集》,第176页。

写于唐肃宗上元二年(761)的论诗诗《戏为六绝句》全面阐述了他的文质思想。杜甫的文质思想既总结了盛唐诗歌创作的基本经验,又开启了中唐诗歌创作的先声。

一、"兴寄""情志"并重

在文学思想上,杜甫继承了儒家文学思想传统,重视文学的社会价值和思想内容,提倡"兴寄",重视诗歌之"质"。杜甫的文学观与他的人生理想密不可分,其继承了先祖"奉儒守官"①的传统,"窃比稷与契"②,思想以儒家思想为本位,以"致君尧舜上,再使风俗淳"③为人生理想。杜甫的创作活动主要集中在"安史之乱"时期,战乱对他的创作产生了巨大的影响,其作品真实地再现了当时的社会现实,具有极强的时代特色。

杜甫重视文学作品的内容,表现出"重质"的价值取向,并且以"现实"为文学之"质"。他深怀"忧世""济时"之心,主张以诗歌抒写深广的忧愤之情,主张"诗尽人间兴"④,提倡文学(诗歌)要反映现实,描写人民的生活疾苦,要有益于国家人民。从理论渊源看,杜甫的创作思想继承了《诗》《骚》传统,提倡"兴寄""讽喻""美刺",强调文学要关心民瘼,反映现实,表现时弊。他在《进雕赋表》中说:"虽不能鼓吹六经,先鸣数子,至于沉郁顿挫,随时敏捷,扬雄、枚皋之徒,庶可企及也。"⑤这表明杜甫以"鼓吹六经"为"志",主张创作"随时敏捷",反映现实。杜甫对"风雅"有深刻的理解。所谓"风雅""是以一国之事,系一人之本,谓之风;言天下之事,形四方之风,谓之雅"⑥。"风雅"的要旨是真实地反映社会现实,杜甫从理论和实践两方面践行此论。

杜甫受到陈子昂思想的直接影响,主张诗歌要有所"兴寄",要抒写真实情感,表现社会现实。杜甫在《陈拾遗故宅》中说:

---

① 《进雕赋表》,[清]仇兆鳌注:《杜诗详注》,第2172页。
② 《自京赴奉先县咏怀五百字》,[清]仇兆鳌注:《杜诗详注》,第264页。
③ 《奉赠韦左丞丈二十二韵》,[清]仇兆鳌注:《杜诗详注》,第73页。
④ 《湖中送敬十使君适广陵》,[清]仇兆鳌注:《杜诗详注》,第1473页。
⑤ [清]仇兆鳌注:《杜诗详注》,第2172页。
⑥ [清]阮元校刻:《十三经注疏·毛诗正义》,第269页。

位下何足伤,所贵者圣贤。有才继骚雅,哲匠不比肩。公生扬马后,名与日月悬……终古立忠义,《感遇》有遗篇。①

杜甫对陈子昂推崇备至,认为他继承发扬了"骚雅"传统,赞扬他的《感遇》诗深存"兴寄",真正体现了儒家的"忠义"思想。杜甫此论无疑是继承和弘扬了陈子昂的"兴寄深微"诗学主张,强调创作要有所寄托,要有感而发,重视作品的思想情感价值。

杜甫重"兴寄"的"尚质"思想在他对同期诗人元结的评价中得到了更明确的表达。他说:"不意复见比兴体制,微婉顿挫之词,感而有诗,增诸卷轴。"②杜甫称赞元结的诗作是"比兴体制,微婉顿挫之词"。联系元结的《春陵行》等诗篇看,杜甫所说的"比兴体制",除了指艺术手法,更主要的是指其反映社会现实的美刺、规讽特质。杜甫对元结反映当时社会现实的作品《春陵行》和《贼退示官吏》,给予了极高的评价:"观乎春陵作,欻见俊哲情。复览贼退篇,结也实国桢。贾谊昔流恸,匡衡尝引经。道州忧黎庶,词气浩纵横。两章对秋月,一字偕华星。"③杜甫对元结作品关心国事民瘼、心忧黎庶的思想情感高度赞扬,认为其可与星月争光。

杜甫的文质思想中"质"的内涵具有极大的包容性。他以"现实"为"质",但并不排斥诗歌的抒情言志和怡情悦性功能。杜甫认为"情"是构成诗歌的重要元素,他在《四松》里说"有情且赋诗"④,在《客居》中说"箧中有旧笔,情至时复援"⑤,认为创作的主体要有强烈的激情,作品的内容要蕴含真挚的情感,这样的作品才具有感染力。他在《宗武生日》中说:"诗是吾家事,人传世上情。"⑥"传情"二字,说出了诗的抒情本质。清人叶燮在《原诗》中论曰:

"作诗者在抒写性情。"此语夫人能知之,夫人能言之;而未尽夫人能

---

① [清]仇兆鳌注:《杜诗详注》,第947页。
② 《同元使君春陵行序》,[清]仇兆鳌注:《杜诗详注》,第1691页。
③ 《同元使君春陵行》,[清]仇兆鳌注:《杜诗详注》,第1691页。
④ [清]仇兆鳌注:《杜诗详注》,第1118页。
⑤ [清]仇兆鳌注:《杜诗详注》,第1255页。
⑥ [清]仇兆鳌注:《杜诗详注》,第1477页。

然之者矣。"作诗有性情必有面目。"此不但未尽夫人能然之,并未尽夫人能知之而言之者也。如杜甫之诗,随举其一篇,篇举其一句,无处不可见其忧国爱君,悯时伤乱,遭颠沛而不苟,处穷约而不滥,崎岖兵戈盗贼之地,而以山川景物友朋盃酒抒愤陶情,此杜甫之面目也。①

深刻揭示了杜甫创作以"情"为本的特色。

杜甫认为诗歌的抒情本性还体现在其陶冶性灵、遣兴排闷的功能上。他说:"宽心应是酒,遣兴莫过诗。此意陶潜解,吾生后汝期。"②"愁极本凭诗遣兴,诗成吟咏转凄凉。"③"登临多物色,陶冶赖诗篇。"④"陶冶性灵存底物,新诗改罢自长吟。"⑤"故林归未得,排闷强裁诗。"⑥都强调诗歌具有陶冶情感和怡情遣兴的作用。因此,"情性"是杜甫文质观之"质"的重要内容。

总之,杜甫继承了先秦以来儒家的现实主义文学精神,提倡"兴寄",主张发扬"比兴体制",以文学反映社会现实和民生疾苦,体现出强烈的文学"为人生"的现实主义特色。杜甫在创作实践中把自己的理论主张引向了写实,引向了反映社会人生,比传统的"比兴""规讽""美刺"等表现手法对现实社会的反映要广阔深邃得多。但杜甫"兼容并包",把"情志"作为"质"的重要内涵,充分认可文学的抒情功能。从文质论的视域看,杜甫重视文学的思想内容,以社会现实和人生为文学之"质",以"情志"为文学之"质",把文学的社会功能和抒情功能统一在一起,把"政教说"与"缘情说"融为一体,对文学"质"的认识较为全面。这体现出不同于盛唐的诗学精神,凸显了盛唐后期文质观念的转变。这种变化对中唐以白居易为代表的现实主义诗学产生了直接的影响。

二、"风雅"与"清词丽句"并包

杜甫的文质观更主要地表现在他对"文"的自觉认同,即对文学艺术的不

---

① [清]叶燮著,霍松林校注:《原诗》,人民文学出版社1979年版,第50页。
② 《可惜》,[清]仇兆鳌注:《杜诗详注》,第803页。
③ 《至后》,[清]仇兆鳌注:《杜诗详注》,第1199页。
④ 《秋日夔府咏怀奉寄郑监李宾客一百韵》,[清]仇兆鳌注:《杜诗详注》,第1699页。
⑤ 《解闷十二首》,[清]仇兆鳌注:《杜诗详注》,第1515页。
⑥ 《江亭》,[清]仇兆鳌注:《杜诗详注》,第801页。

懈追求上。杜甫不但重视文学作品的思想内容,而且重视诗歌的艺术性,倡导博采众长,兼收并蓄,内容与辞采并重的诗学观。

首先,在诗歌艺术上,杜甫主张将"风""雅"艺术传统和"楚骚"艺术精神融为一体,并与"清词丽句"和谐共存。其《戏为六绝句》曰:"别裁伪体亲风雅,转益多师是汝师。"①杜甫把"风""雅"作为诗歌艺术的范式,主张恢复风雅传统,注重兴寄,有感而发。在此基础上"转益多师",对古今艺术成就相容,吸收不同的养分。因此,杜甫在"亲风雅"之外,主张继承以"屈宋"为代表的"楚骚"艺术精神,借鉴六朝以来的艺术成就。《戏为六绝句》其五曰:

不薄今人爱古人,清词丽句必为邻。窃攀屈宋宜方驾,恐与齐梁作后尘?②

唐人以魏晋以前为"古",南朝以后为"今"。杜甫"不薄今人爱古人",说明他既提倡"风雅"艺术传统,也重视肇始于屈宋的六朝艺术精神。而"清词"指"古人"重内容的质朴文风,"丽句"则指"今人"重形式技巧的华美文风。杜甫主张"清词丽句"应共存。对于屈宋至六朝文学为代表的重"文"创作倾向,从隋代起就不断遭到人们的批评。王勃《上吏部裴侍郎启》说:"自微言既绝,斯文不振。屈宋导浇源于前,枚马张淫风于后。谈人主者以宫室苑囿为雄,叙名流者以沉酗骄奢为达。故魏文用之而中国衰,宋武贵之而江东乱。虽沈、谢争骛,适足兆齐梁之危;徐、庾并驰,不能止周陈之祸。"③贾至《工部侍郎李公集序》说:"三代文章,炳然可观。汨骚人怨靡,扬马诡丽,班、张、崔、蔡、曹、王、潘、陆,扬波扇飚,大变风雅。宋、齐、梁、隋,荡而不返。"④李华《赠礼部尚书清河孝公崔沔集序》说:"屈平、宋玉,哀而伤,靡而不返,六经之道遁矣。"⑤独孤及《唐故殿中侍御史赠考功郎中萧府君文章集录序》说:"扬、马言大而迂,屈、

---

① [清]仇兆鳌注:《杜诗详注》,第901页。
② [清]仇兆鳌注:《杜诗详注》,第900页。
③ [唐]王勃:《上吏部裴侍郎启》,[清]董诰等编:《全唐文》(卷一百八十),第1829页。
④ [唐]贾至:《工部侍郎李公集序》,[清]董诰等编:《全唐文》(卷三百六十八),第3736页
⑤ [唐]李华:《赠礼部尚书清河孝公崔沔集序》,[清]董诰等编:《全唐文》(卷三百一十五),第3196页。

宋词侈而怨。沿其流者,或文质交丧,雅郑相夺,益为之中道乎?"①都把屈宋看作齐梁浮靡之源,认为屈原、宋玉是"大变风雅""文质交丧"的罪人,继而对六朝文学艺术也是一概否定。陈子昂认为齐梁文学"彩丽竞繁,而兴寄都绝"②,李白认为"自从建安来,绮丽不足珍"③,对齐梁柔靡绮艳之风予以猛烈抨击。这些批评者对六朝文学的艺术成就有意或无意地予以忽视。针对复古思潮中否定屈宋和齐梁文学艺术的思潮,杜甫以包容的学术精神,充分肯定了屈宋作品的华丽辞采,对六朝文学的艺术成就也给予了积极的评价。他重新审视六朝文学的遗产,对六朝一系列诗人的创作予以肯定,如:江淹、鲍照、阴铿、何逊、沈约、谢朓和庾信等。杜甫对于齐梁文学的态度集中在对庾信的评价上,他说"熟知二谢将能事,颇学阴何苦用心"④。庾信是南朝文学的代表人物,《隋书·文学传序》评价庾信的创作"其意浅而繁,其文匿而彩,词尚轻险,情多哀思"⑤。而《周书·王褒庾信传论》批评他的创作"其体以淫放为本,其词以轻险为宗。故能夸目侈于红紫,荡心逾于郑、卫。昔扬子云有言:'诗人之赋,丽以则;辞人之赋,丽以淫。'若以庾氏方之,斯又词赋之罪人也"⑥。他们都把庾信作为绮艳文风的代表,判其为"词赋之罪人"。但杜甫则对他予以充分肯定,"庾信文章老更成,凌云健笔意纵横。"⑦"庾信生平最萧瑟,暮年诗赋动江关。"⑧对庾信"老年""暮年"的文学成就称颂不已,充分肯定其有凌云之气,内容充实,笔势健举,意态纵横,义采华茂。总之,杜甫对齐梁诗歌在艺术上的成就予以充分肯定,对齐梁文学的语言清新绮丽、声律和谐的形式美极为赞赏。

其次,杜甫对"初唐四杰"的评价也体现了其文质思想。"四杰"以复古为

---

① [唐]独孤及:《唐故殿中侍御史赠考功郎中萧府君文章集录序》,[清]董诰等编:《全唐文》(卷三百八十八),第3941页。
② [唐]陈子昂撰,徐鹏点校:《陈子昂集》,第16页。
③ [清]王琦注:《李太白全集》,第87页。
④ 《戏为六绝句》,[清]仇兆鳌注:《杜诗详注》,第898页。
⑤ [唐]魏征等撰:《隋书·文学传序》(卷七十六),第1730页。
⑥ [唐]令狐德棻等撰:《周书·王褒庾信传论》(卷四十一),第744页。
⑦ 《戏为六绝句》,[清]仇兆鳌注:《杜诗详注》,第898页。
⑧ 《咏怀古迹》,[清]仇兆鳌注:《杜诗详注》,第1499页。

革新，在理论上全盘否定齐梁文学，但实践上依然有齐梁余风，因此受到"今人"的批评。杜甫从文学发展史的立场，对四杰给予了公正的评价。《戏为六绝句》其二："杨王卢骆当时体，轻薄为文哂未休。尔曹身与名俱灭，不废江河万古流。"①《戏为六绝句》其三："纵使卢王操翰墨，劣于汉魏近风骚。龙文虎脊皆君驭，历块过都见尔曹。"②杜甫认为王杨卢骆四杰所创造的"体"式是"当时的产物"，虽然审美上的成就"劣于汉魏近风骚"，但其"龙文虎脊"、斑斓多姿的色彩和风格却十分显著，其艺术成就是不能否定的。

最后，杜甫对作品艺术性的重视在其《偶题》中得到集中阐释，这也是对其文质思想的精彩总结：

> 文章千古事，得失寸心知。作者皆殊列，名声岂浪垂。骚人嗟不见，汉道盛于斯。前辈飞腾入，余波绮丽为。后贤兼旧制，历代各清规。法自儒家有，心从弱岁疲。永怀江左逸，多病邺中奇。骐骥皆良马，麒麟带好儿。车轮徒已斫，堂构惜仍亏。漫作《潜夫论》，虚传幼妇碑。③

王嗣奭说："此篇乃一部杜诗总序。"④杜甫认为文学作为流传千古的事业，是不断向前发展的，后世虽继承前代文学传统，但并非简单地重复、模仿，而是具有自身特点，所以历代文学都有自己的特色和风格，即便低劣如齐梁者也不例外。王嗣奭释曰："兼旧制，取材者广。各清规，命意特新。"⑤杜甫一方面"永怀江左逸"，对南朝诗歌"俊逸"诗美充满钦佩；另一方面则"多谢邺中奇"，对建安诗歌奇美风格满怀着敬意。"历代各清规"，杜甫充分肯定文学发展中其客观规律的不可逆转性。他认为文学的发展由质朴到绮丽，由简易到繁杂，是一个必然的"质文代变"的过程。由此可见，杜甫能通达地看待古今文学传统，主张转易多师，古今兼取，表明其具有宏通的文质发展观。

---

① ［清］仇兆鳌注：《杜诗详注》，第899页。
② ［清］仇兆鳌注：《杜诗详注》，第899页。
③ ［清］仇兆鳌注：《杜诗详注》，第1541页。
④ ［清］仇兆鳌注：《杜诗详注》，第1541页。
⑤ ［清］仇兆鳌注：《杜诗详注》，第1541页。

三、"天真""清新""壮美"并蓄

杜甫提出了"真""清新""壮美"等范畴。这种不拘一格,兼收并蓄,多元并存的文质理想,深化和丰富了唐初魏征所提出的"文质彬彬"文质论。盛唐诗学以自然、抒情为创作主流,追求任情率真、自然清新的审美品格。安史之乱后,中唐诗学以政教、现实为创作主流,追求崇高、壮美的审美风格。在审美理想上,杜甫"真""清新"和"壮美"兼而有之,具有"集大成"的特色。

首先,杜甫在文质审美理想上推崇"真""天真"。杜甫在其诗歌文本中多次写到"真""天真",把"真""天真"作为一种文学审美理想孜孜以求。《通泉县署屋壁后薛少保画鹤》:"薛公十一鹤,皆写青田真。"①《姜楚公画角鹰歌》:"此鹰写真在左绵,却嗟真骨遂虚传。"②《赠王二十四侍御契四十韵》:"由来意气合,直取性情真。"③《暇日小园散病将种秋菜督勒耕牛兼书触目》:"不爱入州府,畏人嫌我真。"④刘熙载《艺概·诗概》曾说:"杜诗云'畏人嫌我真',又云'直取性情真'。一自咏,一赠人,皆与论诗无与,然其诗之所尚可知。"⑤杜甫所追求的"真"不仅是形似,而且是神似。诗人要求的是形神兼备,要求深刻地把握事物的内在精神和本质,而不仅是外在的相似。《促织》说:"悲丝与急管,感激异天真。"⑥《寄李十二白二十韵》:"剧谈怜野逸,嗜酒见天真。"⑦"天真"即本色,是原初性质和本来面目,没有经过丝毫的污染和矫饰。因此,"真""天真"是内容情感的真实与形式的自然之和谐统一,是文质彬彬的理想形态之一。

杜甫文质理想的第二种形态是"清新"。"清新"是以李白为代表的盛唐诗人所追求的"清水芙蓉"之美。"清新"之美发萌于六朝,到盛唐李白提倡"清

---

① [清]仇兆鳌注:《杜诗详注》,第962页。
② [清]仇兆鳌注:《杜诗详注》,第924页。
③ [清]仇兆鳌注:《杜诗详注》,第1123页。
④ [清]仇兆鳌注:《杜诗详注》,第1669页。
⑤ [清]刘熙载撰,袁津琥校注:《艺概注稿》,第291页。
⑥ [清]仇兆鳌注:《杜诗详注》,第611页。
⑦ [清]仇兆鳌注:《杜诗详注》,第662页。

水芙蓉"之美,有"诗传谢朓清"①之说,"清新"遂成为一种审美形态。杜甫对"清新"之美极为推崇,把"清新"作为重要审美标准。如:"阴何尚清省"②"清新庾开府。"③《解闷十二首》之六评价孟浩然:"复忆襄阳孟浩然,清诗句句尽堪传"④,肯定孟浩然诗歌的清新。在《奉和严中丞西城晚眺》中称赞严武:"政简移风速,诗清立意新。"⑤也是以清新为标准。显然,杜甫把"清新"作为诗学审美理想的一个重要标准。

杜甫同时又提倡壮伟之美。《戏为六绝句》之四:"或看翡翠兰苕上,未掣鲸鱼碧海中"⑥,形象地表达了其审美理想。钱谦益说:"翡翠兰苕,指当时研揣声病、寻摘章句之徒。鲸鱼碧海,则所谓浑涵汪洋,千汇万状,兼古人而有之者也。"⑦"翡翠兰苕"和"碧海掣鲸"代表了两种不同的美学风格,前者纤柔、娇弱,后者雄奇、壮美。杜甫所欣赏的并非"翡翠兰苕"的柔媚风格,而是"掣鲸碧海"的壮美境界。"掣鲸碧海"也是杜甫所追求的一种理想的文质理想。

四、"文质"并茂的创作特色

杜甫在文学思想上既恪守儒家文学观,又吸取了六朝诗学艺术上的成就,形成其文质论"集大成"的特色,这也表现在其创作上。历代批评者对杜甫"集大成"的创作成就给予了高度一致的评价。《新唐书·文艺传》评价杜诗:"浑涵汪茫,千汇万状,兼古今而有之。"⑧中唐诗人元稹在《唐故工部员外郎杜君墓系铭》中论曰:

> 至于子美,盖所谓上薄风骚,下该沈宋,言夺苏李,气吞曹刘,掩颜谢之孤高,杂徐庾之流丽,尽得古今之体势,而兼昔人之所独专矣。⑨

---

① 《送储邕之武昌》,[清]王琦注:《李太白全集》,第896页。
② 《秋日夔府咏怀奉寄郑监李宾客一百韵》,[清]仇兆鳌注:《杜诗详注》,第1705页。
③ 《春日忆李白》,[清]仇兆鳌注:《杜诗详注》,第52页。
④ [清]仇兆鳌注:《杜诗详注》,第1514页。
⑤ [清]仇兆鳌注:《杜诗详注》,第893页。
⑥ [清]仇兆鳌注:《杜诗详注》,第900页。
⑦ [清]仇兆鳌注:《杜诗详注》,第900页。
⑧ [宋]欧阳修、宋祁撰:《新唐书·文艺传》(卷二百一),第5738页。
⑨ [清]董诰等编:《全唐文》(卷六五四),第6649页。

宋代严羽《沧浪诗话·诗评》曰:"少陵诗,宪章汉魏,而取材于六朝;至其自得之妙,则前辈所谓集大成者也。"①清代叶燮也指出:"杜甫之诗,包源流,综正变。自甫以前,如汉魏之浑朴古雅,六朝之藻丽秾纤、澹远韶秀,甫诗无一不备。"②这些评说都指出了杜甫创作具有兼容古今、文质并茂的"集大成"创作特色。

总之,杜甫的文质思想接受了儒家"中和"思想,致力于实现儒家"文质彬彬"的文质理想。既赞成情性的自由抒发,又提倡比兴、规讽;既主张写实,又提倡传神;既赞美"清水芙蓉"的自然之美,又追求"掣鲸碧海"的雄奇之美。其文质思想也具有兼容并包、融合古今、综合融通的"集大成"的性质,体现了唐代社会由盛而衰转折时期文质论的特色。杜甫的文质思想承上启下,对后代产生了深远的影响。其"重质"的文质思想被白居易接受,形成了中唐关注现实的诗学风尚;而其"重文"的思想对韩愈为代表的"为艺术而艺术"的诗歌革新运动提供了理论依据和艺术借鉴。

---

① [宋]严羽著,郭绍虞校释:《沧浪诗话校释》,第171页。
② [清]叶燮著,霍松林校注:《原诗·内篇》,第8页。

第四章

转折与新变:中唐文质论

天宝十四年(755)"安史之乱"爆发,唐代社会从此进入了中唐时期。中唐是叶燮所谓"百代之中",是唐代文学发生转变的重要时期。文学观念和文学精神的变化促使文质思想产生了转折和新变。"安史之乱"给唐王朝造成重创,国家在政治、文化上出现了危机。"安史之乱"后知识分子在精神追求上开始分化,一部分人逃离现实,沉浸于艺术世界,诗歌创作"气骨顿衰";而一部分人则为了应对政治文化危机,担负起了重振国家、复兴儒家文化的职责,提倡济世致用之学,掀起了诗文革新运动。对中唐文学思想产生重要影响并取得巨大文学成就的是后一类作家。他们提倡复兴儒家文学思想传统,高扬文学的政治教化功能,主张"文以明道"。白居易和韩愈的文质论正是这种时代精神的表征。本章重点探讨高仲武、皎然、白居易和元稹的诗学文质论,而韩愈、柳宗元的文质论则放在古文家的文质论中予以论述。

第一节 "风雅"与"清新"

中唐时期文学发展的格局较为复杂,诗歌创作流派众多,诗学思想也较为复杂。但总体看主要有两种倾向:一种是注重诗歌的艺术表现,追求风格意境之美,以"大历诗人"为代表;一种是强调诗歌的现实内容和社会作用,以白居易等为代表。中唐前期的文质思想集中体现在"大历诗人"的创作之中,而从理论上对这一时期文质思想有所总结的是高仲武的《中兴间气集》。

一、"气骨顿衰"之大历诗风

中唐初期最具时代特色的诗人群体是大历诗人。"大历"是唐代宗李豫的年号,始于766年,终于779年,前后14年。大历时期的政治经济文化处于低谷时期,文学创作相对于盛唐而言开始出现颓败的趋势。

这一时期,盛唐大诗人相继谢世,而代表新的文学精神的韩愈、白居易才出世,对应这一时期低沉压抑的文化氛围,诗歌创作也呈现出相对萧条的状态。这一时期在诗歌创作上最有建树的是"大历十才子"。"大历十才子"之称源于唐姚合(775—854)的《极玄集》,其把当时在台阁相互交往唱和的十位诗人即李端、卢纶、吉中孚、韩翃、钱起、司空曙、苗发、崔峒、耿湋、夏侯审称为"大历十才子"。"大历十才子"创作以交游唱和为主,烙上了安史之乱的阴影和惶惑,表现出一种失落、忧伤和迷茫的情绪和悲观的精神,与盛唐诗风相比呈现出"气骨顿衰"的风貌。他们追慕盛唐,却终是有心无力,创作以歌舞升平、饯宴送别、闲情逸致为主要表现内容,多表达个人的失意情思,不再有盛世理想和关心天下的豪情。他们以律诗为长,格调清空闲雅,韵律和谐流利,风格迥异于"既多兴象,复备风骨"的盛唐气象。这一时期的诗歌创作整体上体现出一种"气骨顿衰"、文胜质衰的特点。胡震亨《唐音癸签》卷七曰:

> 详大历诸家风尚,大抵厌薄开、天旧藻,矫入省净一途。自刘、朗、皇甫以及司空、崔、耿,一时数贤,窍籁即殊,于喁非远,命旨贵沉宛有含,写致取淡冷自送。玄水一斟,群酝覆杯,是其调之同。而工于浣濯,自艰于振举,风干衰,边幅狭,专诣五言,擅场饯送外,此无他大篇伟什岿望集中,则其所短耳。①

胡震亨对这一时期诗歌的创作风貌做了很好的概括,认为此时的创作在情感上不再抒发慷慨激昂的激情和乐观豪迈的壮志和理想,而是以吟唱个人

---

① [明]胡震亨:《唐音癸签》,第77页。

的得失情怨、隐逸之思和山水之趣为主调;风格上走向"省净一途",气象哀飒,境界局促,意味不足。中唐诗学理论家皎然在《诗式》中也认为大历诗人"窃占青山白云、春风芳草以为己有","诗道初丧,正在于此。"①《四库全书总目》也说:"大历以还,诗格初变,开、宝浑厚之气,渐远渐漓。风调相高,稍趋浮响。升降之关,十子实为之职志。"②他们均指出了以"十才子"为代表的大历诗人渐渐疏离了开元、天宝年间的浑厚之气,诗歌不再表现现实生活,诗人缺少盛唐时期诗人们那种昂扬奋发的精神,诗歌的内容贫乏、风格浮华。这些评述都证明大历时期的诗歌创作已不同于盛唐,诗风开始嬗变,表现出不同于盛唐的诗学追求和文质风貌。

从文质论的视角看,盛唐诗学追求的"建安风骨"不再是大历诗学的主调,盛唐诗中所追求的"事功"精神和质朴刚健的审美理想已发生变化。大历诗学"移风骨之赏于情致"③,由崇尚汉魏风骨转向钦慕六朝纤秀清丽,由阳刚壮美转向阴柔秀美,由"兴寄"转向韵致,由豪迈的气势转向幽隽的情调,由雄浑的格调转向清空闲雅的意趣。大历诗学的这种变化充分表明,中唐诗学的文质观念已疏离盛唐文质观念,发生了新变。这种新变在高仲武编选的《中兴间气集》的诗人评论以序言中得到了集中体现。

二、《中兴间气集》的文质思想

高仲武编辑的《中兴间气集》是唐人选唐诗中选、评结合的重要诗歌文本,展示了大历诗坛的基本面貌,是大历诗学的集中体现,也体现了这一时期的文质思想。高仲武在《中兴间气集序》中介绍诗集的编选情况曰:

> 某不揆菲陋,辄罄謏闻,博访词林,采察谣俗。起自至德元年首,终于大历末年;作者数千,选者二十六人;五言诗一百四十首,七言诗附之,列为两卷。略叙品汇人伦,命曰《中兴间气集》。④

---

① 张伯伟:《全唐五代诗格汇考》,第305页。
② [清]纪昀等纂:《四库全书总目》,第2004页。
③ [明]胡震亨:《唐音癸签》,第322页。
④ [清]董诰等编:《全唐文》(卷四百五十八),第4684页。

高仲武把至德元年到大历末,以钱起、郎士元为首的二十六位诗人的一百三十二首诗作汇结为集,称为《中兴间气集》。该集批评总结了这一时期的诗歌创作成就,展现了当时的文学审美理想,也集中反映了这一时期的文质观念。

《中兴间气集》所选诗人皆身历战乱,他们追忆战前帝国的繁华鼎盛,对乱后帝国的衰败感受就更为深刻,也更为沉痛。他们的创作精神和创作心理与盛唐诗人明显不同,其诗歌创作风貌与盛唐诗风相比,也迥然有别。胡震亨论析这种转变曰:"殷璠酷以声病为拘,独取风骨",而高仲武则"专主韵调""移风骨之赏于情致,衡韵调为去取"①。这明确指出从《河岳英灵集》到《中兴间气集序》的"鉴裁"标准之变化,由此也可看出盛中唐之际文质观念的嬗变。

高仲武在《中兴间气集》的序言和批语中,集中表述了该集的选编标准,此标准充分体现了他的审美旨趣以及文质思想。在文质观念上,高仲武推崇风雅,提倡"理致清新",格律兼收,文质并重。

高仲武诗学推崇"风雅",把"着王政之兴衰,表国风之善否"作为创作的基本要求,重视"诗教"。《中兴间气集序》曰:

> 唐兴一百七十载,属方隅叛援,戎事纷纭,业文之人,述作中废。粤若肃宗先帝,以殷忧启圣,反正中兴,伏惟皇帝以出震继明,保安区宇,《国风》《雅》《颂》,蔚然复兴。所谓文明御时,上以化下者也。②

《间气集》编撰于战乱平定以后,此时,肃宗反正,国家中兴,"国风雅颂,蔚然复兴"。顺应"文明御时,上以化下"的时代精神,高仲武积极提倡"风雅",倡导"诗教"。他说:"诗人之所作,本诸于心;心有所感,而形于言;言合典谟,则列于风雅。"③他认为"诗"的本源是"心","心"有所感,形之于"言",即是诗;而"诗"要符合"典谟",既从内容到形式都要符合儒家经典的规范,才符合"风雅"的标准。从"风雅"的标准出发,高仲武对梁昭明以来的唐代诗歌选集做了评价,认为"《英华》失于浮游,《玉台》陷于淫靡",都达不到"风雅"的标

---

① [明]胡震亨:《唐音癸签》,第322页。
② [清]董诰等编:《全唐文》(卷四百五十八),第4684页。
③ [唐]高仲武:《中兴间气集序》,[清]董诰编:《全唐文》(卷四百五十八),第4684页。

准。可见,他将"风雅"作为论诗的重要标准,而对"浮游""淫靡"之作极为不满。

高仲武所推崇的"风雅"是有特定所指的。高氏承袭了"缘情"与"言志"的诗学传统,强调诗歌内容的雅正,同时注重情感表现的艺术形式。他推崇"古之作者",因为他们的创作"因事造端,敷弘体要,立义以全其制,因文以寄其心,着王政之兴衰,国风之善否",都是本于情性、有感而发、有所兴寄的反映现实生活的典范之作,而非"苟悦权右,取媚薄俗"的轻薄游戏之作。从读者接受的角度讲,其能使"观者易心,听者耸耳"①,真正实现诗歌的"教化"功能。

高仲武以"风雅"为标准,对所选诗人诗作进行评价。他评价钱起"礼仪克全,忠孝兼着,足可弘长名流,为后生楷式"②,称赞张众甫诗"得讽兴之要"③,赞扬苏涣诗"其文意长于讽刺,亦育有陈拾遗一鳞半甲"④,认为刘长卿的诗作"伤而不怨,亦足以发挥风雅矣"⑤。高仲武推崇"风雅",重视文学的政教功能,主张诗歌要表现真情实感,要关心"国是民瘼",推崇诗歌"比兴"寄托的传统"雅正"观念。这是对传统诗学"诗教"观念的继承和重申,直接体现了高仲武的诗学旨趣,也反映了这一时期的诗学风气。

"风雅"是高仲武文质观的核心内涵,具体表现为"体格风雅,理致清新"⑥的审美范式。"体格风雅"强调作品的总体审美风格要雅正。"理致清新",则要求事理与情致统一,清新自然。"体格风雅,理致清新"要求作品的内容与形式雅正清新。这既是高仲武的审美理想,也是其文质观的具体内涵。高仲武所倡导的"风雅"文质观具有鲜明的时代印记,它是大乱之后国家复兴对于文学的迫切期待和总体要求。从整体看,高仲武文质观的重心侧重于"理致清新"。如《中兴间气集》选录钱起和郎士元二人之诗作各十二首,并将其分置上、下两卷之首。高仲武对钱起和郎士元二人推崇备至,评价也极高。他称赞

---

① [唐]高仲武:《中兴间气集序》,[清]董诰等编:《全唐文》(卷四百五十八),第4684页。
② [唐]高仲武:《中兴间气集》,《唐人选唐诗十种》,上海古籍出版社1978年版,第265页。
③ [唐]高仲武:《中兴间气集》,《唐人选唐诗十种》,第304页。
④ [唐]高仲武:《中兴间气集》,《唐人选唐诗十种》,第282页。
⑤ [唐]高仲武:《中兴间气集》,《唐人选唐诗十种》,第290页。
⑥ [唐]高仲武:《中兴间气集》,《唐人选唐诗十种》,第303页。

钱起诗"体格新奇,理致清赡"①,盛赞郎士元诗"郎公稍更闲雅,近于康乐"②。显然,二人诗作都因"理致清新"获得高氏的青睐。高仲武特意将钱、郎二人与格律诗的重要代表沈、宋相提并论,认为"前有沈、宋,后有钱、郎"③。这在肯定二人在当时诗坛崇高地位的同时,又指出了他们的诗学渊源。

高仲武所推崇的"清新"的一个重要内涵就是"绮靡婉丽"。高氏偏好辞采绮丽、风格婉媚之诗。如他赞誉张众甫诗"婉媚绮错,巧用文字"④,赞扬皇甫冉诗"巧于文字,发调新奇"⑤。尤其评赞李嘉佑其人其诗:

> 袁州自振藻天朝,大收芳誉,中兴高流也。与钱、郎别为一体,往往涉于齐梁,绮靡婉丽,吴均、何逊之敌也。如"野渡花争发,春塘水乱流",又"朝霞晴作雨,湿气晚生寒",文华之冠冕也。⑥

高仲武推许李嘉佑为"中兴高流",盛赞其诗"绮靡婉丽",赞其诗句为"文华之冠冕"。这种不同凡响的溢美之词与初唐以来评论者对齐梁诗风的讨伐之语大相径庭。这一方面表明高仲武本人不单对齐梁诗风持肯定的态度,甚至对以"绮靡婉丽"为特征的齐梁诗风极为推崇,并将其作为重要的审美范式。另一方面也反映了当时诗坛风尚的变化以及文质观念的转变。对齐梁诗风从初唐的讨伐鞭挞,到盛唐的理性批判,再到中唐的认同接受,甚至推崇模范;极为典型地体现了唐代文学从文盛质衰,到文质彬彬,再到文盛质衰的发展历程;也极为具象地反映了唐代文质思想从重质轻文,到文质并重,再到重文轻质的嬗变趋向。

总之,从文质论的视角看,以《中兴间气集》为代表的大历诗风"移风骨之赏于情致",推崇"绮靡婉丽",由阳刚壮美转向六朝纤秀清丽,反映了新的时代文质观念的嬗变;而高仲武通过编辑《间气集》总结了这一时期的诗学成就,提

---

① [唐]高仲武:《中兴间气集》,《唐人选唐诗十种》,第265页。
② [唐]高仲武:《中兴间气集》,《唐人选唐诗十种》,第284页。
③ [唐]高仲武:《中兴间气集》,《唐人选唐诗十种》,第303页。
④ [唐]高仲武:《中兴间气集》,《唐人选唐诗十种》,第304页。
⑤ [唐]高仲武:《中兴间气集》,《唐人选唐诗十种》,第275页。
⑥ [唐]高仲武:《中兴间气集》,《唐人选唐诗十种》,第271页。

出了"体被风雅,理致清新"的文质观念,体现出以审美为本位的重文倾向,表现出与盛唐诗学不同的美学趣尚,表明了这一时期文学观念的新变。

第二节 "情性""作用"与"自然"

皎然是中唐著名的诗人、理论家。皎然,生卒年不详,俗姓谢,名昼,又称清昼,字皎然,湖州长城(今浙江长兴)人,谢灵运十世孙。皎然著有《杼山集》十卷,《诗式》五卷,《诗议》一卷。其文学思想主要见于《诗式》。明人胡震亨认为在唐人诗话类著作中,"唯皎师《诗式》、《诗议》二撰,时有妙解"①,对其诗论评价较高。《诗式》继王昌龄《诗格》、殷璠《河岳英灵集》之后,从文学本体的角度深入总结诗歌的内在规律,提出了新的诗学观念。《诗式》也提出了较为系统的文质思想,提倡"中道",主张文质自然统一,是唐代近体诗学趋于成熟的表征。

一、真于情性,尚于作用

对于文质问题,皎然提出"为文真于情性,尚于作用,不顾词彩而风流自然"的观点。这是皎然文质论的核心思想。这一观点文质并重,既重视诗歌的内容,又重视诗歌的形式,但对于形式不是着意于文采,而是注重整体的艺术,要求内容与形式的统一,达到自然的境界。"文章宗旨"条云:

> 曩者尝与诸公论康乐,为文真于情性,尚于作用,不顾词彩而风流自然。彼清景当中,天地秋色,诗之量也;庆云从风,舒卷万状,诗之变也。不然,何以得其格高、其气正、其体贞、其貌古、其词深、其才婉、其德宏、其调逸、其声谐哉。②

---

① [明]胡震亨:《唐音癸签》,第385页。
② [唐]皎然著,李壮鹰校注:《诗式校注》,人民文学出版社2003年版,第118页。

皎然借评价谢灵运,表达了自己的文质思想。其中"真于情性,尚于作用"是皎然文质观的集中表述。"情性"主要强调作品的内容要以表现"情性"为根本,情感必须真实、自然;而"作用"指在形式层面的布局、声律、事义等艺术营构。因此,在文质观上皎然文质并重,对内容、形式两方面都很重视。

皎然文质并重的思想,还体现在"有容有德"的主张中。在《诗式》卷一"取境"中,皎然提出:

> 或云:诗不假修饰,任其丑朴,但风韵正,天真全,即名上等。予曰:不然。无盐阙容而有德,岂若文王太姒有容而有德乎?①

皎然认为有好的内容而没有好的形式不如二者并具,可见他是很看重形式。其《诗议》云:

> 夫诗工创心,以情为地,以兴为经,然后清音韵其风律,丽句增其文彩。②

指出写诗须以情兴为基础,以清音丽句加以表现,情(内容)、语(文辞)二者不能偏废,文质并茂。又《诗式》"诗有二废"曰:

> 虽欲废巧尚直,而思致不得置;虽欲废言尚意,而典丽不得遗。③

在质与文之间,要"废巧尚质""废言尚意",但要有"思致",要"典丽"。此处的"思致"是对诗歌运思层面的要求,而"典丽"则强调"言词"的特色,指适当运用声律、对偶、比喻等手段使语言典雅华美。皎然认为,即使提倡文风质直,内容实在,但深沉的构思和典丽的文辞也不能弃置忽略。由此可见,他对诗歌外在表现形式之美的重视。从文质的角度审视,皎然推崇"情多兴远语丽"④的作品,其旨在强调文与质的高度统一。从更为广阔的视域关照,"真于情性,尚于作用"的文质观超越了传统的重质思想,其关注的焦点是文学的情感性和艺术性。它更重视文学的本体性,标志着文学艺术的自觉。

---

① [唐]皎然著,李壮鹰校注:《诗式校注》,第39页。
② [唐]皎然著,李壮鹰校注:《诗式校注》,第376页。
③ [唐]皎然著,李壮鹰校注:《诗式校注》,第20页。
④ [唐]皎然著,李壮鹰校注:《诗式校注》,第206页。

二、"情性"的丰富内涵

皎然对诗歌的"质",即"情性"有独特的理解。皎然所言"情性"的内涵较为丰富,有儒家诗学提倡的"温柔敦厚",也有道家的自然性情。皎然首先推崇"温柔敦厚"之情,重视诗歌的"诗教"价值。《诗式》序言说:

> 夫诗者,众妙之华实,六经之菁英。虽非圣功,妙均于圣……洎西汉以来,文体四变,将恐风雅寖泯,辄欲商较以正其源。今从两汉以降,至于我唐,名篇丽句,凡若干人,命曰《诗式》,使无天机者坐致天机。若君子见之,庶几有益于诗教矣。①

皎然认为"诗"本于"六经",有极高的价值。他有感于两汉以来"风雅寖泯"的创作现实,撰《诗式》对诗歌艺术"商较以正其源",以便有助于"诗教"。其在《答苏州韦应物郎中》中说:"诗教殆沦缺,庸音互相倾。忽观《风》《骚》韵,会我夙昔情。"②可见,他对当时"诗教"沦丧的创作极为不满,提倡复兴"风骚"传统。大有李白"大雅久不作,吾衰竟谁陈"之气概。因此,皎然对诗歌所表现的内涵"情"的认识首先是推崇儒家诗学所提倡本于"六经"的"温柔敦厚"之情,重视文学的"诗教"功能,这是对儒家重质文质思想的继承。

皎然诗学观的特异之处在于他同时接受了道家和佛教的思想,超越了儒家的文学观,实现了儒释道的融合,因此他的"情性"也具有了更丰富的内涵。他提出:"夫诗者,众妙之华实",认为诗是天地自然的绝妙结晶。这显然是道家的文学观。他在《诗式》序言中就说:"天真挺拔之句,与造化争衡,可以意冥,难以言状"③,称赞苏武、李陵"天予真性,发言自高,未有作用"④,极力推崇"真性""天真"。皎然《诗式总序》曰:

> 贞元初,予与二三子居东溪草堂,每相谓曰:世事喧喧,非禅者之意。假使有宣尼之博识,胥臣之多闻,终朝目前,矜道侈义,适足以扰我真性。

---

① [唐]皎然著,李壮鹰校注:《诗式校注》,第1页。
② [唐]皎然著,李壮鹰校注:《诗式校注》,第383页。
③ [唐]皎然著,李壮鹰校注:《诗式校注》,第1页。
④ [唐]皎然著,李壮鹰校注:《诗式校注》,第103页。

岂若孤松片云,禅坐相对,无言而道合,至静而性同哉?①

显然,此处的"真性",即释家提倡的"真如本性"。从本质上看,有别于儒家诗学对"情性"内涵的"诗教"规约。释道两家对"情性"的基本要求是"真",这更符合文学艺术的精神本质。

由此可见,皎然在强调儒家的"温柔敦厚"之情外,也强调道家的自然天真之情,还提倡释家的"真性"。皎然基于儒释道融合的文化立场理解"情性",使其内涵更为丰富,使文学的"质"的内涵更具本体色彩,凸显了其对齐梁以来文学规律的认识,也彰显了自己的美学追求。

三、善于作用:对艺术形式的追求

对于如何处理好文质关系,皎然提倡"作用"。"作用"作为一个极富佛学意味的语词,在皎然的论说中常常和艺术形式联系在一起。皎然用"作用"指创作中主观能动性的发挥及其效果,主要指对内容与形式的积极营构。从文质论看,其实质是如何处理好文与质的关系。

对于文质关系,皎然在《诗式序》中提出:"其作用也,放意须险,定句须难。"②指出"作用"主要是处理好"放意"和"定句"这两个要素。在"诗有四深"中云:

> 气象氤氲,由深于体势;意度盘礴,由深于作用;用律不滞,由深于声对;用事不直,由深于义类。③

这从总体上提出了处理文质关系的具体要求。皎然认为诗歌的内容要素"气象""意度"和形式要素"用律""用事"都是作者精心"作用"的结果,要使作品文质并茂就必须处理好这几个要素。

"作用"的首要内涵是"立意",即对内容的苦心经营。他说:"夫诗人作用,势有通塞,意有盘礴。"提倡诗歌创作必须要善于"立意"。《诗式》卷二"池

---

① [唐]皎然著,李壮鹰校注:《诗式校注》,第1页。
② [唐]皎然著,李壮鹰校注:《诗式校注》,第1页。
③ [唐]皎然著,李壮鹰校注:《诗式校注》,第18页。

塘生春草、明月照积雪"条曰：

  意有盘礴者,谓一篇之中,虽词归一旨而兴乃多端,用识与才,蹂践理窟,如卞子采玉,徘徊荆岑,恐有遗璞。①

皎然认为,善于"作用"的诗人,在确立一个主旨后,善于驰骋思绪,广搜博取,经营意象,从多方面表现其诗情诗意,其作品自然意蕴深远,感情丰富;而"古诗十九首"文质并茂,就是善于"作用"的典范。

"作用"还指对形式因素的用心营构,这包括声律、用典等方面。皎然对声律的认识较为全面,《诗式》卷一"明四声"云：

  沈休文酷裁八病,碎用四声,故风雅殆尽。后之才子,天机不高,为沈生弊法所媚,懵然随流,溺而不返。②

这里,皎然对沈约"酷裁八病,碎用四声"颇为不满,认为其使"风雅殆尽",贻害不浅。他反对牵合声律而损伤内容,主张声律服务于内容。

"作用"还要注意"用事",即"据事以类义,援古以证今者也"③。"用事"本指运用相近的古事古语来对文章中的情事进行比方说明。但皎然对此有不同的看法。《诗式》卷一"用事"曰："时人皆以征古为用事,不必尽然也。"④他对时人创作中大量运用典故的现象不以为然。他认为不能为了用典而用典,用典要"深于义类",要有助于意义的表达。

此外,皎然还重视诗之"格"。所谓"格"指诗歌的体式和格调。这是对文质结合所产生的诗歌总体风格的思考。皎然崇尚雅正、风雅,力主避俗。王昌龄在《诗格》云："凡作诗之体,意是格,声是律,意高则格高。"⑤对于"格"皎然提出了"高远""高逸"的标准。他最推重的是汉代古诗和建安诗,赞赏曹植诗是"不由作意,气格自高",鄙薄南朝乐府民歌、宫体诗和一些气格柔弱之作。中唐大历以还,创作走向低潮,创作内容空虚浮薄,盛唐气象渐离,"气骨顿

---

① ［唐］皎然著,李壮鹰校注：《诗式校注》,第153页。
② ［唐］皎然著,李壮鹰校注：《诗式校注》,第14页。
③ 周振甫译注：《文心雕龙译注》,第529页。
④ ［唐］皎然著,李壮鹰校注：《诗式校注》,第31页。
⑤ ［唐］王昌龄：《诗格》,张伯伟：《全唐五代诗格汇考》,第160页。

衰",格调不高。皎然对当时的创作实际颇有微词,批评大历诗人逃离现实,诗作以"青山白云""春风芳草"①为特征,使"诗道初丧"。因此,皎然认为复归雅正,是改变颓靡诗风,提高诗歌格调的重要途径。

由此可见,皎然以"文质"为核心,提出了"作用"这一概念,对如何处理好内容与形式的关系提出了具体的看法。他对文质关系的正确态度,体现了其以文学为本位,文质并重的文质观。

四、自然:文质和谐的审美理想

皎然还提出了以"自然"为最高标准的文质审美理想。皎然提倡文质并重,主张文质和谐统一,以"适度""中和"为原则,以"自然"为理想的审美范式。皎然这种审美理想,是对儒家诗学的继承,又包含佛禅精义,是对盛唐诗学的总结。

儒家倡导"文质彬彬"的审美理想,其具体内涵是"温柔敦厚",而其思想实质是"中和"。皎然推崇儒家的"中和"之美。他认为"古诗十九首","直而不俗,丽而不朽,格高而词温,语近而意远。"②是"适度""中和"之美的典范。皎然的"中和"思想也受到释教"中道"思想的启发。在《论文意》中提出了"诗家之中道"的观点:

> 且文章关其本性,识高才劣者,理周而文窒;才多识微者,句佳而味少。是知溺情废语,则语朴清暗;事语轻情,则情阙语淡。巧拙清浊,有以见闲人之志矣。抵而论属于至解,其犹空门证性有中道乎?何者?或虽有态而语嫩,虽有力而意薄,虽正而质,虽直而鄙,可以神会,不可言得,此所谓诗家之中道也。③

皎然所谓"诗家之中道"借鉴了佛家的"中道"观,追求"中和"之美。皎然认为"中和"的最高理想是"自然"。"自然"强调诗情诗意、诗言诗式的浑然天成,文质的浑然一体。这又是对道家文质审美理想的接受。钟嵘曾提倡"自然

---

① [唐]皎然著,李壮鹰校注:《诗式校注》,第273页。
② [唐]皎然著,李壮鹰校注:《诗式校注》,第373页。
③ [唐]皎然著,李壮鹰校注:《诗式校注》,第376页。

英旨",李白也提倡"天然去雕饰"。皎然将儒家的"中和"和释家的"中道"融合,最终归于道家的"自然",追求文质完美统一而臻于自然的理想审美境界。从中可以看出唐代"三教"并行对于文学观念的影响。

皎然之"自然"是个多层面的范畴。"自然"在内容层面追求"文外之旨""情在言外"①的含蓄自然之美。他说:

> 两重意以上,皆文外之旨。若遇高手如康乐公览而察之,但见性情,不睹文字,盖诣道之极也。②

他赞赏谢灵运"但见性情,不睹文字""不顾词彩而风流自然"的诗学造诣,批评宫体诗"虽有功而情少,谓无含蓄之情也"③的矫揉造作,极力推崇超越"文"的自然之"质"。皎然提出的所谓"文外之旨",经司空图、严羽等的阐释发明,到王士祯"神韵"说,形成了中国诗学重意兴、尚神韵的一派。皎然《诗式》开启了由盛唐"主情"向中晚唐"主意"诗学转变的门户,对宋诗产生了极大的影响。

在形式层面,皎然主张"取境""造句"要以"自然""天真"为准则。《诗式》卷一"取境"条云:"不要苦思,苦思则丧自然之质。"④皎然还主张对仗也要浑然天成、自然熨帖。《诗式》卷一"对句不对句"条云:

> 夫对者,如天尊地卑,君臣父子,盖天地自然之数。若斧斤迹存,不合自然,则非作者之意。⑤

皎然认为对偶的根本是"自然",反对人为的过度雕琢。而对作品风格,皎然也提倡"自然"。他在"诗有六至"提出:

> 至险而不僻,至奇而不差,至丽而自然,至苦而无迹,至近而意远,至放而不迂。⑥

---

① [唐]皎然著,李壮鹰校注:《诗式校注》,第153页。
② [唐]皎然著,李壮鹰校注:《诗式校注》,第42页。
③ [唐]皎然著,李壮鹰校注:《诗式校注》,第94页。
④ [唐]皎然著,李壮鹰校注:《诗式校注》,第39页。
⑤ [唐]皎然著,李壮鹰校注:《诗式校注》,第57页。
⑥ [唐]皎然著,李壮鹰校注:《诗式校注》,第26页。

要求作品要"至丽而自然",这是以"自然"为标准对作品风貌提出的要求。

综上所论,皎然在盛唐诗歌的高峰之后,针对当时的创作实际,对唐代近体诗学做了理论总结,探讨了文学创作的内在规律,提出了符合艺术本质的文质观。皎然主张文质并重,既提倡儒家的教化、提倡雅正,又融合释道,主张天真自然;在艺术上,皎然推崇六朝以来的近体诗学,对声律、丽辞、用事等因素持通达的态度,同时又主张自然天成与艺术加工的和谐统一,要求形式技巧的运用必须服从于情感的传达,追求文质完美统一而臻于自然的理想审美境界。中唐儒释道三教并行,在儒家思想争夺主导话语权的同时,释道思想也成为士大夫精神思想的重要元素,影响其人生观和文学观。皎然的诗学思想可以说是对这种文化和文学症候的理论总结。总之,皎然的文质思想侧重于对文学本体和规律的探讨,提出了许多新的观点,从理论上总结了初盛唐诗学的成就,反映了盛中唐之际文学观念的转变,对中唐晚唐诗学产生了积极的影响。

第三节 "美刺"与"缘情"

白居易和元稹提出了新的诗学主张,其文质思想也独树一帜,真正代表了中唐的诗学精神,也体现了中唐文质思想的新变。元、白的文质思想明显不同于盛唐时期,具有鲜明的政治功利色彩,重内容甚于形式,体现出中唐文学文质分离的趋向。

一、白居易的文质思想

白居易(772—846),字乐天,号香山居士,太原下邽人。白居易是中唐时期的著名诗人,其在诗歌理论方面颇有建树,对文质问题有独到的见解,其文质思想是中唐文质论的重要组成部分。白居易的文学思想继承儒家"美刺"思想传统,发扬初唐以来陈子昂、杜甫、元结等所提倡的现实主义创作思想,重视诗歌的现实功能,同时也不否认诗歌的"缘情"特性。白居易认为内容决定形式,形式为内容服务;但又提倡文质并重。白居易的文质思想是唐代陈子昂、杜甫为代表的诗学文质论的进一步发展,是唐代现实主义诗学成熟的标志。

(一)"为时""为事"的"尚质"思想

白居易的文学思想总体以儒家思想为主导,重视以文学为中心的礼乐文化的社会教化功能。《策林》六十四《复古乐古器》曰:

> 乐者本于声,声者发于情,情者系于政。盖政和则情和,情和则声和;而安乐之音,由是作焉。政失则情失,情失则声失;而哀淫之音,由是作焉。斯所谓音声之道,与政通矣。①

《策林》六十三《沿革礼乐》认为:

> 夫礼乐者,非天降,非地出也;盖先王酌于人情,张为通理者也。苟可以正人伦,宁家国,是得制礼之本意也;苟可以和人心,厚风俗,是得作乐之本情也。盖善沿礼者,沿其意,不沿其名;善变乐者,变其数,不变其情。故得其意,则五帝三王不相沿袭,而同臻于理;失其情,则王莽屑屑习古,适足为乱矣。故曰:行礼乐之情者王,行礼乐之饰者亡。②

他认为"音声之道与政通",主张礼乐的沿袭和变革要以"正人伦、宁家国"的本意和"和人心,厚风俗"的本情为根本,从而实现礼乐的教化作用。

白居易高度强调文学在国家文化建设中的独特作用,认为文学与政治关系密切,文学能"救济人病,裨补时阙",因而,要求文学创作要反映现实、服务于政治。《策林》六十九《采诗》就特别指出:

> 大凡人之感于事,则必动于情,然后兴于嗟叹,发于吟咏,而形于歌诗矣……故国风之盛衰,由斯而见也;王政之得失,由斯而闻也;人情之哀乐,由斯而知也。③

在白居易看来,好的诗歌必然是诗人感时叹事、泄情导愤之作,因而其必

---

① [唐]白居易著,顾学颉点校:《白居易集》,中华书局1979年版,第1364页。
② [唐]白居易著,顾学颉点校:《白居易集》,第1363页。
③ [唐]白居易著,顾学颉点校:《白居易集》,第1370页。

然是时代精神之反映,从其能够判断世风之矫纯,了解人情之哀乐,补察时政之得失。他在充分肯定文学与政治的关系,肯定文学的社会功能的基础上,进而高度强调"国家化天下以文明,奖多士以文学,二百余载,文章焕焉"。"国家以文德应天,以文教牧人,以文行选贤,以文学取士:二百余载,文章焕焉。"①白居易以儒家传统的"美刺"文学观为主导。《议文章》曰:

> 上以纫王教,系国风,下以存炯戒,通讽谕;故惩劝善恶之柄,执于文士褒贬之际焉;补察得失之端,操于诗人美刺之间焉。今褒贬之文无核实,则惩劝之道缺矣;美刺之诗不稽政,则补察之义废矣。虽雕章镂句,将焉用之?②

儒家文学思想重视文学的社会功能,强调诗歌要关心教化、移风易俗、规刺时政、裨补时阙,为社会现实和政治服务。到唐代,陈子昂、杜甫、元结等继承了这一传统。安史之乱后,唐朝国势衰微,各种社会矛盾凸显并加剧,白居易继承了儒家传统诗教文学观,借鉴了陈、杜的现实主义精神,结合时代的需要,把诗的社会政治功能强调到前所未有的高度。

白居易从提倡文学的教化功能出发,高度重视文学作品的思想内容,主张文学要以"六义"为根本。白居易在《与元九书》③中指出,自秦以来诗歌创作"上不以诗补察时政,下不以歌泄导人情",以至于"谄成之风动,救失之道缺""六义始刓矣",发展到后来愈演愈烈,"六义始缺矣""六义侵微矣",创作的主流是"嘲风雪、弄花草""六义尽去矣";唐代虽"其间诗人,不可胜数",但即便是"诗之豪者"如李白、杜甫的创作,也是"索其风雅比兴,十无一焉"。他痛感"诗道崩坏"。在白居易看来,先秦以来诗歌发展的历史就是一部诗歌"教化"功能的衰退史。而白居易自认为有责任使诗歌重新发挥"补察时政""泄导人情""救济人病,裨补时阙"的社会教化功能。

基于这样的文学价值观,白居易特别重视作品的思想内容,在《与元九书》

---

① [唐]白居易著,顾学颉点校:《白居易集·策林》,第1368—1369页。
② [唐]白居易著,顾学颉点校:《白居易集》,第1369页。
③ [唐]白居易著,顾学颉点校:《白居易集》,第963页。

提出了"文章合为时而著,歌诗合为事而作"①的创作主张,认为诗歌创作必须紧密联系社会现实,"风时赋事",积极反映社会生活和政治状况,干预时政,为社会政治服务。他在《新乐府序》中提出创作要"系于意不系于文""为君、为臣、为民、为物、为事而作,不为文而作"②,要求诗歌积极反映有关国事民生的具有重大社会意义的题材,"不虚为文",不作"虚美愧辞",不作"嘲风月、弄花草"、内容空洞、脱离现实的无病呻吟之作。其在《读张籍古乐府》曰:

> 为诗意如何?六义互铺陈。风雅比兴外,未尝着空文。读君学仙诗,可讽放佚君。读君董公诗,可诲贪暴臣。读君商女诗,可感悍妇仁。读君勤齐诗,可劝薄夫敦。上可裨教化,舒之济万民;下可理情性,卷之善一身。③

在《寄唐生》中又云:

> 篇篇无空文,句句必尽规。功高虞人箴,痛甚骚人辞。非求宫律高,不务文字奇;惟歌生民病,愿得天子知。④

白居易认为诗歌的内容要以"六义""风雅比兴"为根本,诗歌创作要有益于教化。诗歌作品要"篇篇无空文,句句必尽规""唯歌生民病",要具有现实内容和社会意义。诗歌必须如实地针砭时弊,为人民的疾苦而呼吁,以达到讽谕的目的,反对"嘲风月、弄花草"的创作,提倡"非求宫律高,不务文字奇"。这充分体现了白居易文质观尚质尚意的一面。

(二)反对淫辞丽藻,主张去伪抑淫

白居易尚质尚意,与此相应,他反对内容空洞的"虚美愧辞",反对崇尚"淫辞丽藻"的形式主义文风。《策林》六十八《议文章》曰:

> 然则述作之间,久而生弊:书事者罕闻于直笔,褒美者多睹其虚辞。

---

① [唐]白居易著,顾学颉点校:《白居易集》,第962页。
② [唐]白居易著,顾学颉点校:《白居易集》,第52页。
③ [唐]白居易著,顾学颉点校:《白居易集》,第2页。
④ [唐]白居易著,顾学颉点校:《白居易集》,第15页。

今欲去伪抑淫,芟芜划秽;黜华于枝叶,反实于根源;引而救之,其道安在?①

白居易认为,当下的创作存在着"直笔"少,"虚词"多的现象,提出要"去伪抑淫,芟芜划秽。黜华于枝叶,反实于根源",这表明白居易改革淫靡文风的决心。

《议文章》又曰:

> 稂莠秕稗生于谷,反害谷者也;淫辞丽藻生于文,反伤文者也。故农者耘稂莠,簸秕稗,所以养谷也。王者删淫辞,削丽藻,所以养文也。伏惟陛下:诏主文之司,谕养文之旨,俾辞赋合炯戒讽喻者,虽质虽野,采而奖之;碑诔有虚美愧辞者,虽华虽丽,禁而绝之。若然,则为文者,必当尚质抑淫,著诚去伪,小疵小弊,荡然无遗矣。②

他认为"淫辞丽藻"会"伤文",提出要"删淫辞,削丽藻",禁绝"虚美愧辞",而奖掖"质""野"之文,认为"为文"要"尚质抑淫,著诚去伪"。这表明白居易提倡一种真诚、质朴的文风。

(三)"根情、苗言、华声、实义"的诗学文质观

作为唐代继李杜之后最伟大的诗人,白居易从文学本体的角度对文质关系进行了的辩证论述,《与元九书》曰:

> 夫文尚矣!三才各有文,天之文,三光首之;地之文,五材首之;人之文六经首之。就六经言,《诗》又首之。何者?圣人感人心而天下和平。感人心者,莫先乎情,莫始乎言,莫切乎声,莫深乎义。诗者,根情、苗言、华声、实义……圣人知其然,因其言,经之以六义;缘其声,纬之以五音。音有韵,义有类;韵协则言顺,言顺则声易入。类举则情见,情见则感易交。于是乎孕大含深,贯微深密,上下通而一气泰,忧乐合而百志熙。③

白居易把诗放在人文这一大的文化形态下审视,赋予其经的地位;进而深

---

① [唐]白居易著,顾学颉点校:《白居易集》,第1368页。
② [唐]白居易著,顾学颉点校:《白居易集》,第1369页。
③ [唐]白居易著,顾学颉点校:《白居易集》,第960页。

入浅出,以植物为喻体,从本体的角度为诗定义,将诗的构成要素概括为"情""言""声""义"四个要素,从诗歌的本质、内容、形式等层面对诗做出了界定,系统诠释了诗的内涵。其中"根情"与"实义",显然指诗歌蕴含的感情与义理,属于作品"质"的因素;"苗言"与"华声"显然指诗的语言与声律等艺术形式,属于作品的"文"的因素。在白居易看来,诗歌的内容(质)是根本、果实,是第一位的,而形式(文)则是枝叶、花朵,是第二位的。"诗者,根情、苗言、华声、实义"揭示出诗歌"质"与"文"辩证统一的艺术本质,体现了白居易辩证的文质思想。

白居易认为不同的诗歌形式具有不同的文体特征。如《赋赋》论述"赋"的文体特征曰:

> 全取其名,则号之为赋;杂用其体,亦不出乎诗。四始尽在,六义无遗。是谓艺文之儆策,述作之元龟。观夫义类错综,词采舒布;文谐宫律,言中章句。华而不艳,美而有度。①

其认为"赋"作为一种文体,具有"义类错综,词采舒布。文谐宫律,言中章句。华而不艳,美而有度"的鲜明特征。因而理想的赋体文创作应该在充分尊重其特征的基础上做到文质并重,文质并茂,文质和谐统一,使作品呈现出文质彬彬的风貌特征。

白居易作为新乐府运动的重要代表人物,其对"乐府诗"的文体特征有独到的见解。其《新乐府序》曰:

> 篇无定句,句无定字,系于意,不系于文。首句标其目,卒章显其志,《诗》三百之义也。其辞质而径,欲见之者易谕也。其言直而切,欲闻之者深诫也。其事核而实,使采之者传信也。其体顺而肆,可以播于乐章歌曲也。②

所谓"质而径"即指诗歌语言质朴而不晦涩,明白晓畅,通俗易懂,以便于"见之者易喻"。所谓"直而切",即"直书其事""直歌其事",强调诗歌语言尖

---

① [唐]白居易著,顾学颉点校:《白居易集》,第877页。
② [唐]白居易著,顾学颉点校:《白居易集》,第52页。

锐激切,警策痛快,能使"闻之者深戒"。所谓"核而实",是指诗歌所反映的现实内容要经过核实,具有真实性,这样才具有感染力和说服力。所谓"顺而肆",是说文辞放肆显露,乃指诗歌语言流畅显豁,声韵和谐,以便于"播于乐章歌曲",广泛流传,扩大其影响。白居易在此分别从"辞""言""事""体"四个方面概括新乐府的文体特征,其中"辞""言""体"三者属于"文"的层面,而只有"事"属于"质"的层面,但结合前面"系于意,不系于文"之论,可见乐府虽旨在传意,但"文"的功效不可小觑,其直接决定"意"的传达效果。显然,白居易主张乐府诗的创作要文质并重。

白居易在《与元九书》中还将自己的诗歌作品分为"讽谕诗"和"闲适诗",并总结了二者不同的文质特征。他认为"讽喻诗"和"闲适诗"功能不同,所以创作要求也不同,"讽喻诗"要"意激而言质",而"闲适诗"则要"思澹而辞迂"①,二者各具特色。

总之,白居易继承儒家的现实主义文学精神,重视诗歌美刺讽谕的社会作用,重视文学的思想内容,明确以"六义"为质、以教化为"质",把儒家文质思想中的"教化"思想推向了极致;在文质关系上尚质重义,提倡质朴的文风,重视文章的文体特征。白居易的文质思想主要是针对中唐诗坛脱离现实,不存兴寄的形式主义诗风而发的,在当时起到了纠正文风的作用,对晚唐和以后的现实主义诗歌创作产生了较大的影响。

二、元稹的文质思想

元稹(779—832),字微之,河南洛阳人。中唐著名的文学家,与白居易并称"元白",同为新乐府运动的倡导者。《旧唐书·元稹传》赞论曰:"若品调律度,扬榷古今,贤不肖皆赏其文,未如元、白之盛也。昔建安才子,始定霸于曹、刘;永明辞宗,先让功于沈、谢。元和主盟,微之、乐天而已。"②元稹被称为"元和主盟",在中唐文坛具有重要的影响。与白居易相比,元稹在文质观念上文质并重,既提倡"美刺风教",同时也肯定诗歌艺术,其文质观较为通达。

---

① [唐]白居易著,顾学颉点校:《白居易集》,第964-965页。
② [后晋]刘昫等撰:《旧唐书·元稹传》(卷一百六十六),第4360页。

(一)重内容,提倡"兴寄"

在人生理想和政治追求上,元稹同白居易具有共同之处。元稹在《酬别致用》中表达了其"修身不言命,谋道不择时。达则济亿兆,穷亦济毫厘。济人无大小,誓不空济私"①的人生信念。元稹非常重视文章的社会价值和政治功用,文学观有较强的致用色彩。他主张"雅有所为,不虚为文"②,提倡"寓意古题,刺美见事"③。这与白居易的主张类似。

元稹文学思想的核心是"美刺风教"。这是对《诗经》所开创的"美刺比兴"优良文学传统的继承和发扬。他在《进诗状》中曰:

> 凡所为文,多因感激。故自古风诗至古今乐府,稍存寄兴,颇近讴谣,虽无作者之风,粗中道人之采。自律诗百韵至于两韵七言,或因友朋戏投,或因悲欢自遣,既无六义,皆出一时,词旨繁芜,倍增惭恐。④

元稹肯定了自己创作的古风诗和乐府诗,认为其"稍存兴寄";而对所作律诗则因其"无六义""词旨繁芜"而深感"惭恐"。其在《叙诗寄乐天书》中曰:

> 适有人以陈子昂《感遇》诗相示……又久之,得杜甫诗数百首,爱其浩荡津涯,处处臻到。始病沈、宋之不存寄兴,而讶子昂之未暇旁备矣。⑤

可见,元稹继承了陈子昂和杜甫的重质思想。认为好的作品要反映现实,要有感而发,有所"兴寄",要突出"六义",针砭时弊,劝善惩恶。

元稹在《乐府古题序》中倡导诗歌的"讽兴""刺美"功能。其曰:

> 自《风》《雅》,至于乐流,莫非讽兴当时之事,以贻后代之人。沿袭古题,唱和重复,于文或有短长,于义咸为赘剩。尚不如寓意古题,美刺见事,犹有诗人引古以讽之义也。曹、刘、沈、鲍之徒,时得如此,亦复稀少。近代唯诗人杜甫《悲陈陶》《哀江头》《兵车》《丽人》等,凡所歌行,率皆即

---

① [唐]元稹撰,冀勤点校:《元稹集》,中华书局1982年版,第28页。
② [唐]元稹撰,冀勤点校:《元稹集·和李校书新题乐府十二首序》,第277页。
③ [唐]元稹撰,冀勤点校:《元稹集·乐府古题序》,第255页。
④ [清]董诰等编:《全唐文》(卷六百五十一),第6607页。
⑤ [唐]元稹撰,冀勤点校:《元稹集》,第352页。

事名篇,无复依傍。①

元稹提倡创作要"讽兴当时之事","刺美见事",基于此,他对杜甫反映现实生活、揭露社会弊端的作品给予很高的评价。《授张籍秘书郎制》中说:"以尔籍雅尚古文,不从流俗,切磨讽兴,有助政经。"②元稹强调诗歌的"讽兴",就是要求诗歌做到白居易提倡的"风雅比兴外,未尝着空文"。"讽兴"与"寄兴"的实质是一致的,都要求诗歌反映社会现实,实现干预社会政治的目的。元稹在诗歌创作中践行其理论,给颓废浮靡的晚唐诗坛注入了新鲜的空气。胡震亨《唐音癸签·唐人乐府不尽乐谱》曰:

> 别创时事新题,杜甫始之,元白继之……元如《田家》《捕捉》《紫踯躅》《山枇杷》诸作,各自命篇名,以寓其讽刺之指,于朝政民风,多所关切,言者不为罪,而闻者可以戒。嗣后曹邺、刘驾、聂夷中、苏拯、皮、陆之徒,相继有作,风流益盛。其辞旨之含郁委宛,虽不必尽如杜陵之尽善无疵,然其得诗人诡讽之义则均焉。③

胡震亨将元稹、白居易与杜甫相提并论,充分肯定其创作中关注"朝政民风"、反映社会现实的"讽兴"之作,高度评价其社会价值,盛赞他们对杜甫"诗人诡讽之义"传统的继承与发扬。此评价是客观公允的。

(二)"重质而不轻文"的通达文质观

元稹在文学观念上主张创作要有益于政教,要有所"兴寄""讽喻",具有较强的致用色彩,反映出其重质的思想倾向。但元稹重质而不轻文,表现出一种通达的文质观。元稹通达的文质思想集中体现在其为杜甫撰写的《唐故工部员外郎杜君墓系铭并序》中。在此文中,元稹对杜甫集大成的诗歌创作给予很高的评价,其文曰:

> 予读诗至杜子美,而知古人之才有所总萃焉。始尧舜时,君臣以赓歌相和。是后,诗人继作,历夏、殷周千余年,仲尼缉拾选练,取其干预教化

---

① [唐]元稹撰,冀勤点校:《元稹集》,第255页。
② [唐]元稹撰,冀勤点校:《元稹集》,第661页。
③ [明]胡震亨:《唐音癸签》,第174页。

之尤者三百篇,其余无闻焉。骚人作而怨愤之态繁,然犹去风雅日近,尚相比拟。秦汉以还,采诗之官既废,天下俗谣民讴、歌颂讽赋、曲度嬉戏之词,亦随时间作。逮至汉武赋《柏梁》诗而七言之体具,苏子卿、李少卿之徒,尤工为五言。虽句读文律各异,雅郑之音亦杂,而词意简远,指事言情,自非有为而为,则文不妄作。建安之后,天下文士遭罹兵战,曹氏父子鞍马间为文,往往横槊赋诗,故其抑扬怨哀悲离之作,尤极于古。晋世风概稍存,宋齐之间,教失根本,士以简慢、歗习、舒徐相尚,文章以风容、色泽、放旷、精清为高,盖吟写性灵、流连光景之文也。意义格力,无取焉。陵迟至于梁陈,淫艳、刻饰、佻巧、小碎之词剧,又宋齐之所不取也。①

元稹肯定诗三百的诗教功能。对屈原等骚体诗人的作品采取折中的态度,既肯定其与"风雅"的相近之处,肯定其包含的以刺世事的谏诤内容,但对其"怨愤之态繁"不予认同。对于五言诗,元稹肯定其"词意简远""指事言情"的特点。对于建安诗人,元稹高度评价其"抑扬怨哀、悲离之作",推崇建安风骨。陈子昂曾曰:"文章道弊五百年矣。汉魏风骨,晋宋莫传。"②李白《古风·大雅》也云:"自从建安来,绮丽不足珍。"③元稹继承陈子昂以来肯定"建安风骨"的诗歌艺术理想,赞扬三曹诗歌遒劲健举、抑扬顿挫的风格"极于古"。这充分体现了元稹对汉魏文学反映社会现实和真实人生的写实精神的推崇。对于南朝宋齐文学,元稹则认为其"教失根本",追求"风容色泽、放旷精清",而"意气格力"不够,不值得学习;而梁陈文学更是"淫艳刻饰,佻巧小碎",不值得效仿。总体来看,元稹对南朝形式主义文风持否定态度。在此基础上,元稹对唐代律诗的发展做了公允的评价,认为其:

好古者遗近,务华者去实;效齐梁则不逮于魏晋,工乐府则力屈于五言;律切则骨格不存;闲暇则纤浓莫备。④

元稹认为之所以存在"务华者去实""律切则骨格不存"的不足,关键在于

---

① [唐]元稹撰,冀勤点校:《元稹集》,第600页。
② [唐]陈子昂撰,徐鹏点校:《陈子昂集》,第16页。
③ [清]王琦注:《李太白全集》,第87页。
④ [唐]元稹撰,冀勤点校:《元稹集》,第601页。

"文""质"不统一。因此,他主张诗歌创作应力求华实并茂,声律风骨并举,文质统一。基于此理论背景,元稹对杜甫的创作成就给予了高度的评价。其曰:

> 至于子美,盖所谓上薄风骚,下该沈宋,古傍苏李,气夺曹刘,掩颜谢之孤高,杂徐庾之流丽,尽得古今之体势,而兼今人之所独专矣。①

元稹认为杜甫既全面继承诗骚传统又具有当代诗歌品格,是古今诗歌艺术的集大成者。元稹对杜甫的高度评价,反映出他对于杜甫所追求的古今统一、文质并重创作风格的认同和赞赏。

总之,元稹文质思想的核心是"美刺风教"思想,既重文学的"教化"功能,要求文章内容要"干预教化",反映现实生活;但他并不否艺术的重要性,在艺术上主张融合众长,反对"淫艳刻饰",强调文质的统一。

---

① [唐]元稹撰,冀勤点校:《元稹集》,第601页。

第五章

分离与复归:晚唐文质论

晚唐时期,文化开始分化和蜕变,文学作为时代精神的症候显示出新的特征,文质论随之产生了新变。一方面,秉持儒家思想传统的作家依然强调文学的社会价值;另一方面,大部分作家从"人生"转向了"艺术",重新提倡文学的抒情本性,审美趣尚偏向"重美求真"。初唐建构的"文质彬彬"的文质理想被背离,盛唐文质统一的格局开始瓦解,政教与审美分离,或偏于"质",或偏于"文"。"文质"内涵也发生变化,"质"的内涵从现实转向了"咏史"和"抒情",而"文"则"求美",甚至向六朝绮靡复归,总体上呈现出一种"文胜质"的文质风貌。晚唐文质论的主要代表是杜牧、李商隐和司空图。

第一节 "文以意为主"与"高绝"

杜牧是晚唐文质论的重要代表之一。杜牧(803—852),字牧之,号樊川居士,唐京兆万年(今陕西西安)人,晚唐杰出的诗人、散文家,与李商隐齐名,人称"小李杜",著有《樊川文集》二十卷。杜牧生当晚唐,怀抱"平生五色线,愿补舜衣裳"①的政治理想,关心"治乱兴亡之迹,财赋兵甲之事"②,忧国忧民,

---

① [唐]杜牧:《樊川文集·郡斋独酌》,上海古籍出版社1978年版,第8页。
② [唐]杜牧:《樊川文集·上李中丞书》,第183页。

努力为唐帝国的复兴寻找道路。杜牧的这种人生抱负和政治理想集中表现在其文学思想和创作实践中。杜牧主张以"意"为"质",提倡融合"情志"与"政教";同时他又注重诗歌艺术,提出了"高绝"的文质审美理想。杜牧恪守文质统一的文学思想,提倡"以意为主"的文质观,体现了晚唐文学观念的新变。

一、文以意为主

杜牧的文质观最突出的特点在于将"文"与"质"的探讨重心转向了文学本体,转向了文学本身。杜牧在《答庄充书》中,对其文质思想做了较为系统的论述:

> 凡为文以意为主,气为辅,以辞彩章句为之兵卫,未有主强盛而辅不飘逸者,兵卫不华赫而庄整者。四者高下圆折,步骤随主所指,如鸟随凤,鱼随龙,师众随汤、武,腾天潜泉,横裂天下,无不如意。苟意不先立,止以文彩辞句,绕前捧后,是言愈多而理愈乱,如入阛阓,纷纷然莫知其谁,暮散而已。是以意全胜者,辞愈朴而文愈高;意不胜者,辞愈华而文愈鄙。是意能遣辞,辞不能成意,大抵为文之旨如此。①

杜牧在此采用生动形象的论证方法,深入探讨文章的构成要素"意""气""辞彩"与"章句"的辩证关系。具体而言,"意"涉及作品的内在意蕴、思想主题等,"气"包括文章内在的骨力与外在的气势等,"辞彩"囊括了文章的语言、修辞、表现技法等,"章句"则指文章的谋篇布局、起承转合等结构要素。其中的"意"是杜牧所提出的一个新的文质范畴。"意"属于文章的内容要素,即"质"的范畴,而"气""辞彩""章句"皆属文章的形式要素,即"文"的范畴。杜牧认为,四要素中,"意"为主旨,而"气""辞彩""章句"为手段。因而"意全胜者"是文"高妙"的前提和决定因素。所以,他特别强调文之内容对其形式的优先性,即"质"对"文"的决定性。因此,其认为作文之要义在于提炼鲜明高格之"意",然后根据"意"之所需谋篇布局、铺陈开合、遣词用语。但综合来看,杜牧所主张的"意能遣辞,辞不能成意"之论中,"意能遣辞"之说无疑是正确的,而

---

① [唐]杜牧:《樊川文集》,第194页。

"辞不能成意"则是否定了"文"的价值。而其"文以意为主,气为辅"的观点,强调"气"依附于"意",超越了曹丕"文以气为主"的观点,使"质"的内涵更为具体,更具文学本体色彩。

杜牧论文重"意""气",论诗重"理""辞"。他在《李贺集序》中,对李贺的创作得失有精辟的总结:

> 云烟绵联,不足为其态也;水之迢迢,不足为其情也;春之盎盎,不足为其和也;秋之明洁,不足为其格也;风樯阵马,不足为其勇也;瓦棺篆鼎,不足为其古也;时花美女,不足为其色也;荒国陊殿,梗莽丘垄,不足为其恨怨悲愁也;鲸呿鳌掷,牛鬼蛇神,不足为其虚荒诞幻也。盖《骚》之苗裔,理虽不及,辞或过之。《骚》有感怨刺怼,言及君臣理乱,时有以激发人意。乃贺所为,无得有是。①

杜牧认为李贺诗歌蕴含着骚人的怨刺哀伤,是对楚《骚》精神的继承。他激赏李贺诗奇特的想象、瑰丽的文词。不吝言词地盛赞李贺诗在艺术上所取得的成就,甚至认为其超越了刘勰所谓"金相玉质""惊采绝艳"②的《骚》经,足见贺诗"文"之丰茂。但他也毫不隐讳地指出,李贺之作缺少《离骚》"感怨刺怼""君臣理乱""激发人意"的内涵。这一评价体现了杜牧既重视文采,又坚持"文以意为主"观点的文质思想。杜牧所言"理"与"辞"的关系实为"质"与"文"的关系。不难看出,杜牧虽然既重视诗"理",也重视诗"辞",但他更重视在"理"的主导下,诗"理"和诗"辞"的完美统一、共丰并茂。这是对《答庄充书》中"意"与"辞"关系论述的补充,比较全面地表现了其文质思想。

杜牧"文以意为主"的文质思想在晚唐文盛质衰的创作背景下,具有特别的意义。他提倡文质并重,坚持文学内容的主导地位,注重文学的思想性,同时也注重艺术形式的重要性,形式服务于内容。这是对正统文学观念的坚守。

二、对"质"的重新界定

杜牧的文质观既有承续主流文学观念的一面,又有适应时代发展超越创

---

① [唐]杜牧:《樊川文集》,第149页。
② [梁]刘勰著,周振甫译注:《〈文心雕龙〉译注》,第97页。

新的一面。这主要体现在其文质观对"质"的内涵的重新"定位"以及丰富与发展方面。杜牧的"文以意为主"之论,把传统文质论中人们审视文学本体时从关注其表现形式与表现客体,如外在的"情""志""道"等转向关注文学本身的形式与内容,使文质关系由外向内转,将文学的关注点回归到了文学的本体。

杜牧强调"文以意为主",这与他所处时代的创作风气紧密相关。当时,随着古文运动声势的渐趋退潮,骈文创作升温,六朝文风大有回流之势。热衷骈文创作的作家关注辞采的华丽,忽视文章的立意。杜牧所批评的"意不胜者,辞愈华而文愈鄙"大约就是针对这种现象而言的。杜牧之"意"涵括了"志"与"情",他重视"言志"作用,也不排斥"缘情"特点,将文学的"政教"和"审美"功能融汇并举,丰富并拓展了"质"的内涵。因此杜牧在审视文学的表现客体以及文学功用时,将"情""志""道"浑融贯通,主张文学从更为广阔的视域多角度、多层次反映现实。

文学以"抒情言志"为主,是中国文学的传统。如南北朝时的范晔《狱中与诸甥侄书》曰:"常谓情志所托,故当以意为主,以文传意。"①刘勰《文心雕龙·情采》曰:"故情者文之经,辞者理之纬;经正而后纬成,理定而后辞畅,此立文之本源也。"②杜牧既重视文学的"缘情"功能,也重视文学的"言志"功能。其《贺平党项表》曰:

> 臣僻左小郡,朴樕散材,空过流年,徒生圣代,尚能为诗见志,作歌极情,上咏神功,庶垂后代。③

《上安州崔相公启》又曰:

至于会昌三年八月中所献相公长启,铺陈功业,称校短长,措于《史记》《两汉》之间,读于文士才人之口,与二子并无愧容。④

杜牧"情""志"并重,认为文学不仅可以"抒情言志""铺陈功业",而且还可以"称校短长"。这是对文学功能的全面肯定。从本质上说,强调"铺陈功

---

① [梁]沈约:《宋书·范晔传》,第1830页。
② [梁]刘勰著,周振甫译注:《文心雕龙译注》,第454页。
③ [唐]杜牧:《樊川文集》,第218页。
④ [唐]杜牧:《樊川文集》,第239页。

业,称校短长"是对儒家文学观的继承和弘扬。基于此,杜牧提倡诗文要有健康的情趣、高雅的格调,以发挥良好的"教化"作用。其在《唐故平卢军节度巡官陇西李府君墓志铭》中借李戡对元白诗风的评价进一步表明自己的文质观。李戡从儒家"教化"思想出发,认为诗歌"妇人小儿,皆欲讽诵,国俗薄厚,扇之于诗,如风之疾速"①,其教化作用不可估量。李戡批评元、白"纤艳不逞""淫言媟语"②的诗风有伤风化,不利于"教化"。杜牧赞赏李戡以"仁义"为主的创作倾向,对他对元、白诗风的批评极为认同。由此可见,杜牧对元白"纤艳"诗风持否定态度,倡诗歌创作要有健康的思想情调,对晚唐文盛质衰的创作趋向具有纠偏的作用。

杜牧不仅从理论上倡导重视文学本身思想内容的现实性、丰富性以及表现力,而且身体力行,在创作中积极践行其理论。他在《上知己文章启》中对自己的创作做了详细的介绍:

> 某少小好为文章。伏以侍郎文师也,是敢谨贡七篇,以为视听之污。伏以元和功德,凡人尽当歌咏以纪叙之,故作《燕将录》;往年吊伐之道,无甚得所,故作《罪言》;自艰难以来,以卒伍佣役辈,多据兵为天子诸侯,故作《原十六卫》;诸侯或恃功不守古道,以致反侧叛乱,故作《与刘司徒书》;处士之名,即古之巢、由、尹、吕之辈,近者往往自名之,故作《送薛处士序》;宝历大起宫室,广声色,故作《阿房宫赋》。有庐终南山下,尝有耕田著书志,故作《望故园赋》。③

从中可以看出他积极用世,关心社会现实的思想。他所做《原十六卫》《与刘司徒书》《阿房宫赋》等都是关注国事民瘼,有感而发,针砭时弊,匡扶正义之作。可见,杜牧不仅关心国运,关注社会现实,而且视域广阔,目光深邃。他在思考如何解决社会问题的同时,充分认识到了文学的社会功能,所以其诗文或隐或显,或直接或婉转地反映重大的社会现实问题,主旨鲜明地表明其立场与观点。杜牧之作情深气奇、格高语真,渊薮在于其本人以"文以意为主"为创作

---

① [唐]杜牧:《樊川文集》,第136页。
② [唐]杜牧:《樊川文集》,第136页。
③ [唐]杜牧:《樊川文集》,第341页。

原则,重视诗文的思想内容和现实意义。

杜牧所提倡的"文以意为主"的观点从文质论看,是具有进步性的,"意"是对"质"的内涵的重新界定。杜牧的"意"虽然也包含着以仁义为中心的儒家之道在内,如称赞庄充为文能"慕古而尚仁义"。但他并没有直接论述"以意为主"就是明仁义。"意"只是一个比较广泛的思想内容的概念,不完全局限于儒家之道,更偏重于反映社会现实方面。他的"意"把文学的内容从外在的"情志""道"转向了更具文学本体性的"意",把创作的客体和主体融合在一起,使"质"的内涵更为丰富,较之之前的"假道""明道"说,更为通达,更具文学色彩。

三、"高绝"文质理想

杜牧提倡文质统一,其文质统一的审美理想是"高绝"。何谓"高绝"？其《献诗启》曰:

> 某苦心为诗,本求高绝,不务奇丽,不涉习俗,不今不古,处于中间。既无其才,徒有其奇,篇成在纸,多自焚之。①

杜牧的诗歌创作追求的审美理想是"高绝"。具体而言,杜牧所谓之"高绝",内涵丰富。"高"强调作品的思想内容的立意和格调要高超；"绝"则强调艺术水平要高,要独一无二,具有独创性；二者结合就是文质的高度统一,是最佳的审美形态。

如何才能做到"高绝"？杜牧给出的答案是"不务奇丽,不涉习俗""不今不古,处于中间",即是要追求"雅正",折中"文质"。具体讲,在风格上,杜牧提倡不追求"奇丽",也不追求"习俗",要有个性鲜明的独创性。杜牧所言"绮丽"与"习俗"是言有所指。他曾盛赞李贺诗歌鬼斧神工的艺术成就。李贺诗歌淋漓尽致地彰显了"奇丽"之意蕴,但杜牧却不以为意,结论评到:"盖《骚》之苗裔,理虽不及,辞或过之。"结合此处"不务绮丽"之论,李贺就有专务"奇丽"之嫌。"习俗"主要针对当时诗坛盛行的元稹、白居易的"元和体"而言。

---

① [唐]杜牧:《樊川文集》,第242页。

《唐故平卢军节度巡官陇西李府君墓志铭》曰：

> 所著文数百篇，外于仁义，一不关笔。尝曰："诗者可以歌，可以流于竹，鼓于丝，妇人小儿，皆欲讽诵，国俗薄厚，扇之于诗，如风之疾速。尝痛自元和以来有元白诗者，纤艳不逞，非庄士雅人，多为其所破坏，流于民间，疏于屏壁，子父女母，交口教授，淫言媟语，冬寒夏热，入人肌骨，不可除去。吾无位，不得用法以治之。"欲使后代知有发愤者，因集国朝已来类于古诗，得若干首，编为三卷，目为唐诗，为序以导其志。①

杜牧极为鄙视"元白体"，认为其淫言媟语、浅白通俗，浇坏民风。他曾叹自己无力杜绝其影响，但拒绝借鉴显然是可行的。杜牧的批评对于抵制晚唐诗坛的轻靡诗风具有一定的积极作用和贡献，对当时的诗坛具有现实意义。而在体裁方面，杜牧主张"不今不古"，这构成其文质观的重要方面。在古今之间，杜牧宣称既不范今也不摹古，而是折中二者，走中间道路。杜牧所指"今"是指近体诗风，"古"则是指古体诗。杜牧二者兼取，二者并重，融合二者，独创一格。

概而括之，杜牧继承传统文学观念，秉持文质并重的文质观，追求"高绝"创作理想，形成了独特的艺术风格，独树一帜。清代的洪亮吉在《北江诗话》中云："杜牧之与韩、柳、元、白同时，而文不同韩、柳，诗不同元、白；复能于四家外，诗文皆别成一家，可云特立独行之士矣。"②可见，杜牧标志了晚唐诗学的最高艺术成就。杜牧的文质思想对当时的文学思潮带有某种补弊救偏的性质，具有强烈的针对性和进步的时代意义。杜牧的文质思想既是对传统文质论的继承，又以文学为本位，赋予了质新的内涵，对当时文学创作发挥了积极的指导作用，丰富了唐代文质思想。

---

① [唐]杜牧：《樊川文集》，第136页。
② [清]洪亮吉著，陈尔冬点校：《北江诗话》，人民文学出版社1983年版，第3页。

第二节 "缘情"与"绮丽"

晚唐文质论的另一重要代表是李商隐。李商隐(813—858),字义山,号玉溪(谿)生,又号樊南生,荥阳(今河南郑州荥阳市),晚唐著名诗人、骈文家。方南堂《辍锻录》曰:"晚唐自应首推李、杜。义山之沉郁奇谲,樊川之纵横傲岸。"①叶燮《原诗》评李商隐七绝:"寄托深而措辞婉,实可空百代无其匹也。"②《唐才子》则称其"为文瑰迈奇古,辞难事隐"③。在文学思想上,李商隐对复古文学思想极为不屑,而推崇六朝文学精神,独标"齐梁"之风。其诗歌幽艳凄美,风格独具,自成一家,代表了晚唐诗学的新走向,对整个晚唐文风以及宋代诗学的发展也有极大的影响。

一、反对复古,提倡"缘情"

李商隐也注重文学经世致用的功能,但他对儒家思想却持怀疑态度,对当时主流文学思想也提出了质疑。其在《上崔华州书》中说:

> 始闻长老言:"学道必求古,为文必有师法。"常悒悒不快。退自思曰:夫所谓道,岂古所谓周公、孔子者独能耶?盖愚与周、孔俱身之耳。是以有行道不系今古,直挥笔为文,不爱攘取经史,讳忌时世。百经万书,异品殊流,又岂能意分出其下哉!④

李商隐大胆批驳宗经明道的文学观念,认为"道"不是周公、孔子等圣人所

---

① [清]方南堂:《辍锻录》,郭绍虞选编:《清诗话续编》,上海古籍出版社1983年版,第1942页。
② [清]叶燮著,霍松林校注:《原诗》,第74页。
③ [元]辛文房:《唐才子传》,辽宁教育出版社1998年版,第90页。
④ [唐]李商隐著,刘学锴、余恕诚注:《李商隐编年文校注》,中华书局2002年版,第108页。

独占的,"道"应该是包括他自己在内的许多人都能身体力行的;不仅古人能实践道,今人同样可以。这种旗帜鲜明的批判,折射出在当时的历史背景下,儒家文学思想已逐渐失去其主流地位,人们开始理性地思考文学的本质、功能等文学的本体问题。在写作上,李商隐提倡"直挥笔为文",追求"自然"趣旨,反对"攘取经史",刻意摹仿古人。其在《容州经略使元结文集后序》中曰:

> 呜呼!孔氏于道德仁义外有何物?百千万年,圣贤相随于涂中耳!次山之书曰:"三皇用真而耻圣,五帝用圣而耻明,三王用明而耻察。"嗟嗟此书,可以无书!孔氏固圣矣,次山安在其必师之邪!①

从中看出,李商隐对孔子以及儒教极为不屑,反对复古,鼓励创新。他主张文学创作应"缘情""言志"。其《献侍郎巨鹿公启》云:"属词之工,言志为最。自鲁毛兆轨,苏、李扬声,代有遗音,时无绝响。虽古今异制,而律吕同归。"②《献相国京兆公启一》云:"人禀五行之秀,备七情之动,必有咏叹,以通性灵。"③其认为抒发情志是人的本性,而书写情志则是文学的本质。这种内容上的"求真"意识在形式上则表现为"重美"的倾向。

二、推崇唯美诗风,向"文"回归

从唐初开始,主流评论家对于齐梁文学一直持否定态度,认为其内容贫乏,感情空虚,格调低下。如魏征认为其"清辞巧制,止乎衽席之间,雕琢蔓藻,思极闺闱之内"④。陈子昂认为"齐梁间诗,彩丽竞繁,而兴寄都绝"⑤。白居易批评其"率不过嘲风雪,弄花草而已"⑥,韩愈则直接批其"齐梁及陈隋,众作等蝉噪"⑦。显然,他们认为齐梁诗文过分讲究辞藻、典故、声律等外在技巧,对作品整体的审美意象的塑造重视不够,更缺乏积极健康、充实丰满的思想内

---

① [唐]李商隐著,刘学锴、余恕诚注:《李商隐编年文校注》,第2256页。
② [唐]李商隐著,刘学锴、余恕诚注:《李商隐编年文校注》,第1188页。
③ [唐]李商隐著,刘学锴、余恕诚注:《李商隐编年文校注》,第1911页。
④ [唐]魏征等撰:《隋书·经籍志》(卷三十五),第1090页。
⑤ [唐]陈子昂撰,徐鹏点校:《陈子昂集》,第16页。
⑥ [唐]白居易著,顾学颉点校:《白居易集》,第963页。
⑦ [唐]韩愈著,钱仲联集释:《韩昌黎诗系年集释》,第527页。

容,因而不具有真正的内涵美。而李商隐却独树一帜,反对复古,反对"以文载道"的创作思潮,而对复古论者所鄙弃的齐梁文风情有独钟。他崇尚讲求骈俪、对偶工整的四六骈文,偏好绮丽婉媚、浮艳华美的"今体"诗歌,且以此为圭臬进行诗文创作,从而使得他在诗文领域别具一格,自成一体。

李商隐对齐梁文学的态度,显示出其独特的审美旨趣。他曾在《樊南甲集序》中说:"后联为郓相国、华太守所怜,居门下时,敕定奏记,始通今体。后又两为秘书省房中官,恣展古集,往往咽噱于任、范、徐、庾之间。"①所提任昉、范云、徐陵、庾信都是齐梁文学的代表人物,骈文名家。李商隐不但对他们赞赏有加,而且对徐陵和庾信更是推崇备至。《闻著明凶问哭寄飞卿》有云:"何因携庾信,同去哭徐陵。"②李商隐赞赏六朝文风,其创作自然步其后尘,走唯美之路。其《齐梁晴云》《效徐陵体赠更衣》显然是对六朝文风的直接效仿。纪昀就曾指出:"齐即所谓永明体,梁即所谓宫体,后人总谓之齐梁体,玉溪诗有《齐梁晴云》是也。"③何良俊《四友斋丛说》说:"齐梁体自盛唐一变之后,不复有为之者。至温李出,始复追之。"④李商隐在创作上继承六朝的唯美主义诗歌传统,借鉴了齐梁文学的创作手法,形成了华美绮丽的风格,显示出其独特的审美追求。

总之,李商隐的文质思想表现出向"文"回归的特点,预示着唐代正统文质论的瓦解,对晚唐文学风貌产生了较大的影响,尤其对宋诗产生了直接影响。

第三节 "韵外之致"与"雄浑""自然"

代表晚唐最高诗学成就的是司空图,其诗学思想包含着丰富的文质思想。司空图(837—908),字表圣,河中虞乡(今山西永济县内)人,晚唐著名诗人和

---

① [唐]李商隐著,刘学锴、余恕诚注:《李商隐编年文校注》,第1713页。
② [唐]李商隐著,刘学锴、余恕诚注:《李商隐诗歌集解》,中华书局2004年版,第1409页。
③ [清]纪昀:《删正二冯评阅〈才调集〉》,刘学锴、余恕诚、黄世中编:《李商隐资料汇编》,中华书局2001年版,第667页。
④ [明]何良俊:《四友斋丛说》,中华书局1959年版,第227页。

杰出的诗学思想家。司空图的诗歌理论主要见于《与王驾评诗书》《与李生论诗书》《与极浦书》和《二十四诗品》中。司空图对六朝至唐代注重审美性的诗歌理论作了总结,其诗学思想以道家美学为理论基础,提出了"韵外之致"的观点,崇尚"冲淡""自然"的审美理想,赋予文质论新的内涵,是对王昌龄、殷璠、皎然等文质思想的进一步发展,预示了中国古典诗学新的发展方向。

一、韵外之致:"质"的超越

司空图对于传统儒家的文质思想是认可的,崇尚儒家"风雅"精神,注重社会现实问题,强调文学的讽喻功能。他说:"诗贯六义,则讽喻、抑扬、渟蓄、温雅,皆在其间矣。"①认为诗歌要以"六义"为准绳,在内容上要讽喻、要规训,而形式上要敦厚典雅,做到文质彬彬。这表明了其对儒家文质思想的认同。

但他真正推崇的是具有"韵外之致"的创作风格。司空图在《与李生论诗书》中说:"文之难,而诗之尤难,古今之喻多矣,而愚以为辨于味,而后可以言诗也。"②司空图提出了"味"这一"质"的范畴,把"味"作为诗歌审美的第一要义,强调作品的意蕴要有"近而不浮,远而不尽"的意味,要具有"味外之旨"。司空图所谓"味外之旨",强调诗歌的言外之意、意外之义。诗歌的语言、声韵以及主体的"意""理""情"与审美对象的"景"和要表述的"事"等构成整体"意象","意象"与"意境"共同缔造出一种特殊的诗"境"。"味外之旨"则强调诗歌须有"诗意""诗境"之外的只可意会不可言传的特殊内涵。"味外之旨"是对"质"的内涵的丰富。

司空图还提出了"韵外之致"的观点,标榜一种"趣味淡远、韵致醇厚"的诗歌理想。《与李生论诗书》曰:

> 然直致所得,以格自奇。前辈诸集,亦不专工于此,矧其下者耶!王右丞、韦苏州,澄澹精致,格在其中,岂妨于道学哉?贾浪仙诚有警句,然视其全篇,意思殊馁,大抵附于寒涩,方可致才,亦为体之不备也。矧其下

---

① [唐]司空图著,郭绍虞集解:《诗品集解》,人民文学出版社1963年版,第47页。
② [唐]司空图著,郭绍虞集解:《诗品集解》,第47页。

者哉!噫!近而不浮,远而不尽,然后可以言韵外之致耳。①

司空图继承了道家的文学思想,提倡"直致所得",注重诗歌的情感本性,追求诗歌的艺术性。"韵"乃是指气韵、风韵、神韵,"韵外之致"是诗歌就整体而言所表现出来的艺术韵致和格调。"韵外之致"使"质"的内涵更为丰富,使诗歌具有了强烈的艺术本体色彩。

此外,司空图还提出了"景外之景""象外之象"的观点。在《与极浦谈诗书》中说:

> 戴容州云:"诗家之景,如蓝田日暖,良玉生烟,可望而不可置于眉睫之前也。"象外之象,景外之景,岂容易可谈哉?②

司空图对于诗人所写之"象"、所画之"景"有自己独到的见解,他认为诗歌创作不是客观事物的描摹刻画,"诗象"不同于"物象","诗景"不同于"物景",因而,诗歌创作的要诀就是追求"象外之象""景外之景"。所谓"象外之象,景外之景"的第一个"象"和"景"是指诗境中所描写的实象实景;而第二个"象"和"景"是诗人心中审美"意象"的表现,是心物交融的产物,实象实景中包含了虚象虚景,虚象虚景就存在于实象实景之中。司空图的"象外之象""景外之景"是经过艺术创造所产生的"象"与"景",把"质"的内涵从现实中的具体景象升华为艺术性的创造。

总言之,司空图把诗歌"质"的内涵从具体的"景物""情志"转向了艺术化的"韵外之致""景外之景""象外之象",从而对"质"的思考上升到了艺术本体的维度,极大地丰富了"质"内涵,提升了"质"的品质,实现了"质"的超越,深化了古典诗学文质论。

二、"趣味澄敻""思与境偕":审美理想的转向

唐代以前诗论,无论"尚质"或"尚文采",其都以具体的物象和情思为诗歌

---

① [唐]司空图著,郭绍虞集解:《诗品集解》,第47页。
② [唐]司空图著,郭绍虞集解:《诗品集解》,第52页。

表现对象,审美旨趣大体都偏于"质实"。虽然钟嵘提倡"滋味"①,刘勰提倡"辞约而旨丰"②,但都是侧重于"言意"的蕴藉含蓄,并没把其提升到艺术本体的高度,没有完成文质审美理想的超越。

唐代诗学追求文质彬彬的审美理想,提倡审美理想和审美风格的多样化,诗学旨趣开始从拘泥"形质"逐渐转向了具有艺术化的"意境",诗歌的审美理想也从"工于形似"转向了艺术化的"神似",转向了艺术本体。

唐诗创作中,代表"质实"创作风格的是李、杜、韩、白,而代表"冲淡"诗学旨趣的则是王、孟、储、韦等。司空图对唐诗审美理想的这种分野做了理论总结,表明了他的诗学审美旨趣。其在《与王驾评诗书》中说:

> 国初,主上好文雅,风流特盛。沈、宋始兴之后,杰出于江宁,宏肆于李、杜,极矣!右丞、苏州,趣味澄夐,若清风之出岫。大历十数公,抑又其次。元、白力勍而气孱,乃都市豪估耳。刘公梦得、杨公巨源亦各有胜会。浪仙、东野、刘得仁辈,时得佳致,亦足涤烦。厥后所闻,逾褊浅矣。河汾蟠郁之气,宜继有人。王生寓居其间,沉渍益久,五言所得,长于思与境偕,乃诗家之所尚者。则前所谓必推于其类,岂止神跃色扬哉?③

司空图对初唐沈佺期、宋之问对律诗做出的贡献积极肯定,对李白、杜甫高度赞扬,而批评白居易、元稹的创作"力勍而气孱,乃都市豪估耳"。但司空图真正心仪的是王维、韦应物等人"趣味澄夐""思与境偕"的创作风格。这足显司空图的诗歌审美旨趣。

三、"雄浑"与"自然":审美风格的多样化

司空图在《二十四诗品》中从艺术本体的角度对诗歌的审美风格做了归纳总结。他将诗歌的风格分为二十四品,以具体的诗作为例对其一一做了形象化的阐释。体现了其对诗歌多样化审美风格的认同和追求,也表明了唐代诗学文质论的本体化发展趋势。

---

① [梁]钟嵘:《诗品·序》,上海世纪出版集团2007年版,第2页。
② [梁]刘勰著,范文澜注:《文心雕龙注》,第67页。
③ [唐]司空图著,郭绍虞集解:《诗品集解》,第50页。

<<< 第五章 分离与复归:晚唐文质论

司空图所列二十四种风格,从严格意义讲大部分属于艺术风格的范畴,并非都属于审美风格。如:缜密、委曲属于结构特色;形容、超诣、实境、精神属于艺术素养与写作技巧;洗练属于语言特色。这些属于艺术风格的范畴总体上可分为壮美和优美两种基本的审美类型,前者是雄浑的"风骨"之美,后者是冲淡的"清新"之美,这正好与唐诗创作中"质实"与"冲淡"的风格基本对应。

从文质论看,属于"壮美"的一类,风格趋于"质实",包括雄浑、平淡、沉着、高古、劲健、豪放、悲慨、飘逸、疏野、旷达等,总体上具有质朴刚健的特征,是盛唐诗歌所特有的阳刚之美的体现。此类的代表是《雄浑》:

> 大用外腓,真体内充。返虚入浑,积健为雄。具备万物,横绝太空。荒荒油云,寥寥长风。超以象外,得其环中。持之非强,来之无穷。①

司空图把"雄浑"放在第一位,从文学本体的角度对文质关系做了界定,为以下不同风格的探讨做了理论铺垫。对"大用外腓,真体内充",郭绍虞先生这样解释:"腓,音肥,变。两句是说,浩大的运用变化于外,是由于真实的体质充满于内的结果。"②这句话的理论价值在于提出了"体用"的范畴,"体"即有"本体"的意味,"用"则是指"作用"。从文质论看,则指诗歌作品的内涵和表象,内容与形式。司空图提出"大用外腓,真体内充"是把文质辩证地紧密联系在一起,强调内容的允实和形式的多样的统一,体现了雄奇雄浑之美。《雄浑》总结了自先秦以来中国古代雄浑观念的基本内容,尤其揭示了唐诗的独特审美特征。这一类中的实境、沉着、高古、劲健、豪放、悲慨、疏野、旷达等风格总体上也是提倡风骨兴寄,追求刚健质朴的艺术风格。这是对中国古典诗学中的"风雅比兴"、汉魏风骨,以及陈子昂、李杜、元白所追求的壮大刚健诗学理想的总结。

另一类属于"优美",包括自然、冲淡、含蓄、典雅、飘逸、清奇等,其特征是文质自然统一,情文并茂。在此类审美风格中,司空图最推崇的是"自然"。《自然》曰:

---

① [唐]司空图著,郭绍虞集解:《诗品集解》,第3页。
② 郭绍虞编:《历代文论选》(第二册),上海古籍出版社2001年版,第208页。

> 俯拾即是,不取诸邻。俱道适往,著手成春。如逢花开,如瞻岁新。真予不夺,强得易贫。幽人空山,过水采萍。薄言情悟,悠悠天钧。①

"自然"作为诗歌的一种艺术风格,是指天然本色,感情真实,诗思清新,辞淡意远,文质一体。司空图认为,真正的诗美应该是天然际遇而不是强力以求所得。诗歌所表现的思想情感应该自然平和,语言、意象、意境应该自然天成,不假斧凿。这是一种文质自然统一的诗美理想。其他如冲淡、含蓄、典雅、飘逸、清奇等都是自然审美理想的不同表现形态,在本质上都要求文质的和谐并茂。

另外,如绮丽、纤秾等则属于"尚文"的审美范畴,以文辞绮丽、风格华美为特征。如《纤秾》:

> 采采流水,蓬蓬远春。窈窕深谷,时见美人。碧桃满树,风日水滨。柳阴路曲,流莺比邻。乘之愈往,识之愈真。扣将不尽,与古为新。②

"纤秾"是对描摹细致丰繁、错彩镂金的艺术风格的概括,是"文胜"的典型。再如《绮丽》:

> 神存富贵,始轻黄金。浓尽必枯,淡者屡深。雾余水畔,红杏在林。月明华屋,画桥碧阴。金樽酒满,伴客弹琴。取之自足,良殚美襟。③

"绮丽"是一种华艳绚丽的艺术风貌,同"纤秾"一样,也是"文胜"的表现。绮丽、纤秾等风格是对古典诗学中追求文采之繁复,追求艺术之美的诗学风格的形象概括。

总之,司空图超越了儒家诗教文质论,以艺术为本位,侧重于诗歌艺术规律的探讨和诗美理想的开掘,以"审美"为本位追求多样化的诗学风格,标志着古典诗学文质观的转向,是道家诗歌美学思想的发展,深化了唐代文质论。司空图提出的"韵外之致""思与境偕"等文质观念更深地触及诗歌艺术的本质,对宋代严羽的"别趣说"、清代王士祯的"神韵说"和近代王国维的"意境说"等诗歌美学产生了直接的影响。

---

① [唐]司空图著,郭绍虞集解:《诗品集解》,第19页。
② [唐]司空图著,郭绍虞集解:《诗品集解》,第7页。
③ [唐]司空图著,郭绍虞集解:《诗品集解》,第17页。

第六章

文以明道：古文家的文质论

唐代文质论存在诗文二分的格局。唐代除诗学文质论外，以"古文运动"为中心的古文家的文质思想最具理论价值。唐代"古文运动"是一场儒学变革和文学革新相结合的文化运动和文学运动。古文运动分前后两个时期，前期以开元、天宝时期萧颖士、李华、独孤及和梁肃等古文运动"先驱者"为代表；后期以韩愈、柳宗元等人为代表。以韩愈、柳宗元为代表的古文家继承前期古文家的思想，积极复兴儒学，主张"文以明道"，进行文章革新，把文章从骈体文转向了散体文，文风发生了巨大的转变，取得了巨大的创作成就。在"古文运动"中古文家提出了一系列文学主张，尤其对文质问题做了较深入的探讨，丰富和深化了唐代文质论。本章重点探讨盛、中唐时期古文家的文质思想，从而和诗学文质论互补。

第一节 "宗经尚简"与"质文相济"

在中唐"韩柳"之前，盛唐时期已有一批主张复兴儒学、改革文体的"先驱者"，他们包括萧颖士、李华、独孤及和梁肃等人。他们受时代风气的影响，在文学思想上主张宗经重道，强调文章的教化功能；在文质思想上则提倡文道合一，文质统一，要求形式为内容服务，有重质轻文的倾向。

一、萧颖士的文质思想

萧颖士(716—768),字茂挺,兰陵人,盛唐作家,有《萧茂挺文集》。萧颖士的文质思想集中于《赠韦司业书》《江有归舟序》和《为陈正卿进续尚书表》等文章中。

作为古文运动的先驱者,萧颖士的文质思想与他以"文儒"自期的人生理想密切相关。萧颖士在《赠韦司业书》中曰:

> 丈夫生遇升平时,自为文儒士,纵不能公卿坐取,助人主视听,致俗雍熙,遗名竹帛,尚应优游道术,以名教为己任,著一家之言,垂沮劝之益,此其道也。岂直以辞场策试,一第声名,为知己相期之分耶?……仆平生属文,格不近俗,凡所拟议,必希古人,魏晋以来,未尝留意。又况区区咫尺之判,曷足牵丈夫壮志哉?……仆有识以来,寡于嗜好,经术之外,略不婴心。①

这表明他以"文儒"自任,其人生理想以恢复"道术""名教"为己任,以"经术"为务,心无旁骛,"著一家之言",起到"沮劝之益",而不屑于功名科考,"著文""格不近俗",以"古人"为高标,以公文为"区区"。这充分表明了他的为文旨趣。

萧颖士的文质思想可归纳为:倡导复古,重视文学的"宗经"和教化功能,批判骈文"俪偶浮靡"文风,尚古尚简,重质轻文。其在天宝十三载写的《江有归舟三章序》中初步表达了他的文质思想:

> 文也者,非云尚形似,牵比类,以局夫俪偶,放于奇靡,其于言也,必浅而乖矣。所务乎激扬雅训,彰宣事实而已。②

萧氏认为文章的根本在于"激扬雅训,彰宣事实",而不是"尚形似,牵比类,以局夫俪偶,放于奇靡"。因此,他注重文章内容的雅正充实,不赞成形似绮靡之文。

---

① [清]董诰等编:《全唐文》(卷三百二十三),第3273页。
② [清]彭定求等编:《全唐诗》(卷一百五十四),第1593页。

第六章 文以明道：古文家的文质论

萧颖士崇尚三代朴质之文，因此，其对文的要求就是尚简尚古，反对繁密的骈文。萧颖士的尚简思想在《为陈正卿进续尚书表》中表达得十分清楚："存简易之旨，尽芟夷之义。"①他"尚简"是因厌恶华辞丽藻妨害文意，故主张为文"尚古"，欲"以中古易今世"，崇尚三代朴质之文。

"尚古"即近"风雅"。李华《三贤论》评说："萧之志行，当以中古易今世……文方复雅商之至，当以律度百代为任。"②"风雅"的概念在萧颖士的文章里被反复提及，如"风雅殄瘁"③"质文一变，风雅大兴"④。在萧氏看来，不近"风雅"则为不尚古。李华《扬州功曹萧颖士文集序》曰：

> 君以为六经之后，有屈原、宋玉，文甚雄壮，而不能经；厥后有贾谊，文词最正，近于理体；枚乘、司马相如亦瑰丽才士，然而不近风雅。扬雄用意颇深，班彪识理，张衡宏旷，曹植丰赡，王粲超逸，嵇康标举，此外皆金相玉质，所尚或殊，不能备举。左思诗赋有《雅》《颂》遗风，干宝著论近王化根源，此后复绝无闻焉。近日陈拾遗子昂文体最正。⑤

可见，萧颖士是本着尚简的观念，以风雅为标准，对唐之前的作者一一评论。萧颖士的看法比较公允客观。他宗经又提倡风雅，对历代作家的评价以"雄壮""经""正""风雅""意""理"等为评价标准，对魏晋以前的作家多有褒扬，而对魏晋以降的作家则用"复绝无闻"一笔带过。其褒贬爱憎寓于其中！

萧颖士作文"尚简"，拟古。其《赠韦司业书》⑥曰："仆平生属文，格不近俗，凡所拟议，必希古人，魏晋以来，未尝留意。"他极为推崇《春秋》"讬微辞以示褒贬，全身远害之道博，惩恶劝善之功大"，"微言大义"以化天下的简练风格。其理想的文体就是简洁而寓褒贬如《春秋》的古文。他批评《史记》《汉书》"圣明之笔削，褒贬之文废""其文复而杂，其体漫而疏"。刘太真《送萧颖

---

① ［清］董诰等编：《全唐文》（卷三百二十二），第 3267 页。
② ［清］董诰等编：《全唐文》（卷三百十七），第 3214 页。
③ ［唐］萧颖士：《登宜城故城赋》，［清］董诰等编：《全唐文》（卷三百二十二），第 3260 页。
④ ［唐］萧颖士：《为陈正卿进续尚书表》，［清］董诰等编：《全唐文》（卷三百二十二），第 3267 页。
⑤ ［清］董诰等编：《全唐文》（卷三百一十五），第 3197 页。
⑥ ［清］董诰等编：《全唐文》（卷三百二十三），第 3278 页。

士赴东府序》说萧颖士"述作万卷,去其浮辞,存乎正言。昔左氏失于烦,谷梁失于短,公羊失于俗,而夫子为其折中"①。这充分说明萧氏善于采纳众家之长熔为一炉,扬长弃短,折中为文的识度与能力。

萧颖士重内容,但并非轻形式。其《江有归舟三章序》曰:"然夫德行政事,非学不言;言而无文,行之不远,岂相异哉!四者一,夫正而已矣。"②他认为好文章的显著特征就是"正"。所谓"正"即作者高尚的德行、文章充实的内容,飞扬的文采与恰当的艺术形式融合统一,相得益彰。显然,他认为"文"是文章不可轻视的一个重要部分。

李华在《扬州功曹萧颖士文集序》③中称赞萧颖士"以文章制度为己任","以律度百代为己任""以文学著于时""后之为文者,取以为法焉"。可见,当时以萧颖士为中心,形成了一个复兴儒学的共同体。而萧颖士的文质观以风雅为指归,尚古尚简,反对偶俪形式,文质并重,指示了中唐文风的嬗变趋势,对于盛中唐文风的转变影响甚大,其观点对其他古文家也产生了影响。

二、李华的文质思想

李华(？—766),字遐叔,赵州赞皇人,盛唐著名作家,有《李遐叔文集》。李华的文质思想集中在《赠礼部尚书清河孝公崔沔集序》《扬州功曹萧颖士文集序》和《质文论》等文章中。李华推重礼乐,在文学思想上秉持宗经思想,相应地文质思想也宗经重道,主张文道统一,内容上宗经,形式上提倡"简质"。

(一)以"六经之志"为"质"

李华认为文本于六经。他在《赠礼部尚书清河孝公崔沔集序》系统阐释其文质观:

> 文章本乎作者,而哀乐系乎时。本乎作者,六经之志也;系乎时者,乐文武而哀幽厉也。立身扬名,有国有家,化人成俗,安危存亡。于是乎观之,宣于志者曰言,饰而成之曰文。有德之文信,无德之文诈。皋陶之歌,

---

① [清]董诰等编:《全唐文》(卷三百九十五),第4017页。
② [清]彭定求等编:《全唐诗》(卷一百五十四),第1593页。
③ [清]董诰等编:《全唐文》(卷三百一十五),第3197页。

史克之颂,信也;子朝之告,宰嚭之词,诈也;而士君子耻之。夫子之文章,偃商传焉,偃商殁而孔伋、孟轲作,盖六经之遗也。屈平、宋玉哀而伤,靡而不返,六经之道遯矣。论及后世,力足者不能知之,知之者力或不足,则文义寝以微矣。文顾行,行顾文,此其与于古欤。①

李华提出作文要以"六经之志""六经之道"为宗的思想。"志"指价值理念、思想精神,是有关修身、治国和济世的"怀抱"。这继承了孔子"士志于道"的思想。李华强调作文要继承"六经"的传统,重视文章与作家道德、社会风气、国家安危之间的密切关系。因此,他也将作者有无"六经之志",即有无"化人成俗,安危存亡"的教化思想作为判断其文章价值的重要依据;其次,李华认为作者自身的品德修养决定文章的价值,"有德之文信,无德之文诈",必须"文顾行,行顾文"。在李华看来作者的品行与文章的格调形成了镜像般的对应关系。作者作为创作的主体,其人格修养决定了其价值观念、美学观念以及艺术观念。因而,文章作为作者情志的投射物,必然体现了作者的"行"。因此,他主张分析评价文章必须结合作者的立身行事。统而观之,李华特别强调"文德",既重视作者的品德修养,又重视文章的教化功用,注重"文行兼顾"。其实质是期望通过对作者道德品行的强调,或者反求诸己的内省,构建以仁义道德为本的社会体系。

"六经之志"是李华文质思想的核心,体现了其"重质"观念及对"质"的内涵的独到认识。独孤及《检校尚书吏部员外郎赵郡李公中集序》评论李华的性格曰:"质直而和,纯固而明,旷远而有节,中行而能断。"②进而以其论文论人之法论其人其文曰:"览公之文,知公之质",认为他的文章"振中古之风,以宏文德。公之作,本乎王道,大抵以五经为泉源,抒性情以讬讽,然后有歌咏。美教化,献箴谏,然后有赋颂。悬权衡以辨天下公是非,然后有议论。至若记叙编录铭鼎刻石之作,必采其行事以正褒贬,非夫子之旨不书。故风雅之指归,

---

① [清]董诰等编:《全唐文》(卷三百一十五),第3196页。
② [唐]独孤及:《检校尚书吏部员外郎赵郡李公中集序》,[清]董诰等编:《全唐文》(卷三百八十八),第3945页。

刑政之根本,忠孝之大伦,皆见于词"①。这充分表明李华论文"重质"的特点。其主张文章本于经史,要有益于国家,化人成俗,有裨世教。为此,他反对"屈宋哀而伤"的纯然抒情之作。李华这种以"六经"为宗的思想,充分体现了其重视儒家经典,重视文章政教功能的价值取向。

（二）质文相济

李华在《质文论》中提出了"尚质""不废文""质文相变"的基本思想。其内涵虽偏重于治国理念,但其中也包含了他对文学的看法。《质文论》开篇曰：

> 天地之道易简,易则易知,简则易从。先王质文相变,以济天下。易知易从莫尚乎质,质弊则佐之以文,文弊则复之以质。不待其极而变之。②

此说虽在论政教,但也反映了他的文质观。李华认为"天地之道"是"易简"的,是"易知易从"的,与之相应,"为文之道"也应该"易简",也应具有"易知易从"的特点。"易知易从,莫尚乎质",旨在强调易知易从的关键在于"质",因为,"道"是质朴自然的,作为布"道"的文章,理应质朴自然。而"质文相变,以济天下""质弊则佐之以文,文弊则复之以质"的观点颇为新颖。此"文"指人类社会文明化过程中所产生的各种规范,约指广义的礼乐秩序；"质"则指内在的本质,参照"夫君人者修德以治天下,不在智,不在功,必也质而有制,制而不烦而已"句,此"质"的内涵特指仁义道德。李华认为君主务在修德,才能复文于质。主张"以质救文,质而有制",简化繁杂的仪制,使其"中于人心"易明易行,"至于丧制之缛,祭礼之繁,不可备举者以省之,考求简易,中于人心者以行之,是可以淳风俗,而不泥于坦明之路矣。"则宜删繁就简,归其本于道德,以期建立"质而有制"的合理体制,并通过士的政治实践,施用于世。从作文的角度来看,李华强调"易简",强调"以简直易烦文",重"质"之意非常明显。

对于文质关系,李华主张"质文相济"。《质文论》曰：

> 质则俭,俭则固,固则愚,其行也丰肥,天下愚极则无恩。文则奢,奢

---

① ［清］董诰等编:《全唐文》（卷三百八十八）,第3945页。
② ［清］董诰等编:《全唐文》（卷三百一十七）,第3212页。

则不逊,不逊则诈,其行也瘤痨,天下诈极则贼乱。故曰不待其极而变之。固而文之,无害于训人;不逊而质之,艰难于成俗。若不化而过,则愚之病,浅于诈之病也;无恩之病,缓于贼乱之极也。故曰莫尚乎奢也。奢而后化之,求固而不获也。利害迟速,不其昭昭欤!①

李华认为单纯的"质"和单纯的"文"都是不可取的,都会产生弊端;正确的做法是要"质""文"并用,"文质相济",才会产生好的效果。李华"质文相济"的观念,立意便捷简明,是古文运动前期对文质问题最具理论性的思考,较之隋代李谔、初唐"四杰""陈子昂"等的思想更符合文学的特性。

李华同萧颖士一样适应唐玄宗兴礼复古的文化精神,以儒家之道为根本,强调要发"六经之志",反对"魏晋之浮诞",重视文章的教化作用。李华的文质思想以宗经为理论基础,以"尚简""质文相济"为核心,具有极强的现实性,在当时的文坛产生了重大的影响。不过,李华、萧颖士等人虽然主张文质并重,但是,总体观照,他们重道轻文的倾向却非常明显。

第二节 "文以假道"与"言而蕴道"

萧颖士、李华的文学思想被独孤及、梁肃和权德舆等人进一步发展,使文章革新的思想不断成熟。

一、独孤及的文质思想

独孤及是中唐古文运动中承上启下的重要文儒。独孤及(725—777),河南洛阳人,字之至,盛中唐著名作家,著有《毘陵集》。独孤及论年辈稍后于"萧李","有文章名于大历中"②,"宪章典谟,为学者元龟。"③独孤及在文学思想

---

① [清]董诰等编:《全唐文》(卷三百一十七),第3212页。
② [唐]李翱:《独孤公墓志铭》,[清]董诰等编:《全唐文》(卷六百三十九),第6449页。
③ [唐]梁肃:《祭独孤常州文》,[清]董诰等编:《全唐文》(卷五百二十二),第5306页。

上提倡宗经、重道,主张"修辞以立诚",要求文章内容与形式的高度统一,而对诗歌则更重其"缘情绮靡"的本质,显示出高于时人的识见。其文质观显得更为通达,成为文风改革中承上启下的人物,对此后以韩愈为中心的文学革新运动产生了深刻的影响。

(一)"宗经""重道"

"宗经""重道"是独孤及文质论的基础。独孤及继承了萧、李的宗经思想,倡导宗经重道,注重文章的社会教化功能。独孤及虽以"文章名家"称于世,但有积极用世之志。他自小立志"立身行道","生以比兴宏道,殁以述作垂裕,此之谓不朽"①。因此,他特别重视文章的实用价值,以文章弘扬儒家的政治思想和道德观念为己任。梁肃《独孤公行状》说他:"非设教垂训之事,不行于文字。"②崔佑甫《故常州刺史独孤公神道碑铭》称其为文:"大抵以立宪诫世、褒贤遏恶为用。"③他们都指出了独孤及文章内容直面现实、"诫世"和"褒贬"的特点。

独孤及的思想以儒家思想为本,创作也以儒家之道为"质"。他在《检校尚书吏部员外郎赵郡李公中集序》中说:

> 自典谟缺,《雅》《颂》寝,世道陵夷,文亦下衰。故作者往往先文字,后比兴,其风流荡而不返。乃至有饰其词而遗其意者,则润色愈工,其实愈丧。及其大坏也,俪偶章句,使枝对叶比,以八病四声为梏拲,拳拳守之,如奉法令。闻皋繇史克之作,则哑然笑之。天下雷同,风驱云趋。文不足言,言不足志,亦犹木兰为舟,翠羽为楫,玩之于陆,而无涉川之用。痛乎,流俗之惑人也旧矣。④

独孤及认为自三代后,"典谟雅颂"等正声不作,文学的教化功能缺失,以致世风日下;而世风又反过来影响文风,使创作放弃了"比兴"言志的传统而奉

---

① [唐]独孤及:《萧府君文章集录序》,[清]董诰等编:《全唐文》(卷三百八十八),第3941页。
② [清]董诰等编:《全唐文》(卷三百二十二),第5302页。
③ [清]董诰等编:《全唐文》(卷四百九),第4196页。
④ [清]董诰等编:《全唐文》(卷三百八十八),第3945页。

行骈偶规则,文章"润色愈工,其实愈丧",无法担当"教化"之任,"其风流荡而不返",恶性循环,出现了"天下雷同,风驱云趋,文不足言,言不足志"的虚浮文风。他痛感"流俗惑人",提出作文要"宪章典谟""为文在经"。独孤及的这种宗经的思想也体现在他对李华的评价中。他在《检校尚书吏部员外郎赵郡李公中集序》中说:"公之作本乎王道,大抵以五经为泉源……故《风》《雅》之指归,刑政之本根,忠孝之大伦,皆见于词。"① 他提倡写作要宗经,要以"风雅""刑政""忠孝"为根本,要复兴"中古之风",表明了其尊经、重道的主张。梁肃认为独孤及为文"操道德为根本,总礼乐为冠带,以《易》之精义,《诗》之雅兴,《春秋》之褒贬,属之予辞"②。可见,宗经、重道的文学思想构成了独孤及文质思想的基础。

(二)"文以假道""修辞立诚"

以宗经、重道为理论基础,独孤及把文质关系转化为"文道"关系,提出了文章"假道"说。梁肃在《祭独孤常州文》中曾转引独孤及的观点:"文章可以假道,道德可以长保,华而不实,君子所丑。"③ 独孤及认为文章是"道"的载体,"道"要用"文"来发扬,因此,作文只有文质并茂,方可华实兼得。而不本于"道"的"华而不实"之文必为君子所鄙弃。

在提出"文以假道"观点的基础上,独孤及又提出了"修辞立诚""比兴宏道"的主张,强调"修辞""比兴"的重要性,进一步完善深化了他对文质关系的思考。他在《唐故殿中侍御史赠考功郎中萧府君文章集录序》中提出:

> 足志者言,足言者文。情动于中,而形于声,文之微也;粲于歌颂,畅于事业,文之著也。君子修其词,立其诚,生以比兴宏道,殁以述作垂裕,此之谓不朽。④

显然,"修辞立诚"和"比兴宏道"是从"文"的角度思考文质关系。此论,

---

① [清]董诰等编:《全唐文》(卷三百八十八),第3946页。
② [唐]梁肃:《常州刺史独孤及集后序》,[清]董诰等编:《全唐文》(卷五百一十八),第5260页。
③ [清]董诰等编:《全唐文》(卷五百二十二),第5306页。
④ [清]董诰等编:《全唐文》(卷三百八十八),第3941页。

提出了为文的目的,同时也突出了"文"对于"道"的意义和价值。

对于"修辞立诚",孔颖达早有所论:"修辞立其诚,所以居业者,辞谓文教,诚谓诚实也;外则修理文教,内则立其诚实,内外相成,则有功业可居,故云居业也。"①这是强调把外在的"文教"与内在的"实诚"相结合,即是主张"文"与"质"的"内外相成"。独孤及继承了这一思想,认为"修辞"乃是"立诚"的主要途径,而"立诚"则是"修辞"的目的,强调文化修养的重要性,从文质论看则是强调"文"对于"质"的意义。

"修辞立诚"突出了"文"的价值,而"比兴宏道"则对"文",即"修辞"做出了规范和要求。"修辞"的具体内涵就是"比兴",而目的在"宏道",即用"诗三百"的创作手法和现实精神来弘扬儒家思想。在他看来,"文"是实现道的途径,而"道"则是文章之根本,是为文之目的,"文"服务于"质"。独孤及把"文"与"道"直接联系,重视"文"对于"道"的价值,对"文"作出了具体的要求,明确指出"为文"是为"宏道"。该观点无疑为后来韩柳"文以明道"观念的提出做出了理论铺垫。

从重质的文质观出发,独孤及强调文章的社会价值。他把文章的功用分为"文之微"与"文之著"两个层面。他在《检校尚书吏部员外郎赵郡李公中集序》中说:"情动于中,而形于声,文之微也;粲于歌颂,畅于事业,文之著也。"②他认为抒发个人情感,形之文字是"文之微",抒情是"文之微",而"粲于歌颂""畅于事业"则为"文之著",把文学的社会功用作为文学的重要层面来强调。

独孤及一方面重视文章弘扬儒道,经国救俗的政用功能,另一方面,他也强调文章自身的特性。《检校尚书吏部员外郎赵郡李公中集序》曰:"志非言不形,言非文不彰。是三者相为用,亦犹涉川者,假舟楫而后济。"③独孤及提出"志、言、文"三者相为用,提倡三者要统一,否则就会"文不足言,言不足志"。这说明,他一方面讲求内容的充实,另一方极为重视文辞的表现力。罗根泽先

---

① [唐]孔颖达:《周易正义》(卷一),[清]阮元校刻:《十三经注疏》,第 15 页。
② [清]董诰等编:《全唐文》(卷三百八十八),第 3945 页。
③ [清]董诰等编:《全唐文》(卷三百八十八),第 3945 页。

生指出:"至独孤及、元结转返于稍重修辞,始逐渐走了文章之路。"①此评价可谓切中肯綮。

独孤及要求"文"要服从于"质",反对"先文字后比兴""饰其词而遗其意"②,反对以"俪偶章句""八病四声"影响内容的表达,认为华而不实的形式会以辞害意。因此,他强调文章内容和形式要统一。从这样的文质观出发,独孤及推崇三代两汉之文为文章典范。梁肃在《常州刺史独孤及后序》中曾引述了独孤及之语:"后世虽有作者,六籍其不可及已。荀孟朴而少文,屈宋华而无根。有以取正,其贾生、史迁、班孟坚云尔。"③独孤及认为荀孟文章风格朴实却文采不足,屈宋之辞华丽却没有根基,文章应该以贾谊和司马迁、班固之文为正体,以贾、马、班三人之文作为学习写作之楷模。而独孤及正是以此为据进行写作。梁肃认为他的文章有"两汉之遗风"④。

(三)缘情绮靡

独孤及在文质思想上将"诗"与"文"分而论之,推崇"缘情绮靡"的诗学文质观,与文章文质观截然有别。其在《唐故左补阙安定皇甫公集序》中集中阐释对诗歌文质特征的看法曰:

> 五言诗之源,生于《国风》,广于《离骚》,著于李、苏,盛于曹、刘,其所自远矣。当汉魏之间,虽以朴散为器,作者犹质有余而文不足。以今揆昔,则有朱弦疏越、太羹遗味之叹。历千余岁,至沈詹事、宋考功,始裁成六律,彰施五色,使言之而中伦,歌之而成声,缘情绮靡之功,至是乃备。虽去《雅》寖远,其丽有过于古者,亦犹路鼗出于土鼓、篆籀生于鸟迹也。⑤

独孤及认为五言诗以《国风》为源头,发展到汉魏时期依然"质有余而文不足",到沈宋才"裁成六律,彰施五色",实现了陆机所推崇的"缘情绮靡"之诗

---

① 罗根泽:《中国文学批评史》,上海书店出版社2003年版,第421页。
② [唐]独孤及:《检校尚书吏部员外郎赵郡李公中集序》,[清]董诰等编:《全唐文》(卷三百八十八),第3945页。
③ [清]董诰等编:《全唐文》(卷五百一十八),第5260页。
④ [唐]梁肃:《常州刺史独孤及集后序》,[清]董诰等编:《全唐文》(卷五百一十八),第5260页。
⑤ [清]董诰等编:《全唐文》(卷三百八十八),第3940页。

歌理想,且影响深远。独孤及充分肯定诗歌"缘情绮靡"的属性,肯定了沈宋之功绩,推崇"绮靡",推崇"丽",这是对诗歌文采的高度认可。同样在这篇文章中,他高度赞扬皇甫湜的诗歌:

> 大略以古之比兴,就今之声律,涵咏《风》《骚》,宪章颜、谢。至若丽曲感动,逸思奔发,则天机独得,有非师资所奖。每舞雩咏归,或金谷文会,曲水修禊,南浦怆别,新声秀句,辄加于常时一等,才钟于情故也。①

独孤及认为皇甫湜继承了颜、谢、沈、宋的衣钵,指出其诗歌创作之所以"丽曲感动,逸思奔发""新声秀句"是由于"才钟于情"的缘故。可见,独孤及对诗歌的情感性和艺术性认识深刻。他重视诗歌缘情绮靡的审美价值,对讲究声病的近体诗学所取得的艺术成就积极肯定。独孤及具有较强的文体意识,能根据诗歌与文章的不同属性分而论之,在诗坛重"文"之风正劲的时候,不为"时风"所影响,而看重诗歌的文采声律,表明其具有通达的文质思想。独孤及的诗学文质观,在一定程度上是对古文运动"重质"倾向的矫正。

总之,独孤及文质并重,宗经、重道而不轻文;对于文章与诗歌,能根据各自的文体特色区别对待,对文章强调其"宏道"的社会现实价值,对诗歌则主张"缘情绮靡"本质。显示出高于时人的识见。崔元翰在《与常州独孤使君书》中称赞他:"绍三代之文章,播六学之典训;微言高论,正词雅音,温纯深润,溥博宏丽,道德仁义,粲然昭昭,可得而本。学者风驰云委,日就月将,庶几于正。"②独孤及的文质思想和创作成就对当时学术与创作以及此后韩愈为中心的文章革新产生了积极的影响。

二、梁肃的文质思想

梁肃是唐代古文运动中承上启下的重要作家。梁肃(753—793),字敬之,一字宽中,祖籍安定(今甘肃泾川)。梁肃师从独孤及,在大历、贞元文坛声名极高,"文艺冠时"③,影响极大,吕温、韩愈、李观、李翱等人都从其学文,是唐

---

① [清]董诰等编:《全唐文》(卷三百八十八),第3940页。
② [清]董诰等编:《全唐文》(卷五百二十三),第5321页。
③ [后晋]刘昫等撰:《旧唐书·陆贽传》(卷一百三十九),第3800页。

代中期著名文学家,"古文运动"的先驱者之一。梁肃与萧颖士、李华、独孤及等"古文"先驱独宗"六经"之道不同,他"贯极乎六籍,旁罗乎百氏"①,以儒学为中心,儒释道诸家得而兼之,因此,其文学观也相对要通达。他论文继承前辈"宗经明道"的主旨,坚持文章以"道"为本。同时,他还重视作家个人的心性修养与文辞情采,肯定"文"的价值。这就形成了其"文""道""气""辞"相兼、文质并重的文质观。

(一)文本于道

对"文""道"关系的探讨构成了古文家文质论的重要内容。梁肃文质观的首要之义就是对"文道"关系的辨析。梁肃的"文道"观深受独孤及影响。李舟《独孤常州集序》云:"常州爱士,而肃最为所重,讨论居多,故其为文之意,肃能言之。"②梁氏秉承独孤及的文学思想,也是将文章与道德教化紧密联系,推崇儒道,强调文章的教化功能。《常州刺史独孤及集后序》云:

> 夫大者天道,其次人文。在昔圣王以之经纬百度,臣下以之弼成五教。德又下衰,则怨刺形于歌咏,讽议彰乎史册。故道德仁义,非文不明;礼乐刑政,非文不立。文之兴废,视世之治乱;文之高下,视才之厚薄。③

梁肃把"天道""人文"并提,"道"包含了天地运行之规律和儒家道德规范,而"文"则是"纬成百度""弼成王教"的重要载体。"道德仁义,非文不明;礼乐刑政,非文不立",辩证地说明了"道"与"文"的关系,强调了"文"对于"道"的重要性。《补阙李君前集序》曰:

> 文之作,上之所以发扬道德,正性命之纪;次所以裁成典礼,厚人伦之义;又其次所以昭显义类,立天下之中……故文本于道。④

梁肃此处所论之"道"很显然是指儒家之道。他认为文章的创作源于三个

---

① [唐]崔元翰:《右补阙翰林学士梁君墓志》,[清]董诰等编:《全唐文》(卷五百二十三),第5322页。
② [清]董诰等编:《全唐文》(卷四百四十三),第4520页。
③ [唐]梁肃:《常州刺史独孤及集后序》,[清]董诰等编:《全唐文》(卷五百一十八),第5260页。
④ [清]董诰等编:《全唐文》(卷五百一十八),第5261页。

目的:上者"发扬道德,正性命之纪",次者"裁成典礼、厚人伦之义",最后"昭显义类、厚人伦之义"。从这三个方面看,文章的根本是"道",即儒家"六籍"的教义和规范。因此,梁肃看来,"道"是根本,是"文"的根源和目的,"文"是"道"的派生物。梁肃在《送郑子华之东阳序》中赞郑子华"言政必及王,言性必及道,言文必及经"①,也表明他自己坚持儒道,崇敬六经之学,强调为文要关乎世教人心、有裨政理的思想。总之,梁肃把文章发扬儒家治国理念和伦理规范之道紧密联系,强调文学的社会现实价值和教化功能,表达了其试图以文学革新重建文化秩序的信念,具有强烈的经世致用的色彩。

(二)重道不轻文

梁肃"文本于道"的观念强调了"道"是"文"之根本,"道"决定"文"。但他并未将"文"完全作为教化的工具,在宗经重道的前提下,并不否定"文"的价值,而主张文质并重。从这样的思想出发,梁肃充分肯定了"文"对于政治和个人的价值和意义。其《秘书监包府君集序》曰:

> 文章之道,与政通矣。世教之污崇,人风之薄厚,与立言、立事者邪正、臧否皆在焉。故登高能赋,可以观者,可与图事;诵《诗三百》,可以将命,可与专对。若子产入陈,以文辞为功;仲尼弟子,用文学命科。②

梁肃以为,从国家言,文章关乎世教、人风、德行、政事,因此要"发扬道德",为政治服务;从个人言,能文者可以图事立功。他还认为"文"对"道"具有制约性,肯定文章的"气""辞"对于"道"的达成具有直接的影响。因而,梁肃认为好的文章要内容和形式并重,二者要相辅相成,"文"与"质"要结合得恰到好处。对此,他在《补阙李君前集序》中有较透彻的论述:

> 炎汉制度,以霸、王道杂之,故其文亦二:贾生、马迁、刘向、班固,其文博厚,出于王风者也;枚叔、相如、扬雄、张衡,其文雄富,出于霸涂者也。其后作者,理胜则文薄,文胜则理消。理消则言愈繁,繁则乱矣;文薄则意

---

① [清]董诰等编:《全唐文》(卷五百一十八),第5268页。
② [清]董诰等编:《全唐文》(卷五百一十八),第5259页。

愈巧,巧则弱矣。①

梁肃继承了独孤及推崇两汉文风的文质观,既肯定宗经明道者的"博厚"之文,也重视汉赋家的"雄富"之文,表现了其文质并重的思想。从文质并重的视角看,他认为后世文章或"理盛文薄",或"文盛理消",总是有所偏废,因而,文章的功能就无法得到充分的实现。因此,梁肃推崇两汉文质并重的作家作品,主张兼取"博厚"之文与"雄富"之文的优长,避免"理胜"或"文胜"的缺陷,创作出文理兼胜之文。

梁肃文质并重的思想还表现在对唐代致力于文章革新运动的作家的评价和赞誉之中。《补阙李君前集序》曰:

> 唐有天下几二百载,而文章三变:初则广汉陈子昂以风雅革浮侈,次则燕国张公说以宏茂广波澜,天宝已还,则李员外、萧功曹、贾常侍、独孤常州比肩而出,故其道益炽。②

梁肃指出唐代的文风变革历经三个阶段,陈子昂提倡"风雅",初步纠正了六朝以来的"浮侈"文风,文风由文趋质。张说继而推波助澜,以"宏茂"为旗帜,继续倡导文章的社会功用,使文风更趋健康。到天宝以后,在"萧李"集团的积极努力下,文风更趋雅正。梁肃不仅对前人的改革成就予以充分肯定,而且对于同时代文学家在文风改革中所取得的成就也予以赞赏。《常州刺史独孤及集后序》曰:

> 唐兴,接前代浇醨之后,承文章颠坠之运,王风下扇,旧俗稍革。不及百年,文体反正。其后时浸和溢,而文亦随之。天宝中作者数人,颇节之以礼。洎公为之,于是操道德为根本,总礼乐为冠带。以《易》之精义,《诗》之雅兴,《春秋》之褒贬,属之于辞。故其文宽而简,直而婉,辩而不华,博厚而高明。论人无虚美,比事为实录。天下凛然,复睹两汉之遗风。③

---

① [清]董诰等编:《全唐文》(卷五百一十八),第5261页。
② [清]董诰等编:《全唐文》(卷五百一十八),第5261页。
③ [清]董诰等编:《全唐文》(卷五百一十八),第5260页。

梁肃对独孤及的文章革新给予了极高的评价,赞赏其对两汉文风的复兴,推崇其宗经重道、文风质朴的创作。足见,梁肃的文质思想与儒家的文质思想一脉相承,强调为文的旨归在于文章的社会功用。

梁肃宗经重道,但不否定文章的抒情属性,对文辞情采也很重视。《周公瑾墓下诗序》曰:"诗人之作,感于物,动于中,发于歌咏,形于事业。事之博者其辞盛,志之大者其感深。"①充分肯定了诗歌的抒情本质。基于此,在《送元锡赴举序》中他对屈原情辞激越的创作特色极为赞赏:"自三闾大夫作《九歌》,于是有激楚之词,流于后世。其音清越,其气凄厉"②,肯定了楚辞的独特审美价值。总之,梁肃推崇典重雅正的两汉文风,但不抹杀文章的情感属性;他赞赏屈原、宋玉和谢灵运等情辞并茂的文风,但反对六朝过于华丽的骈骊文风。这种对"文"与"质"通达辩证的态度凸显了其文质并重、文质并茂的思想。

(三)"道""气""辞"相兼

对于如何处理好文质关系,梁肃提出了道、气、辞相兼的主张,要求文章内容与形式要高度统一。其《补阙李君前集序》曰:

> 故文本于道,失道则博之以气,气不足则饰之以辞。盖道能兼气,气能兼辞,辞不当则文斯败矣……若乃期气全,其辞辨,驰骛古今之际,高步天地之间,则有左补阙李君。③

梁肃认为"道"为"文"的前提,在"道"有所缺乏的时候通过"气"和"辞"来补充完善;而"气"是"道"与"辞"的中间环节,"道"是"气"形成的根本,言(辞)是"气"的外在表征。这种强调古文以"道"为内容,以"气"为主干的观念,必然导致对发展、流动的"雄健"风格的推崇。他在《为常州独孤使君祭李员外文》曰:"粹气积中,畅于四肢,发为斯文,郁郁耀辉。"④这指明了"道""气""文"三者的辩证关系。梁肃在"道"与"文"之间加入了"气"。该"气"指作者的个性气质,以及与仁义道德关联的正气。"气"正则文风雄健清朗。因

---

① [清]董诰等编:《全唐文》(卷五百一十八),第5263页。
② [清]董诰等编:《全唐文》(卷五百一十八),第5269页。
③ [清]董诰等编:《全唐文》(卷五百一十八),第5261页。
④ [清]董诰等编:《全唐文》(卷五百二十二),第5305页。

此,梁肃认为要写好文章,"道""气""辞"三者不可或缺,必须三者兼顾,这样为文才能成功。从文质论的视域看,梁肃所主张的"道""气""辞"相兼,就是主张文质兼顾,内容和形式的高度统一。这一观点的提出有极强的现实针对性,既是对当时空洞浮靡文风的批判,也是对古文运动初期空言明道的创作趋向的矫正。对后期文坛形成雄深雅健的古文风格有重大影响。

总之,梁肃主张宗经明道,坚持文章以"道"为本,但不否定"文"的价值;他能辩证地看待文质关系,主张"道气辞相兼",体现了文质并重的文质思想,比此前古文家的观点更为通达。李翱《感知己赋序》说:"是时,梁君之誉塞天下,属词求进之士,奉文章造梁君门下者,盖无虚日。"①梁肃的文质思想是唐代前后期古文家之间的一座桥梁,有着承上启下的重要意义,对此后以韩愈为中心的古文革新运动产生了积极的影响。

三、权德舆的文质思想

权德舆是承前启后的重要作家。权德舆(759—818),字载之,天水略阳(今甘肃秦安)人,家于润州丹阳(今江苏丹阳),是中唐著名政治家、文学家,世称权文公,著有《权载之文集》。权德舆生活在唐朝由鼎盛走向衰落的中期,在文学上颇负盛名,是当时公认的文坛领袖,被誉为"文坛盟主"。《旧唐书》本传称"权之澡思,文质彬彬""其文雅正而弘博"②。权德舆在文学思想上以"道"为"质",提出了"言要蕴道""尚气尚理,有简有通"的文质观,追求"全美"的文质理想。其理论是唐代文质思想的重要部分。

(一)"言而蕴道""咏性情以舒愤懑"

权德舆在文学思想上深受独孤及、梁肃的影响,继承了他们宗经重道的儒家文学观,重视文学的社会功能。因此,权德舆在文质问题上提出"言要蕴道,施之宪章"的思想。《中岳宗元先生吴尊师集序》曰:

> 道之于物,无不由也,无不贯也,而况本于元览,发为至言。言而蕴

---

① [清]董诰等编:《全唐文》(卷六百三十四),第6397页。
② [后晋]刘昫等撰:《旧唐书·权德舆传》(卷一百四十八),第4001页。

道,犹三辰之丽天,百卉之丽地。平夷章大,恬淡温粹,飘飘然轶八纮而泝三古,与造物者为徒。其不至者,遣言则华,涉理则泥,虽辨丽可嘉,采真之士不与也。①

这是对中唐文儒所探讨的"文以明道"文学观的继承。这里的"道"主要是指儒家学说中经纬教化等思想。权德舆认为,文章要以"道"为内涵,并把"道"贯彻到国家的礼乐文化之中,而"言"(文)对"道"的实现起着关键的作用。相比之前李华、独孤及的"体道""本道",权德舆的"言要蕴道"将"文"和"道"的关系更深化了一层,其内容显然更宽泛了一些。

权德舆对文学价值的认识比较全面。他强调"道"是"文"的重要内涵,但又指出在"道"之外,"文"的内涵还包括了"情志"。《唐故通议大夫梓州诸军事梓州刺史上柱国权公文集序》曰:

> 文之为也,上以端教化,下以通讽谕,其大则扬鸿烈而章缉熙,其细则咏情性以舒愤懑。自孔门、偃商之后,荀况、孟轲,宪章六籍。汉兴,刘向、贾谊论时政,相如、子云著赋颂,或闳侈巨丽,或博厚道雅。历代文章,与时升降,其或伯仲之间,齐名善价,以德行世其业,以文学大其门,则又鲜焉。②

《徐泗濠节度使赠司徒张公文集序》又云:

> 昔有虞以浚哲文明理天下,故有谐八音陈九德赓歌康哉之臣;周宣王修文武之业以开中兴,故有歌烝人赋韩奕清风大雅之什。春秋之际,诸侯列卿大夫,感物造端,能赋可以图事,称诗可以谕志。然则元侯宗工,作为文章,本于王化,系于风俗,亦其志气之所发也。③

权德舆对儒家教化文学观深表赞同,认为文章要有辅助教化的功用,要发挥"讽喻"的作用。但他也非常重视文章的抒情作用,认为文章还要咏性情,舒愤懑,抒发自己的真情实感,要表现心中不平之块垒。可见,权德舆既高度重

---

① [清]董诰等编:《全唐文》(卷四百八十九),第4999页。
② [清]董诰等编:《全唐文》(卷四百八十九),第5035页。
③ [清]董诰等编:《全唐文》(卷四百八十九),第4996页。

视文章的教化功能,也重视文章的抒情价值。这相对于李华、独孤及等过于重视文学的"教化"作用,而轻视文学抒情功能的思想,显然要通达公允。

(二)尚气尚理,有简有通

权德舆对文质问题有较深入的思考,在《醉说》一文中论为文之道,提出"尚气尚理,有简有通"的文质思想:

> 尝闻于师曰,尚气尚理,有简有通。能者得之以是,不能者失之亦以是。四者皆得之于全然,则得之矣。①

"尚气尚理"侧重于文章的内容层面,是对"质"的规约。权德舆在"言要蕴道"的基础上,把"道"转换成了更具文学本体色彩的"气""理",从而深化了对文质问题的思考。权德舆多次论及"气""理"。所谓"气",就作者而言,则强调要有一种浩然之气,即志气、骨气和才气;就作品而言,则强调行文要有一定的气势、气调和气骨;就作品的作用而言,则强调要能反映出时代精神,转变社会风气。所谓"理",强调作品的内容要表现出一定的道理、理致和情趣。其《兵部郎中杨君集序》云:"君尝以为尚气者或不能精密,言理者或不能彪炳,镂鋈彝景钟兴缘情比兴者,或不能相为用。仲宣体弱,公干未遒,才难而力不足,从古所病。"②权德舆对"气"与"理"之间的关系做了深入论说,认为只一味追求"气",则文章会显得不够缜密,不具说服力;一味追求"理",文章则会失去气势,让人读起来没有气魄。二者若缺其一,文章都会"得病"。如若只注重"理",文章就宛如一位懦夫,尽管有自己的道理、逻辑,但却无法通过一定的形式表达出来。所以"气"和"理"二者要兼顾并重。两者兼顾,才能够做到"多而不烦,简而不遗,弥纶条鬯,无入而不自得"③,恰到好处。

"有简有通"则是对"文"的具体要求。所谓"简"即前期古文家李华、独孤及所说的"简易",要求行文简练、简洁。所谓"通",就是畅达,文从字顺,即孔子所说的"辞达"。合言之则强调要言不烦、言简意赅、融会贯通。对于"有简

---

① [清]董诰等编:《全唐文》(卷四百九十五),第5052页。
② [清]董诰等编:《全唐文》(卷四百八十九),第4996页。
③ [清]董诰等编:《全唐文》(卷四百九十五),第5052页。

有通",权德舆在《唐御史大夫赠司徒赞皇文献公李栖筠文集序》中提出了"言近而旨远,词浅而意深""简实而粹清,朗拔而章明"①的具体要求。可见,权德舆对于文辞并非简单地要求简练顺畅,而是在继承他人思想的基础上赋予其特殊内涵,强调主旨的明确,行文的晓畅,语言的洗练,意蕴的深远。其实,该要求看似简易,实为文采的最高境界,很难达到。

对于"简"和"通",权德舆还提出了适度的原则。过犹不及。权德舆认为文章过于"简",就会琐屑,文章不够通畅,看起来就如谶纬符号一样,神秘晦涩,让人难以理解。文章过于"通",就会无法收止,就会丧失原有的表现力,而变得漫无边际,主旨不明。因此,对于"简""通"要遵循适度原则,做到恰到好处。权德舆从内容和形式两个方面提出了对文章的要求,内容需"尚气尚理",形式需"有简有通",二者结合则体现了其文质并重的思想。

(三)追求"全美"文质理想

权德舆在思想上主张儒、释、道三教调和。而以"和"为核心的思想观念和思维方式为前提,形成了其以"全美"为核心的文质审美理想。《醉说》曰:

> 尚气尚理,有简有通……四者皆得之于全然,则得之矣……固当汉然而神,全然而天,混成四时,寒暑位焉。穆如三朝,而文武森然。酌古始而陋凡今,备文质之彬彬,善用常而为雅,善用故而为新。虽数字之不为约,虽弥卷而不为繁。贯通之以经术,弥缝之以渊元。其天机,与悬解,若圬鼻而斫轮,岂止文也以宏诸?②

权德舆善于"酌古""用故",继承已有的传统;也善于"用常为雅""用故为新"实现创新。正如其一方面继承了初唐史臣魏征、令狐德棻等的文质思想,追求"文质彬彬"的文学理想。但另一方面,时移世易,他赋予"文质彬彬"具有时代特征的全新内涵,即"全美"的文质审美理想。权德舆"全美"审美理想的首要之义是内容美与形式美是文章美的必备元素,二者缺一不可。权德舆认为好的文章必须气、理、简、通四者齐全,浑然一体。如果四者偏于一端,则是

---

① [清]董诰等编:《全唐文》(卷四百九十三),第5034页。
② [清]董诰等编:《全唐文》(卷四百九十五),第5053页。

"不全"。他还在《醉说》中列举了不全的四种状态：

> 失于全,则鼓气者类于怒矣,言理者伤于懦矣。或狺狺而呀口,跕跕以堕水,好简者则琐碎以谲怪,或如谶纬;好通者则宽疏以浩荡,庞乱愢悴。岂无一曲之效,故致远之必泥?①

在权德舆看来,气、理、简、通四者不全必然会影响文章表达的效果。其必然不是理想的文章。

权德舆"全美"审美理想的第二个内涵是要求气、理、简、通的完美统一,强调文章内容与形式的和谐之美。因此,他认为要以整体性的眼光看待这四个方面,要根据文章的内容和主旨来确定四者的关系,使文章浑然天成、贯通一气。他以汉代班固和司马相如的文章作为"全"的范例说明其意义:"六经之梭,班马得其门,其或意如中郎,放如漆园。或遒拔而峻深,或坦夷而直温。固当汉然而神,全然而天,混成四时,寒暑位焉"②。可见"全美"最高的审美范式即文章内容与形式和谐统一,达到"汉然而神,全然而天"的艺术效果。

权德舆的"全美"文质理想还表现在其文学批评之中。从"全美"文质理想出发,权德舆对齐梁以来的萎靡诗风深为不满。《左武卫胄曹许君诗集序》云:

> 建安以后,诗教日寝,重以齐梁之间,君臣相比,牵于景物,理不胜词。开元天宝已来,稍革颓靡,存乎风兴。然趋时逐进,此为橐钥,绅佩之徒,以不能言为耻,至吟咏情性,敦造章句者鲜焉。③

权德舆评判齐梁诗风"理不胜词",文胜质衰,没有达到文质统一。他对"开元天宝以来"的创作也提出了批评,认为其"趋时逐进",偏于"情性"而疏于"教化",也是"理不胜词",有"不全"之病。

权德舆对"全美"的艺术追求也体现在其创作中。权德舆在创作中努力追求文质的中和,形成了一种温柔敦厚、词致清新的"雅正"文风。其文章文辞典雅,情感思想合于教化,内涵完全与"全美"思想相合。《旧唐书》谓"其文雅正

---

① [清]董诰等编:《全唐文》(卷四百九十五),第5052页。
② [清]董诰等编:《全唐文》(卷四百九十五),第5052页。
③ [清]董诰等编:《全唐文》(卷四百九十),第5002页。

而弘博"①。他的好友张荐在《答权载之书》中赞誉其诗文"词致清深,华彩巨丽,言必合雅,情皆中节"②。可见,他的文章写作实际上是对其"全美"审美理想的践行。

综上所论,权德舆继承前辈的"文道"思想,主张"言而蕴道",深化了对这一问题的认识;在文质关系上,他文质并重,提出了"尚气尚理,有简有通"的文质观,追求"全美"的文质理想,赋予了文质彬彬新的内涵;在文学批评和创作实践中,他践行自己所追求的文质理想,形成了以"雅正"为特征的文风,产生了积极影响。权德舆的文质思想既继承了早期古文家"宗经重道"的观点,又提出了新的观点,是韩愈"气盛言宜""文从字顺"等思想的前奏,具有重要的理论价值。

第三节 "修辞明道"与"文以明道"

唐代前期的古文家总体上以儒家文学思想为理论基础,提出了较为系统的文质思想,主张文学"宗经""明道",把文学的内容从"情志"转向了"王道""教化";而在形式上则反对以骈文为代表的内容空虚、形式绮靡的文风,主张"文道合一",提倡质朴实用的散体文。但前期古文家的文质思想"空言明道",对"文"的重要性认识不足,有重"质"轻"文"的倾向。后期古文家韩愈、柳宗元、李翱等人继承古文先驱者的文质思想,致力于文章革新,并以自己的创作成就真正实现了"文以明道"的主张,深化了唐代文质思想。

一、韩愈的文质思想

韩愈是中唐文学的一面旗帜,是"古文运动"之领袖,是古文家文质思想的集大成者。韩愈(768—824),唐河内修武人,有《昌黎先生文集》。韩愈领导古

---

① [后晋]刘昫等撰:《旧唐书·权德舆传》(卷一百四十八),第4001页。
② [清]董诰等编:《全唐文》(卷四百五十五),第4644页。

文运动,复兴儒学,寓道于文,实现文体的变革,"文起八代之衰,道济天下之溺"①,"愈所为文,务返近体,抒意立言,自成一家新语。后学之士,取为师法。当时作者甚众,无以过之,故世称'韩文'焉。"②韩愈论文尚质重文,主张"文以明道",提倡"陈言务去""文从字顺",侧重于文体、文风、语言的革新,赋予"文"以新的内容和形式,对此后文章的发展产生了积极深远的影响。

(一)"修辞以明道""不平则鸣"

在韩愈之前,古文运动的先驱已经提出了"宗经""本乎道""文章可以假道"等主张。在此基础上,韩愈明确提出"文以明道"的命题,并做出全新的解释。贞元九年,二十六岁的韩愈在《争臣论》中提出:"君子居其位,则思死其官;未得位,则思修其辞以明其道:我将以明其道也,非以为直而加人也。"③首次明确提出"文以明道"这个概念。贞元十一年,在《上宰相书》中曰:"其业则读书著文歌颂尧舜之道……其所读皆圣人之书,杨墨释老之学无所入于其胸;其所著皆约六经之旨而成文,抑邪与正,辨时俗之所惑。居穷守约,亦时有感激怨怼奇怪之辞,以求知于天下;亦不悖于教化,妖淫谀佞诪张之说,无所出于其中。"④可见,他要明尧舜之道,且要以六经为旨归,溉扫文坛的妖淫之辞。至此,韩愈"文以明道"的思想表述已经相当完整。但是,在其他文本中,他还一再申述其"文以明道"的思想。如《答李秀才书》曰:

愈之所志于古者,不惟其辞之好,好其道焉尔。⑤

《送陈秀才彤序》曰:

读书以为学,缵言以为文,非以夸多而斗靡也;盖学所以为道,文所以为理耳。苟行事得其宜,出言适其要,虽不吾面,吾将信其富于文学也。⑥

《题哀辞后》曰:

---

① 苏轼著,孔繁礼点校:《苏轼文集·潮州韩文公庙碑》,中华书局1986年版,第509页。
② [后晋]刘昫等撰:《旧唐书·韩愈传》(卷一百六十),第4204页。
③ [唐]韩愈著,马其昶校注:《韩昌黎文集校注》,上海古籍出版社1987年版,第122页。
④ [唐]韩愈著,马其昶校注:《韩昌黎文集校注》,第173页。
⑤ [唐]韩愈著,马其昶校注:《韩昌黎文集校注》,第196页。
⑥ [唐]韩愈著,马其昶校注:《韩昌黎文集校注》,第291页。

> 愈之为古文,岂独取其句读不类于今者邪?思古人而不得见,学古道则欲兼通其辞;通其辞者,本志乎古道者也。①

《答尉迟生书》曰:

> 体不备不可以为成人,辞不足不可以为成文。②

这充分表现了韩愈以"文以明道"为己任,欲扶大厦于既倒,欲将古文革新运动进行到底的决心与自信。

韩愈坦言其学文、为文是为"明道",而要"明道"则需要"修其辞""通其辞""辞之好""辞足"。足见"修辞以明道"是韩愈文质论的核心思想。

韩愈文质思想的重心是"明道"。韩愈所说的"道"有特定所指,即儒家之道。而"儒道"的具体内涵是"仁义"。其在《原道》中论曰:

> 博爱之谓仁,行而宜之之谓义;由是而之焉之谓道,足乎己,无待于外之谓德。仁与义,为定名;道与德,为虚位……曰:斯道也,何道也?曰:斯吾所谓道也,非向所谓老与佛之道也。尧以是传之舜,舜以是传之禹,禹以是传之汤,汤以是传之文、武、周公,文、武、周公传之孔子,孔子传之孟轲,轲之死,不得其传焉。③

《送浮屠文畅师序》中又云:

> 是故道莫大乎仁义,教莫正乎礼乐刑政。施之于天下,万物得其宜;措之于其躬,体安而气平。尧以是传之舜,舜以是传之禹,禹以是传之汤,汤以是传之文、武,文、武以是传之周公、孔子;书之于册,中国之人世守之。今浮屠者,孰为而孰传之邪?④

显然,韩愈要明的是儒家之道,是孔孟之道,而非"老与佛之道"。孔孟之道的核心是仁义,而仁义的要点就是圣人施博爱而臣民行其所宜。"明道"即

---

① [唐]韩愈著,马其昶校注:《韩昌黎文集校注》,第340页。
② [唐]韩愈著,马其昶校注:《韩昌黎文集校注》,第163页。
③ [唐]韩愈著,马其昶校注:《韩昌黎文集校注》,第20页。
④ [唐]韩愈著,马其昶校注:《韩昌黎文集校注》,第282页。

宣扬儒家的仁义思想。这就从"质"的角度对"文"的内容做出了明确的界定。同时,韩愈将儒家的"六经之道"与当下的社会现实相结合,赋予"道"以特有的时代内涵。

韩愈"道"的内涵从理论而言是指儒家之道,但从实践层面则指社会现实、真情实感。韩愈提出"不平则鸣""穷苦之言易好"的观点,就强调文学要反映现实,表现真情实感。贞元十九年,他在《送孟东野序》中说:

> 大凡物不得其平则鸣:草木之无声,风挠之鸣;水之无声,风荡之鸣。其跃也或激之,其趋也或梗之,其沸也或炙之;金石之无声,或击之鸣。人之于言亦然:有不得已者而后言,其歌也有思,其哭也有怀,凡出乎口而为声者,其皆有弗平者乎!①

"不平则鸣"揭示了文学的本质在于反映社会人生、泄导作者情感。其既可因国家之兴衰而鸣,也可因作者之苦乐而鸣。其旨归虽有"美""刺"二端,但韩愈显然更加重视其"刺"的价值,这就超越了狭义的"儒家之道"。"不平则鸣"这一观点深刻地揭示了文学与现实的关系,揭示了时代、社会环境以及作家的生平际遇对文学创作的巨大影响。在韩愈看来,文学创作和作者所处的时代、社会环境及作者自身的遭际密不可分,文学作品正是那种郁于中而泄于外的不平之气的表现,也只有那些反映现实、抒发自身情感的作品才能感动人心。"不平则鸣"的思想,明显地倾向于抒情和写实。这反映了韩愈明确认识到了文学的抒情性特点,不同于此前古文家的主张。

韩愈由"不平则鸣"又引申出对"穷苦之言"的赞赏。其在《荆潭唱和诗序》中说:

> 夫和平之音淡薄,而愁思之声要妙;谨愉之辞难工,而穷苦之言易好也。是故文章之作,恒发于羁旅草野;至若王公贵人气满志得,非性能而好之,则不暇以为。②

他认为文章的功用不是去歌功颂德,而是要"不平则鸣",反映社会现实;

---

① [唐]韩愈著,马其昶校注:《韩昌黎文集校注》,第260页。
② [唐]韩愈著,马其昶校注:《韩昌黎文集校注》,第294页。

或作"穷苦之言",抒发真情实感。这是后来欧阳修"文穷而后工"理论的滥觞。赞赏"不平则鸣""穷苦之言",这充分表明韩愈关注社会现实,欲以文章干预社会的理想。这也是其"文以明道"的具体的运用。韩愈"文以明道"的观念决定了其"古文"能从更为开阔的视域反映更为丰富的社会内容。

"文以明道"的思想,是以理性为先,主在裨补时阙;而"不平则鸣"的思想,则是以情感为主,旨在发愤抒情。"不平则鸣"与"文以明道"两者共同构成了韩愈文质思想的内容层面。二者生发互补,突破了前期古文家的局限,将政教与抒情、社会生活与创作主体联系在一起,从而拓展了"质"的内涵。

(二) 文道并重

从以上文道关系的论述可以看出,韩愈在文质观念上虽然强调"明道"的重要性,但同时强调"道"与"文"的分立互补性。韩愈清楚地认识到"文"作为"明道"的手段,必须要有一套符合人们审美观念、易于人们接受的外在表现形式。否则,就达不到"明道"的目的。为此,他强调"明道"需要"修其辞""辞之好""通其辞""辞足"。韩愈也不讳言自己对言辞的爱好和追求,"思古人而不得见,学古道则欲兼通其辞;通其辞者,本志乎古道者也。"[①]"愈之志在古道,又甚好其言辞。"[②]韩愈不视"文"为"道"的附庸,也不把它作为"道"的简单的表现形式,而认为它独立于"道"之外,有其特殊的地位与价值。

从文质论的角度看,韩愈"文以明道"的"道",关涉文学作品的思想内容,是"文"的灵魂;"文"指文学作品的表现形式,是"明道"的手段。韩愈将"道"与"文"分立而论,认为"道"是行文的原因,也是行文的旨归。而"文"是"道"的载体手段。"道"有赖于"文"的载负才能够运行,"文"若失去"道"也就丧失了自身存在的目的和意义。因此,韩愈主张"文道合一",内容和形式统一。"文以明道"的理论主张在提高"文"的地位的同时,也揭示了"文"与"道"对立统一的规律。而且,他强调不同时代的"道"的具体内涵也许不同,但内容与形式相统一的规律始终没有变。思想性和艺术性不能完整统一的作品,不可能成为优秀的作品。

---

① 《题哀辞后》,[唐]韩愈著,马其昶校注:《韩昌黎文集校注》,第340页。
② 《答陈生书》,[唐]韩愈著,马其昶校注:《韩昌黎文集校注》,第197页。

第六章 文以明道：古文家的文质论

对于如何实现"文道合一"，韩愈提出了"气盛言宜""闳中肆外"的主张。这从"道"与"文"的关系转向了"文"与"气"的关系。《答李翊书》曰：

> 气，水也；言，浮物也。水大而物之浮者大小毕浮，气之与言犹是也，气盛则言之短长与声之高下者皆宜。①

韩愈以生动的比喻、论述了气与言的关系，提出了"气盛言宜"说。从作品言，"气"又指文章的气势，与文的布局及语言艺术密切相关。"气盛言宜"就是要求作品有充实的内容，充沛的情感，有适宜的言辞表达。而从创作主体讲，则要提高作家的道德修养。在韩愈看来，作家的道德修养达到了一定的境界，则文可以随心所欲。"气盛"来自平日的修养，所以韩愈说气"不可以不养也"。因此，作文的前提是"养气"，即加强作家的自我修养，包括儒学修养和文章修养。在《答李翊书》中韩愈指出了"养气"的方法和途径：

> 始者，非三代两汉之书不敢观，非圣人之志不敢存，处若忘，行若遗，俨乎其若思，茫乎其若迷。②

这又包括了古文所载的内容与文章体式两个方面了，经历"戛戛乎其难""汩汩然来矣""浩乎其沛然矣"的境界，方能"气盛言宜"，文辞随气而短长。他在《答李翊书》中说：

> 将蕲至于古之立言者，则无望其速成，无诱于势利，养其根而俟其实，加其膏而希其光。根之茂者其实遂，膏之沃者其光晔；仁义之人，其言蔼如也。③

在《答尉迟生书》中又言：

> 本深而末茂，形大而声宏，行峻而言厉，心醇而气和；昭晰者无疑，优游者有余；体不备不可以为成人，辞不足不可以为成文。④

---

① ［唐］韩愈著，马其昶校注：《韩昌黎文集校注》，第191页。
② ［唐］韩愈著，马其昶校注：《韩昌黎文集校注》，第190页。
③ ［唐］韩愈著，马其昶校注：《韩昌黎文集校注》，第189页。
④ ［唐］韩愈著，马其昶校注：《韩昌黎文集校注》，第162页。

指出了作家的修养与作品的关系。

韩愈提倡含英咀华,闳中肆外。其在《进学解》中写道:

> 沈浸醲郁,含英咀华,作为文章,其书满家。上规姚姒,浑浑无涯;周诰,殷盘,佶屈聱牙;《春秋》谨严,《左氏》浮夸。《易》奇而法,《诗》正而葩;下逮《庄》《骚》,太史所录,子云、相如,同工异曲:先生之于文,可谓闳其中而肆其外矣。①

"闳中肆外"具体而言即文章的思想内容要雅正闳大,外在的表现形式需恣肆狂放。韩愈突破了早期古文家因道及文,仅推崇儒家思想的局限,扩大了师法前人的范围。而且,扩大了"宗经"的外延,强调对"经典"的创作风格、表现形式等"文"的要素的学习,以使文章更具文学色彩。

韩愈"气盛言宜"说是对孟子的"养气"理论和曹丕的"文以气为主"理论的继承和发展。他以此为基础进一步论述了"气"与"言"的关系,揭示了作家本身的修养(含道德修养和艺术修养)与文学创作之间的辩证关系,强调作者的人格修养对于文辞的决定作用。这既弥补了古文先驱们泛论"明道"的不足,也切中了骈体文注重偶丽章句,而忽视内在气势的弊病。韩愈较好地解决了"文"与"道"的关系,在文学与现实的关系上又提出了"不平则鸣"的观念,在文学与个人的关系上提出"气盛言宜"的理论。其功绩在于既重新树立起了儒家文艺思想的大旗,又突破了儒家之道的束缚,丰富了"道"的内涵,拓展了"宗经"的外延。

(三)"文从字顺""陈言务去"

韩愈重质,但对于表现"质"的形式"文"也极度重视。对于文章的形式,尤其是语言,韩愈提出了"文从字顺""陈言务去"的观点。韩愈在思想上主张复古,而在艺术上则提倡创新。其在《南阳樊诏述墓志铭》中曰:

> 惟古于词必己出,降而不能乃剽贼,后皆指前公相袭,从汉迄今用一律。寥寥久哉莫觉属,神徂圣伏道绝塞。即极乃通发绍述,文从字顺各

---

① [唐]韩愈著,马其昶校注:《韩昌黎文集校注》,第50页。

第六章 文以明道:古文家的文质论

识职。①

韩愈对散文语言最基本的要求是"文从字顺",即"因事陈词",使"文章言语,与事相体"。这一主张是针对六朝骈文雕章琢句的不良文风提出的,具有积极的意义。"文从字顺"是韩愈对语言的基本要求,进而他在《进撰平淮西碑文表》中提出了"辞事相称,善并美具"②的主张。此"美"是对文学作品艺术构思、表达方式、声调节奏及语言运用等诸多外在要素的综合要求。"辞事相称,善并美具"反映了韩愈对文学内在规律的强调和重视。韩愈还主张自然美,反对矫揉造作。《答李秀才书》曰:"愈所为不违孔子,不以琢雕为工。"③《醉赠张秘书》曰:"至宝不雕琢,神功谢锄耘。"④这些论述都鲜明地体现了这一思想。

在此基础上,韩愈提倡"陈言务去""词必己出"。其曰《答李翊书》:"当其取于心而注于手也,唯陈言之务去,戛戛乎其难哉!"⑤"陈言务去"提出了文辞和文章两方面的革新要求,既是对因袭模仿复古的摈弃,也从正面提出了作文的要旨:着意摈弃流俗,跳出陈词滥调的窠臼,用富有时代特色、富有个性色彩的言辞弘扬儒道,表达思想情感,反映现实生活。"陈言务去"的关键在于"词必己出"。其在《答刘正夫书》中说:"师其意,不师其辞。"⑥所谓"师其意"就是要以古圣贤人之书为"取道之原"。"不师其辞",即不拘泥于古人之文的言辞形式,"能自树立,不因循者是也。"⑦在"不师其辞"的基础上,《南阳樊绍述墓志铭》提出:"不蹈袭前人一言一句","唯古于词必己出,降而不能乃剽贼。"⑧韩愈认为古文写作的要诀在于继承和创新相结合,即继承古圣先贤的思想,学习他们的创作方法;但在文章的表现形式上绝不能因循前人的脚踵,拾人牙慧,而要革故创新,"词必己出",突出作者的个性色彩,凸显时代精神。

---

① [唐]韩愈著,马其昶校注:《韩昌黎文集校注》,第604页。
② [唐]韩愈著,马其昶校注:《韩昌黎文集校注》,第676页。
③ [唐]韩愈著,马其昶校注:《韩昌黎文集校注》,第195页。
④ [唐]韩愈著,钱仲联集释:《韩昌黎诗系年集释》,第390页。
⑤ [唐]韩愈著,马其昶校注:《韩昌黎文集校注》,第190页。
⑥ [唐]韩愈著,马其昶校注:《韩昌黎文集校注》,第231页。
⑦ [唐]韩愈著,马其昶校注:《韩昌黎文集校注》,第232页。
⑧ [唐]韩愈著,马其昶校注:《韩昌黎文集校注》,第604页。

韩愈提倡"词必己出",其极致是"怪怪奇奇",这似乎与"文从字顺"的要求相悖反,其实二者并不矛盾。"文从字顺"是对语言的基本要求,而"怪怪奇奇"是其追求的独创风格。他欣赏《仪礼》"奇辞奥旨着于篇,学者可观焉"①;赞许薛公达"为文有气力,务出于奇,以不同俗为主"②;称自己"凡自唐虞以来,编简所存""奇辞奥旨,靡不通达"③,还说自己作文"时有感激怨怼奇怪之辞"④,都突出一个"奇"字。从他所言来看,"奇"就是"不同俗",即是不平庸,不一般化,标新立异,特立独行,这是对文章审美个性化的要求。而对于语言形式的要求,韩愈在《答刘正夫书》中针对"文宜易宜难"回答曰:"无难易,唯其是尔。如是而已,非固开其为此,而禁其为彼也。"⑤其中"是"为何意?刘熙载说:"昌黎论文曰'唯其是尔',余谓'是'字注脚有二:曰正,曰真。"⑥刘熙载以正、真二字释"是",意为不论如何表达,思想内容上都要正确,情感上都要真挚。即通畅平易还是奇僻艰涩要根据具体的情况对待,只要能"因事陈词""恰到好处"即可。

韩愈以复古为名,行文学改革之实,力求创造一种不蹈袭古人词汇语法而又适合于传达古圣先贤之道、反映现实生活、表达思想情感的文学语言,同时力求用这种新颖的文学语言,创造出新的文学形式。皇甫湜《韩文公墓志铭》称赞其文"豪曲快字,凌纸怪发,鲸铿春丽,惊耀天下。然而栗密窈眇,章妥句适,精能之至,入神出天"⑦。李汉《昌黎先生集序》说:"诡然而蛟龙翔,蔚然而虎凤跃,锵然而韶钧鸣,日光玉洁,周情孔思,千态万貌,卒泽于道德仁义,炳如也,洞视万古,愍恻当世,遂大拯颓风,教人自为。"⑧他们都揭示了韩愈文章"沉浸浓郁,含英咀华"、奇丽宏肆的风格。韩愈重"文",重视文章的技巧,其创作则具有唯美派的艺术至上精神。

---

① 《读仪礼》,[唐]韩愈著,马其昶校注:《韩昌黎文集校注》,第43页。
② 《国子助教河东薛君墓志铭》,[唐]韩愈著,马其昶校注:《韩昌黎文集校注》,第405页。
③ 《上兵部李侍郎书》,[唐]韩愈著,马其昶校注:《韩昌黎文集校注》,第160页。
④ 《上宰相书》,[唐]韩愈著,马其昶校注:《韩昌黎文集校注》,第171页。
⑤ [唐]韩愈著,马其昶校注:《韩昌黎文集校注》,第232页。
⑥ [清]刘熙载撰,袁津琥校注:《艺概注稿》,第103页。
⑦ [清]董诰等编:《全唐文》(卷六百八十七),第7039页。
⑧ [清]董诰等编:《全唐文》(卷七百四十四),第7697页。

总之,韩愈文质并重,主张"文以明道""不平则鸣""气盛言益",强调内容的重要性;同时他也主张"文从字顺""陈言务去",提倡"文"的得体与革新。韩愈的文质思想在对"质"的内涵的提升和对"文"的发展以及二者关系的认识上都超越了前期古文家,对此后的文质思想影响深远。

二、柳宗元的文质思想

柳宗元(773—819)字子厚,河东(今山西运城西南解州镇)人,世称柳河东,有《柳河东集》。柳宗元与韩愈齐名,并称"韩柳"。柳宗元与韩愈同为唐代古文运动的领袖人物,积极倡导古文运动,对文风改革发挥了积极的作用。柳宗元与韩愈在文学思想上相近,二人的文质思想形成了互补之势,是唐代古文家文质论的重要成就。

(一)"文者以明道"

同韩愈一样,柳宗元也强调"文道"关系。柳宗元针对内容空洞的形式主义骈俪文风,提倡"文以明道",并且强调此"道"为"以辅时及物为道"①。柳宗元关于"文""道"关系的认识有个渐进过程,贞元十五年,柳宗元在《柳常侍行状》中赞美柳浑曰:"凡为学,略章句之烦乱,采摭奥旨,以知道为宗;凡为文,去藻饰之华靡,汪洋恣肆,以适己为用。"②此时,柳宗元论文强调文章"以适己为用",尚未将文与道结合起来。贞元十八年,柳宗元在《亡友故秘书省校书郎独孤君墓碣》中赞美独孤申叔:"其为文深而厚,尤慕古雅,善赋颂,其要咸归于道。"③首次论及"文道"关系。柳宗元真正提出"文以明道"的主张,是他被贬为永州司马之后。他在《与杨京兆凭书》中云:"宗元自小学为文章,中间幸联得甲乙科第,至尚书郎,专百官章奏,然未能究知为文之道。自贬官来无事,读百家书,上下驰骋,乃少得知文章利病。"④其后,在《报崔黯秀才论为文书》中对"文""道"关系做了详细的阐释:

---

① 《答吴武陵论非国语书》,[唐]柳宗元:《柳宗元集》,中华书局1979年版,第824页。
② [唐]柳宗元:《柳宗元集》,第181页。
③ [唐]柳宗元:《柳宗元集》,第277页。
④ [唐]柳宗元:《柳宗元集》,第786页。

> 然圣人之言,期以明道。学者务求诸道而遗其辞。辞之传于世者,必由于书。道假辞而明,辞假书而传,要之,之道而已耳。道之及,及乎物而已耳,斯取道之内者也。今世以贵辞而矜书,粉泽以为工,遒密以为能,不亦外乎?①

柳宗元认为"道"为"文"之本,"辞"为"文"之形,"道"与"辞"相依相存,相得益彰;而今人却舍文之"道",贵文之"辞",这无异于舍本逐末。柳宗元明确表达了反对形式主义文风的思想。

元和八年,柳宗元在《答韦中立论师道书》中明确提出了"文者以明道"的观点:

> 始吾幼且少,为文章,以辞为工。及长,乃知文者以明道,是固不苟为炳炳烺烺,务采色、夸声音而以为能也。②
> 本之《书》以求其质,本之《诗》以求其恒,本之《礼》以求其宜,本之《春秋》以求其断,本之《易》以求其动,此吾所以取道之原也。③

柳宗元在此不仅旗帜鲜明地亮出为文的目的在于"明道",而且对"明道"的内涵做出了明确的界定,即"宗经"。但是,他强调"宗经"并非笼统地全盘接受五经之意,而是特别指出"五经"各有所长,所以"宗经"的原则在于,各取所长,融会贯通。

显然,柳宗元所言"明道"与韩愈强调儒家之道不同,"道之及,及乎物而已耳""以辅时及物为道"。可见,他要"明"的"道",是辅时及物之道,最根本之点,就是有益于时政,有益于生民,重人不重天,重视现实内容与内容自身的事理,反对"不顾事实"的虚言妄语。柳宗元文以明道说的思想基础比韩愈的思想基础要积极得多。他所要明的辅时及物之道,不仅在当时具有进步的意义,而且为此后的散文创作开拓了更为广阔的天地。

(二)"有乎内而饰乎外"

对于文质关系,柳宗元首先强调内容是文章之根本。《报袁君陈秀才避师

---

① [唐]柳宗元:《柳宗元集》,第886页。
② [唐]柳宗元:《柳宗元集》,第873页。
③ [唐]柳宗元:《柳宗元集》,第873页。

名书》曰：

> 大都文以行为本，在先诚其中。其外者当先读六经，次《论语》、孟轲书皆经言；《左氏》、《国语》、庄周、屈原之辞，稍采取之；谷梁子、太史公甚峻洁，可以出入；余书俟文成异日讨也。其归在不出孔子……①

刘熙载《艺概》云："柳州论文之旨，于《报袁君陈秀才书》，曰：'大都文以行为本，在先诚其中。'"②柳宗元认为做文章以德行为根本，重在"先诚其中"。其次还要从各类经典著作中汲取养分，博采众长，而根本是"不出孔子"，即不背离孔子的思想。

柳宗元还主张"有乎内而饰乎外"，认为要明道必须重文，文质统一。在《答韦中立论师道书》中他讲述了对文的不懈追求：

> 凡吾所陈，皆自谓近道，而不知道之果近乎，远乎？吾子好道而可吾文，或者其于道不远矣。故吾每为文章，未曾敢以轻心掉之，惧其剽而不留也；未曾敢以怠心易之，惧其弛而不严也；未曾敢以昏气出之，惧其昧没而杂也；未曾敢以矜气作之，惧其偃蹇而骄也。抑之欲其奥，扬之欲其明，疏之欲其通，廉之欲其节，激而发之欲其清，固而存之欲其重，此吾所以羽翼夫道也。③

而在审美趋向上他也是博取诸家之所长，汲取各家精华，将多种风格融会贯通，做到"旁推交通"：

> 参之谷梁氏以厉其气，参之《孟》《荀》以畅其支，参之《庄》《老》以肆其端，参之《国语》以博其趣，参之《离骚》以致其幽，参之太史公以著其洁，此吾所以旁推交通而以为之文也。④

柳宗元从文章功用的角度把文章分为"辞令褒贬"和"导扬讽谕"两类。《杨平事文集后序》曰：

---

① ［唐］柳宗元：《柳宗元集》，第880页。
② ［清］刘熙载撰，袁津琥校注：《艺概注稿》，第120页。
③ ［唐］柳宗元：《柳宗元集》，第873页。
④ ［唐］柳宗元：《柳宗元集》，第873页。

> 文之用,辞令褒贬,导扬讽谕而已。虽其言鄙野,足以备于用。然而阙其文采,固不足以竦动时听,夸示后学。立言不朽,君子不由也。作者抱其根源,必由是假道焉。①

他还对这两类文章追源溯本,指出了二者不同的风格特征。《杨平事文集后序》曰:

> 文有二道:辞令褒贬,本乎著述者也;导扬讽谕,本乎比兴者也。著述者流,盖出于《书》之谟、训,《易》之象、系,《春秋》之笔削,其要在于高壮广厚,词正而理备,谓宜藏于简册也。比兴者流,盖出于虞、夏之咏歌,殷、周之风雅,其要在于丽则清越,言畅而义美,谓宜流于谣诵也。兹二者,考其旨义,乖离不合。故秉笔之士,恒偏胜独得,而罕有兼者焉。②

他认为,"著述"要"高壮广厚,词正而理备",而"比兴"则"丽则清越,言畅而义美"。柳宗元对"文"与"诗"提出了不同的文质要求。

总之,柳宗元明确主张"文以明道",对"文"的价值和地位充分肯定,重视文采,但极力反对形式主义文风;在文质关系上主张文质并重、文质统一。柳宗元的文质思想是对韩愈文质论的补充和完善,二者相互补充,代表了古文家文质论的最高成就。

第四节 "创意造言"与"文质相合"

在"韩柳"之外,还有一些古文家对文质论也有较深入的思考,提出了新的观点,其中较为突出者有李翱和李德裕。

---

① [唐]柳宗元:《柳宗元集》,第 578 页。
② [唐]柳宗元:《柳宗元集》,第 579 页。

一、李翱的文质思想

李翱是继承发扬韩愈文学思想,提出自己独特文学见解的一位重要作家。李翱(774—836),字习之,陇西成纪(今甘肃省秦安县北)人,著名文学家、思想家,唐代古文运动的重要成员,其《复性书》是唐代儒学思想的重要成果。李翱在早年孜孜于学儒,"博雅好古""为文尚气质"①,后拜古文运动领袖韩愈为师,"始从昌黎韩愈为文章,辞致浑厚,见推当时,故有司亦谥曰文。"②韩愈《送孟东野序》也提到:"从吾游者,李翱、张籍其尤也。"③李翱在《祭吏部韩侍郎文》也说:"视我无能,待予以友。讲文析道,为益之厚。二十九年,不知其久。"④由此可见他们二人之间亦师亦友的深厚友谊。李翱师从韩愈学文,深受韩愈影响,文学思想较为深刻,尤其对文质问题有独到的思考。

(一) 文以明道

李翱继承了韩愈崇儒排佛的思想,致力于复兴儒学。李翱以《中庸》"天命之谓性"为其重建儒学的依据,提出了复性说。李翱《复性书》提出:"人之所以为圣人者性也;人之所以惑其性者情也"⑤,认为"性善情恶",因此提倡"正情"以"复性",由此复兴儒学之"道"。在文学思想上,李翱继承和发扬了韩愈的主张。李翱的文学思想以六经为旨归,以儒家之道为核心,认为"有德者必有言"。在文质观方面,李翱认同"文以明道"的观点,提倡"创意造言",在文质关系上推崇"中道",主张文质兼顾。在创作方面,积极向韩愈学习,"为文以明道",继承了韩愈文章"正""浑厚"的特点。《四库全书总目·皇甫持正集》也说:"翱得愈之醇"⑥。"正"与"醇"作为文章的特色,是属于儒家"温柔敦厚"的审美范畴。李翱正是接受了韩愈文章中最具儒家传统的"本色"特质,并极力发扬之,遂成一家之言,与韩愈并称"韩李",深为当时文坛推崇。

---

① [后晋]刘昫等撰:《旧唐书·李翱传》(卷一百六十),第4205页。
② [宋]欧阳修、宋祁撰:《新唐书》(卷一百七十七),第5280页。
③ [唐]韩愈著,马其昶校注:《韩昌黎文集校注》,第262页。
④ [清]董诰等编:《全唐文》(卷六百四十),第6466页。
⑤ [清]董诰等编:《全唐文》(卷六百三十七),第6433页。
⑥ [清]纪昀等纂:《钦定四库全书总目》,第2011页。

在文学观念上，李翱秉持"文以明道"的主张。李翱继承了儒家"立德""立功""立言"的三不朽思想，对"立言"的意义和价值尤为肯定。他在《答皇甫湜书》中说：

> 凡古贤圣得位于时，道行天下，皆不著书，以其事业存于制度，足以自见故也。其著书者，盖道德充积，厄摧于时，身卑处下，泽不能润物，耻灰泯而烬灭，又无圣人为之发明，故假空言，是非一代，以传无穷，而自光耀于后。①

可见他对"著书立说"的意义是积极认同的。但李翱追求"立言"不是为了"传无穷而自光耀于后"，而是为了"明道"。李翱认为"明道"是"文章"之根本。其《寄从弟正辞书》曰：

> 汝勿信人号文章为一艺。夫所谓一艺者，乃时世所好之文，或有盛名于近代者是也。其能到古人者，则仁义之辞也，恶得以一艺而名之哉？②

他否定"文章是一艺"的观点，认为文章是"仁义之辞"。他所说的"仁义"即是其所要"明"之"道"，从而赋予了"文章"崇高的地位。

李翱对当时脱离"道"的不良创作风气做了深入批评。其在《与淮南节度使书》中说：

> 近代已来，俗尚文字，为学者以钞集为科第之资，曷尝知不迁怒、不二过为典学之根乎？入仕者以容和为贵富之路，曷尝以仁义博施之为本乎？由是经之旨，弃而不求，圣人之心，外而不讲，干办者为良吏，适时者为通贤，仁义教育之风，于是乎扫地而尽矣。③

李翱批评学界以科第为能事，汲汲于富贵，忘记了为学之根，丢弃了"仁义"之本，不求"经旨"，不讲"圣心"，致使"仁义"之风扫地殆尽。李翱明确表示他学古文是为了"明道"。《答朱载言书》云：

---

① ［清］董诰等编：《全唐文》（卷六百三十五），第6410页。
② ［清］董诰等编：《全唐文》（卷六百三十六），第6421页。
③ ［清］董诰等编：《全唐文》（卷六百三十五），第6418页。

> 吾所以不协于时而学古文者,悦古人之行也。悦古人之行者,爱古人之道也。故学其言,不可以不行其行;行其行,不可以不重其道;重其道,不可以不循其礼。①

李翱"学古文",是因"悦古人之行""爱古人之道"。这是主张"文行合一""文道合一"。"为文"最终目的在于"明道"。而李翱讲的"道"是指"古圣人所由之道"。是儒家以"仁义"为核心的思想。他在《答侯高第二书》中说:

> 吾之道非一家之道,是古圣人所由之道也。吾之道塞,则君子之道消矣;吾之道明,则尧、舜、文、武、孔子之道未绝于地矣。②

他所说的"道"的内涵非常明确,是"尧舜文武孔子之道",指以"仁义"为核心的儒家思想。

李翱的"文以明道"强调"文"的道德教化作用。其《杂说上》曾言:"志气言语发乎人,人之文也。志气不能塞天地,言语不能根教化,是人之文纰缪也。"③他认为著书立言要以"教化"为根本,否则就是错误的。在《答朱载言书》中也认为:"义不深不至于理,文不信不在于教劝。"④要求文章的内容和形式都要以"教劝"为目的。可见,李翱主张"文以明道",认为"为文"的最终目的是把圣人之"道"落实在道德教化之中。

(二)"创意造言"

从文质观看,"文以明道"是中唐古文家提出的对于文质问题的核心观点。李翱是完全认同该观点。但李翱以"文以明道"为基础,提出了自己对于文质的看法,且较有新意。

李翱文质观的特别之处在于提出了"创意造言"的观点。其认为,文章虽是"仁义之辞",但不能把文章等同于"仁义",文章有其自身的价值。《答朱载言书》曰:

---

① [清]董诰等编:《全唐文》(卷六百三十五),第6411页。
② [清]董诰等编:《全唐文》(卷六百三十五),第6415页。
③ [清]董诰等编:《全唐文》(卷六百三十七),第6427页。
④ [清]董诰等编:《全唐文》(卷六百三十五),第6411页。

列天地,立君臣,亲父子,别夫妇,明长幼,浃朋友,六经之旨也。浩浩乎若江海,高乎若邱山,赫乎若日火,包乎若天地,掇章称咏,津润怪丽,六经之词也。创意造言,皆不相师。①

李翱把"六经之旨"作为"质",而"六经之词"作为"文",认为作为表达"六经之旨"的"六经之词","掇章称咏,津润怪丽",其"创意立言,皆不相师","质""文"各具特色。李翱由此认为,文章贵在独创,主张"为文"要"创意造言"。

"创意造言"是李翱对文质问题的具体主张。"创意"强调内容的创新,"造言"侧重形式的创造,可谓"文质并重"。李翱认为,内容和形式都不能因循守旧,不同的内容要用不同的形式,要文质相宜。《答朱载言书》以六经为例,佐证自己的观点,其曰:

　　故其读《春秋》也,如未尝有《诗》也;其读《诗》也,如未尝有《易》也;其读《易》也,如未尝有《书》也;其读屈原、庄周也,如未尝有六经也。②

在李翱看来,"六经"之所以成为经典,一个重要的因素就在于能够"创意造言"!"六经"因各自的"立意"不同,所以"造言"也不同,因而各具特色,风格鲜明。以至读者读来,半点不混,一点不错。

"创意"重在强调文章内容的创新。"创意"的根本在于"因学而知",在于作者的学识修养。"创意"的原则,要以仁义为本,以圣人之道为旨归,从而使文章意义深远。而"造言"重在强调文章表现形式的独创性、新颖性以及其强大的表现力。《答朱载言书》曰:"义虽深,理虽当,词不工者不成文,宜不能传也。"③李翱此论与孔子的"言而无文,行之不远"一脉相承。他认为文章的"质"与"文"互为表里,相辅相成;二者同等重要,绝不可偏废。因此,要实现"明道"的目的,文章就需要质文互高。其文不仅要"词工",而且要"词高"。《答皇甫湜书》曰:"史官才薄,言词鄙浅,不足以发扬高祖、太宗列圣明德,使后

---

① [清]董诰等编:《全唐文》(卷六百三十五),第6411页。
② [清]董诰等编:《全唐文》(卷六百三十五),第6411页。
③ [清]董诰等编:《全唐文》(卷六百三十五),第6411页。

之观者,文采不及周汉之书……读之疏数,在词之高下,理之必然也。"①他批评史家"言词鄙浅"。把"词高"作为评价文章的主要依据,说明他很重视文辞的创新。李翱提出"创意造言"的文质观,主张内容和形式都要创新,二者并重。这在精神实质上与韩愈的"唯陈言之务去"是相同的,都体现了一种创新意识。

(三)崇尚"居乎中者"

李翱的"创意造言"涉及文章的内容和形式两个方面,要真正实现"创意造言"就要处理好二者的关系,实质是要处理好文质关系。对文质的关系,李翱崇尚"居乎中者",提倡"中道",主张文质兼顾,反对偏颇。

李翱在《答朱载言书》中批评了当时文学批评中存在的六种不良思想倾向。他说:

> 天下之语文章,有六说焉:其尚异者,则曰文章辞句,奇险而已;其好理者,则曰文章叙意,苟通而已;其溺于时者,则曰文章必当对;其病于时者,则曰文章不当对;其爱难者,则曰文章宜深不当易;其爱易者,则曰文章宜通不当难。此皆情有所偏,滞而不流,未识文章之所主也。②

李翱所说的"六说"有很强的现实针对性。这六种不良倾向形成了三组对立的观点,在李翱看来都是"情有所偏,滞而不流",偏于一端,没有处理好文与质的关系。

对如何处理文质关系,李翱主张文质兼重,提倡"中道"。李翱认为文章的"质"与"文"绝不是孤立存在的两个对立体,而是辩证互补的统一体。他在《答朱载言书》中说:"义深则意远,意远则理辨,理辨则气直,气直则辞盛,辞盛则文工。"③其中"义""意""理"属于"质"的范畴,而"气""辞""文"属于宽泛的"文"的范畴。李翱认为"质"对于"文"而言,具有先决作用,只有做到"义深""意远""理辨",才能达到"气直""辞盛""文工"。其在《答朱载言书》中又

---

① [清]董诰等编:《全唐文》(卷六百三十五),第6410页。
② [清]董诰等编:《全唐文》(卷六百三十五),第6411页。
③ [清]董诰等编:《全唐文》(卷六百三十五),第6411页。

提出:"义虽深,理虽当,词不工者,不成文,宜不能传也。"①可见,"文"对"质"又有制约性,如若词不工,文不盛,其"义""理"就无法传播。他进而总结曰:"文、理、义三者兼并,乃能独立于一时,而不泯灭于后代,能必传也。"②李翱在此把"文""义""理"三者并举,认为这三者是文章相辅相成的三个基本要素,三者之间辩证互补。三者互高,相得益彰,方可成为好文章。足见,李翱论文"文""理""义"三者兼顾,文质并重。

在此基础上,李翱提出了"中道"的文质标准,认为理想的文质关系是"居乎中者"。其《杂说上》曰:

> 是以出言居乎中者,圣人之文也;倚乎中者,希圣人之文也;近乎中者,贤人之文也;背而走者,盖庸人之文也。③

李翱所提之"中",即儒家的"中庸"之道,与孔子所说的"文质彬彬"一脉相承,就是主张为文要文质适中。李翱把"中"作为确定文质关系的依据,以此来划分文章的等级,把"居乎中者"定为最高典范。此观点颇有新意。

总言之,李翱秉承韩愈的思想,在韩愈之后,进一步发展了"文以明道"的文学思想,提出"创意造言"的观点,提倡创新,体现了较强的文学本体意识。在文质观上,李翱主张文质兼顾,提倡"中道",重质而不轻文,发扬了先秦儒家以"中和"为思想基础的文质论,深化了唐人对文质问题的探讨,具有极高的理论价值,也对宋代的古文运动产生了积极影响。

二、李德裕的文质思想

和李翱几乎同时的古文家李德裕对文质论也有较深入的思考。李德裕(787—850),字文饶,赵郡(今河北赵县)人,唐后期著名文学家。李德裕有着丰硕的创作成果,各体兼备,诗歌成就很高,尤其善于撰写奏疏等实用文。在文学思想上,其发展了"文气说",强调文章写作应重立意,求质实,轻丽辞和音韵。李德裕的文质思想集中体现在《文章论》中。

---

① [清]董诰等编:《全唐文》(卷六百三十五),第 6411 页。
② [清]董诰等编:《全唐文》(卷六百三十五),第 6411 页。
③ [清]董诰等编:《全唐文》(卷六百三十七),第 6427 页。

(一)"鼓气以势壮为美"

李德裕继承了曹丕"文以气为主"的思想,重文"气",提出"气不可以不贯"①。要求作家创作时,将"气"贯于文章之中。曹丕的"气"指作家的天然禀赋,素质,即本性。而"气"不同,作家的个性自不相同。李德裕此处之"气",已非单指作者之个人禀赋气质,而是指流溢于文章之中的一种生命力。这种生命力包含着诸多的因素,包括作者的胸襟、气质、修养、学识、见识及胆略,是作家先天禀赋与后天修养的完美结合。这些因素混合在一起,共同形成了文章壮盛的气势。

他又提出了"鼓气以势壮为美"②的观点。"鼓气",就是养气,以先天之禀赋,再加上后天的修养、学识与见识,达到"势壮"的目标。李德裕对"文气论"的发展起了一定的推动作用,故而欧阳修评其:"文饶不以文名家而其持论有特出者。著《文章论》言文气,其语较韩柳诸家为深入。"③

(二)文质相合

李德裕提倡文质相合,他说"气不可以不贯。不贯则虽有英辞丽藻,如编珠缀玉,不得为全璞之宝矣"④。李德裕以"璞"喻英丽辞藻。他认为"璞"只是包裹在玉外面的一层石头罢了,如果石头过厚,玉就会藏得更深,玉藏得越深,就越难让人发现;同样,在写作上如果英辞丽藻过多过艳,反而会遮蔽文章所要表达的主旨,遮蔽作者所要表达的思想内容,达不到好的表达效果。李德裕对此类以辞害义之作极为不屑。"沈休文独以音韵为切,重轻为难,语虽甚工,旨则未远矣。夫荆璧不能无瑕,隋珠不能无类,文旨既妙,岂以音韵为病哉?"⑤因此,他强调"英辞丽藻""音韵"等形式因素要与文章之"旨"相合。"古人辞高者,盖以言妙而工,适情不取于音韵,意尽而止。成篇不拘于双耦,故篇无定曲。"⑥他认为好的文章内容的表达不受形式的束缚,文章形式要为

---

① [清]董诰等编:《全唐文》(卷七百九),第7280页。
② [清]董诰等编:《全唐文》(卷七百九),第7280页。
③ [宋]欧阳修:《欧阳修全集·集古录跋尾九》,中华书局2003年版,第2286页。
④ [清]董诰等编:《全唐文》(卷七百九),第7280页。
⑤ [清]董诰等编:《全唐文》(卷七百九),第7280页。
⑥ [清]董诰等编:《全唐文》(卷七百九),第7280页。

内容服务,反对人为声律,说"今文如竹丝鞞鼓,迫于促节,则知声律之为弊也甚矣"①。他提倡为文要"自然",反对"琢刻藻绘"。他说:

> 文之为物,自然灵气,恍惚而来,不思而至,杼柚得之,淡而无味。琢刻藻绘,珍不足贵。如彼璞玉,磨珑成器。奢者为之,错以金翠。美质既雕,良宝所弃。此为文之大旨也。②

他追求文章内容充实、意深旨远,追求文的自然质朴,反对雕琢。

李德裕对"辞不出于风雅,思不越于离骚,模写古人,何足为贵也"③的观点进行了反驳,提出了"譬诸日月,虽终古常见,而光景常新,此所以为灵物也"④的新观点。他认为,继承"风骚"并不是一味照搬照抄,模拟"风骚"写作就好像仰着头看天上的日月,虽天天看到,但认真看每一天都有不一样的日月,都会有新的发现和收获;继承"风骚"既要在继承中创新又要在创新中继承。

总之,李德裕重立意,尚质实,反对英辞丽藻,崇尚古辞,追求言能尽意,文质相合。在创作实践中,李德裕积极践行自己的理论,取得了丰硕的成果。刘熙载称赞:"唐李文饶文,气骨之高,差可继踵。"⑤其文质思想和创作对当时的文坛有极大的影响。

---

① [清]董诰等编:《全唐文》(卷七百九),第7280页。
② [清]董诰等编:《全唐文》(卷七百九),第7280页。
③ [清]董诰等编:《全唐文》(卷七百九),第7280页。
④ [清]董诰等编:《全唐文》(卷七百九),第7280页。
⑤ [清]刘熙载撰,袁津琥校注:《艺概注稿》,第85页。

余 论

　　唐代从初期开始积极建构有利于巩固国家政权的文化与文学发展方略,尤其对文学思想建设高度重视。唐代文学思想发展的一个重要问题是贯穿古典文学思想的文质论。从先秦到六朝,文学发展政教与审美分离,均没有把文学的外部规律和内部规律统一起来,或偏于质或偏于文,没有真正实现文质的统一。唐代文学发展面对的主要问题是文胜质衰的六朝绮靡文风。因此,唐代文学建设和发展的首要任务是革除六朝绮靡文风,实现南北文风的统一,实现政教与审美的统一,实现"文"与"质"的统一,实现"文质彬彬,尽善尽美"的文学发展理想。

　　唐代文质论面临两大传统:一是从先秦到汉魏的儒家文质论传统,二是六朝的文质思想。前者以儒家"教化"文学观为思想基础,以两汉文学为代表,注重文学的"质"的内涵,强调文学的社会功用和实用价值,重视对文学外部规律的探讨;后者以道家重视自然的"审美"文学观为思想基础,以六朝文学为代表,更注重"文"的内涵,推崇文学的艺术价值,强调对文学的内在规律的探索。二者共同为唐代文学的发展提供了丰厚的理论资源和艺术经验。唐代文学思想的发展,一方面是对先秦以来文学思想传统的继承,另一方面也是唐代文学自我建设和发展的必然结果。

　　从根本上讲,唐代文质论的核心是政教与审美的对立统一。唐代文质论的发展聚焦于两条线索:一是儒家政教诗学主导下的文质观,文质并重,但强调形式服务于内容,求善,也求美,美善结合;一是以文学为本位的审美文质观,重艺术表现,追求情感的真实与审美的统一。二者共同构成了唐代文质论发展的主线。唐代文质论始终存在着"政教"与"审美"的矛盾,存在着"质"与"文"的矛盾。因此,唐代文学发展的过程就是不断解决这些矛盾的过程,文质论也呈现出不断的嬗变和发展。

初唐文质论总结传统文学观念,注重文学的社会文化功能,也重视文学本体的审美功能,提出了"文质彬彬,尽善尽美"的文质理想。初唐理论家从文学本体出发,提出了以"情志"为质的文质观,提倡"风骨""兴寄",重视声律、辞采之美,主张文质的统一。初唐文学或者侧重于文学的"质"的提升,或者致力于"文"的完善,二者齐头并进,共同为"文质彬彬,尽善尽美"的文学理想的实现做出了贡献。正如罗宗强先生所言:"唐文学的繁荣虽有各种各样的原因,但重要的原因之一,就在于这个朝代的建立之初,就已经奠定了一个比较正确的指导思想。这个比较正确的指导思想使唐文学的发展有了一个较好的开端。"①经过初唐近百年的努力,唐代文学观念逐步确立,文质思想趋于成熟,为"文质相炳焕"的盛唐文学的到来做好了理论和实践准备。

初唐文质论提出了初步的解决方案,但对具体问题的探讨不足,盛唐文质论则较为深入系统地对此进行了论述。盛唐文质论总体上文质并重,古今兼顾,尤重艺术形式,提倡形式与内容的统一。盛唐文质论最主要的成就在于提出了新的文质审美范畴,如"兴象"和"意境"等。殷璠的文质思想是盛唐文质论的经典理论表述。盛唐后期元结和杜甫的文质思想以儒家诗学思想为旨规,提倡恢复风雅传统,强调文学对社会现实的关怀,代表了盛唐后期新的创作倾向,也为中唐诗学的新变提供了契机。

中唐时期文质论得到了全面发展。在理论上,皎然总结六朝以来的诗歌艺术经验,提出了较为全面的审美文质观;白居易则对初唐以来反对六朝文风的文质思想做了理论总结。中唐文质思想在本质上发生了变化,向两极分化,重视文学内容的一极趋于质朴、平易;而重视艺术的一极则趋于怪奇。盛唐"文质彬彬"的文质格局被消解,产生了新的文质风貌,促成了唐代文学发展的第二次繁荣。中唐文质论政教与审美并重,既是对初盛唐文质思想的总结,同

---

① 罗宗强:《隋唐五代文学思想史》,第18页。

时也是对初盛唐文质思想的反拨和发展。

晚唐文质论是唐代文质思想发展的尾声,以杜牧、李商隐和司空图为代表的文质思想为唐代文质论谱系画上了句号。杜牧的文质思想是对唐代主流诗学文质思想的坚守和发展;李商隐的文质思想开始背离正统的儒家文质观,有复归六朝文学精神的倾向;而司空图的文质思想则彻底转向了诗歌的审美维度,把唐代诗学文质观提升到了文学本体论的高度。至此,唐代诗学文质论完成了一个螺旋式的循环发展。

唐代诗学、文论分途发展,文质论也呈现出不同的景观。唐代文论文质思想集中体现在古文家的文学思想中。古文家的文质思想总体上可分为前后两个时期。前期古文家反对雕琢文字的形式主义文风,主张文质并重,代表人物有萧颖士、独孤及、梁肃、柳冕、权德舆等。他们主张"文"当以"道"为主,但文辞也极为重要,二者绝不可偏离,强调文章内容与形式的统一性。但是他们一味强调文学经世致用的功利目的和写实风格,严重忽略了文学的抒情性、艺术性,把"质""文"对立起来,否定了文学自身的特点。后期古文家在主张"文道"统一性的前提下,追求文章内容和形式的独创性,代表人物是韩愈和李翱。他们主张文道统一,但又追求内容和形式的独创性,回归到文章创作本身,承认了"文"的独立价值。唐代古文家把"文质"关系转换成了"文道"关系,"质"的内涵转化为"道",从而使文学开始成为"载道"文学;而在形式上,消解了"骈文"的统治地位,使"古文"真正成为和骈文并行的文体,使散文重新获得了生命。古文"实是以北朝的文学观打到南朝的文学观的一种文学革命运动"①。从文质论言,"古文"是对于骈文的一场解构运动,是文风变化的重要表现,也体现了唐代文质论的新发展。

总之,唐人兼容并包,折中综合,一方面继承了先秦两汉儒家"重质"文质观;同时又顺应文学发展潮流,遵循文学发展规律,继承了六朝的"尚文"思想。从先秦到六朝,文学发展政教与审美分离,均没有把文学的外部规律和内部规律统一起来,或偏于质或偏于文,没有真正实现文质的统一。而唐代文学文质并重,确立了"文质彬彬"的文学理想,既重视文学的外部规律,又重视内部规

---

① 罗根泽:《中国文学批评史》,上海书店出版社2003年版,第406页。

律,不断在"质""文"之间寻求平衡,最终把古典文学推向了高峰。唐代文质论承前启后,既总结了先秦以来的文质思想,又有新的发展,提出了新的文质范畴和观点,颇有"集大成"之概,也为后世文质思想的发展树立了崇高的典范,对宋、元、明、清文质论的发展产生了重要影响。

参考文献

一、基本文献

[汉]刘向撰,向宗鲁校证:《说苑校证》,中华书局,1987年版。

[汉]扬雄撰,汪宝荣撰:《法言义疏》,中华书局,1987年版。

[汉]扬雄撰,[宋]司马光集注:《太玄集注》,中华书局,1998年版。

[汉]范缜撰,黄晖校释:《论衡校释》,中华书局,1990年版。

[晋]葛洪撰,杨明照校笺:《抱朴子外篇校笺》(上),中华书局,1991年版。

[晋]葛洪撰,杨明照校笺:《抱朴子外篇校笺》(下),中华书局,1997年版。

[梁]沈约撰:《宋书》,中华书局年,1974版。

[梁]萧子显撰:《南齐书》,中华书局,1972年版。

[梁]刘勰撰,范文澜注:《文心雕龙注》,人民文学出版社,1961年版。

[梁]刘勰著,周振甫译注:《文心雕龙译注》,江苏教育出版社,2006年版。

[梁]钟嵘撰:《诗品》,上海世纪出版集团,2007年版。

[北齐]颜之推撰,王利器注:《颜氏家训集解》,上海古籍出版社,1993年版。

[隋]王通撰,阮逸注:《文中子中说》,上海古籍出版社,1989年版。

[唐]魏征等撰:《隋书》,中华书局,1956年版。

[唐]令狐德棻等撰:《周书》,中华书局,1971年版。

[唐]李百药撰:《北齐书》,中华书局,1972年版。

[唐]姚思廉撰:《梁书》,中华书局,1973年版。

[唐]李延寿撰:《南史》,中华书局,1975年版。

[唐]刘知几著,姚松、朱恒夫译注:《史通全译》,贵州人民出版社,1997年版。

[唐]刘知几撰,[清]浦起龙笺释:《史通通释》,上海古籍出版社,2009年版。

［唐］李世民著,吴云、冀宇校注:《唐太宗全集校注》,天津古籍出版社,2004年版。
［唐］吴兢撰:《贞观政要》,上海世纪出版集团,2008年版。
［唐］刘肃撰:《大唐新语》,中华书局,1958年版。
［唐］李肇撰:《唐国史补》,上海古籍出版社,1979年版。
［唐］刘餗撰:《隋唐嘉话》,中华书局,1997年版。
［唐］骆宾王撰,［清］陈熙晋注:《骆临海集笺注》,上海古籍出版社,1985年版。
［唐］卢照邻撰,祝尚书笺注:《卢照邻集笺注》,上海古籍出版社,1994年版。
［唐］陈子昂撰,徐鹏点校:《陈子昂集》,上海古籍出版社,2013年版。
［唐］张说著,熊飞校注:《张说集校注》,中华书局,2013年版。
［唐］李白撰,［清］王琦注:《李太白全集》,中华书局,1997年版。
［唐］杜甫撰,［清］仇兆鳌详注:《杜诗详注》,中华书局,1979年版。
［唐］杜甫撰,［清］钱谦益笺注:《钱注杜诗》,上海古籍出版社,1981年版。
［唐］白居易著,顾学颉点校:《白居易集》,中华书局,1979年版。
［唐］韩愈撰,钱仲联集释:《韩昌黎诗系年集释》,上海古籍出版社,1984年版。
［唐］韩愈撰,马其昶校注:《韩昌黎文集校注》,上海古籍出版社,1986年版。
［唐］李贺撰,［清］王琦等评注:《三家评注注李长吉歌诗》,上海古籍出版社,1998年版。
［唐］皎然著,李壮鹰校注:《诗式校注》,人民文学出版社,2003年版。
［唐］杜牧撰,［清］冯集梧注:《樊川诗集注》,上海古籍出版社,1998年版。
［唐］杜牧撰:《樊川文集》,上海古籍出版社,1978年版
［唐］柳宗元:《柳宗元集》,中华书局,1979年版。
［唐］李商隐撰,刘学锴、余恕诚注:《李商隐诗歌集解》,中华书局,1988年版。
［唐］李商隐撰,刘学锴,余恕诚注:《李商隐编年文校注》,中华书局,2002年版。
［唐］元结撰,孙望点校:《元次山集》,中华书局,1960年版。
［唐］元结、殷璠等著:《唐人选唐诗十种》,上海古籍出版社,1978年。
［唐］元稹撰,冀勤点校:《元稹集》,中华书局,1982年版。
［唐］李善注:《文选》,上海古籍出版社,1986年版。
［唐］司空图撰,张少康集解:《诗品集解》,人民文学出版社,1981年版。
［唐］孟棨等撰:《本事诗·续本事诗·本事词》,上海古籍出版社,1991年版。
［后晋］刘昫等撰:《旧唐书》,中华书局,1975年版。
［五代］孙光宪撰:《北梦琐言》,上海古籍出版社,1981年版。

[五代]王仁裕撰:《开元天宝遗事》,上海古籍出版社,1985年版。

[宋]欧阳修等撰:《新唐书》,中华书局,1975年版。

[宋]严羽著,郭绍虞校释:《沧浪诗话校释》,人民文学出版社,1961年版。

[宋]司马光撰:《资治通鉴》,中华书局,1956年版。

[宋]王溥撰:《唐会要》,上海古籍出版社,2006年版。

[宋]王谠撰,周勋初校证:《唐语林校证》,中华书局,1987年。

[宋]苏轼著:《苏轼文集》,中华书局,1986年版。

[宋]计有功编:《唐诗纪事》,上海古籍出版社,1987年版。

[宋]欧阳修著:《欧阳修全集》,中华书局,2003年版。

[宋]严羽著,郭绍虞校释:《沧浪诗话校释》,人民文学出版社,1961年版。

[元]辛文房撰:《唐才子传》,辽宁教育出版社,1998年版。

[元]辛文房撰,傅璇琮校笺:《唐才子传校笺》,中华书局,1987年版。

[明]高棅撰:《唐诗品汇》,上海古籍出版社,1982年版。

[明]胡应麟撰:《诗薮》,中华书局,1958年版。

[明]胡震亨撰:《唐音癸签》,上海古籍出版社,1981年版。

[明]许学夷著:《诗源辩体》,人民文学出版社,1987年版。

[明]毛晋著:《汲古阁跋》,上海古典文学出版社,1958年版。

[明]徐师曾著,罗根泽点校:《文体明辨序说》,人民文学出版社,1962年版。

[清]王先慎撰:《韩非子集解》,中华书局,1998年版。

[清]董诰等编:《全唐文》,中华书局,1983年版。

[清]刘熙载撰,袁津琥校注:《艺概注稿》,中华书局,2009年版。

[清]郭庆藩撰:《庄子集释》,中华书局,1961年版。

[清]何文焕编:《历代诗话》(上下册),中华书局,1984年版。

[清]洪亮吉著,陈尔冬点校:《北江诗话》,人民文学出版社,1983年版。

[清]彭定求等编:《全唐诗》,中华书局,1960年版。

[清]皮锡瑞著:《经学历史》,中华书局,2004年版。

[清]纪昀等纂:《钦定四库全书总目》(整理本),中华书局,1997年版。

[清]王先谦撰:《荀子集解》,中华书局,1988年版。

[清]章学诚撰,叶瑛注:《文史通义校注》,中华书局,1985年版。

[清]章学诚著:《文史通义》,辽宁教育出版社,1998年版。

[清]沈德潜撰:《唐诗别裁》,中国致公出版社,2011年版。

［清］阮元校刻：《十三经注疏》，中华书局，1980年版。

［清］叶燮著，霍松林校注：《原诗》，人民文学出版社，1979年版。

［清］袁枚著：《随园诗话》，人民文学出版社，1962年版。

［清］孙希旦撰：《礼记集解》，中华书局，1989年版。

丁福保编：《历代诗话续编》，中华书局，2006年版。

金良年撰：《孟子译注》，上海古籍出版社，2004年版。

何宁撰：《淮南子集释》，中华书局，1998年版。

郭彧撰：《周易》，中华书局，2006年版。

郭绍虞编：《清诗话续编》，上海古籍出版社，1983年版。

郭绍虞主编，《中国历代文论选》，上海古籍出版社，1980年版。

李学勤主编：《十三经注疏》，北京大学出版社，1999年版。

鲁迅著：《鲁迅选集》，人民文学出版社，1992年版。

李修生编：《全元文》，凤凰出版社，2004年版。

李壮鹰主编：《中华古文论释林》（先秦两汉卷），北京大学出版社，2011年版。

李壮鹰主编：《中华古文论释林》（魏晋南北朝卷），北京大学出版社，2011年版。

李壮鹰主编：《中华古文论释林》（隋唐五代卷），北京大学出版社，2011年版。

刘学锴、余恕诚、黄世中编：《李商隐资料汇编》，中华书局，2001年版。

苏兴撰：《春秋繁露义证》，中华书局，1992年版。

吴毓江撰，孙启治点校：《墨子校注》，中华书局，1993年版。

王守谦译：《左传全译》，贵州人民出版社，1990年版。

杨伯峻撰：《论语译注》，中华书局，1958年版。

周祖譔编选：《隋唐五代文论选》，人民文学出版社，1999年版。

张伯伟著：《全唐五代诗格汇考》，江苏古籍出版社，2002年版。

二、学术著作

岑仲勉：《隋唐史》，中华书局，1982年版。

陈寅恪：《隋唐制度渊源略论稿》，商务印书馆，2011年版。

陈寅恪：《唐代政治史述论稿》，商务印书馆，2011年版。

陈寅恪：《金明馆丛稿初编》，三联书店，2001年版。

陈寅恪：《金明馆丛稿二编》，三联书店，2001年版。

陈尚君：《唐代文学丛考》，中国社会科学出版社，1997年版。

陈若水:《唐代文士与中国思想的转型》,广西师范大学出版社,2009年版。
陈伯海:《中国诗学之现代观》,上海古籍出版社,2006年版。
陈伯海:《唐诗学引论》,知识出版社,1988年版。
陈良运:《文质彬彬》,百花洲文艺出版社,2001年版。
陈良运:《中国诗学批评史》,江西人民出版社,1993年版。
查屏球:《唐学与唐诗——中晚唐诗风的一种文化考察》,商务印书馆,2001年版。
查屏球:《从游士到儒士——汉唐士风与文风论稿》,复旦大学出版社,2005年版。
成复旺:《新编中国文学理论史》,中国人民大学出版社,2010年版。
蔡钟翔:《美在自然》,百花洲文艺出版社,2001年版。
杜晓勤:《初盛唐诗歌的文化阐释》,东方出版社,1997年版。
第环宁:《中国古典文艺美学范畴辑论》,民族出版社,2009年版。
傅璇琮主编:《唐代文学编年史》,辽海出版社,1998年版。
傅璇琮:《唐代科举与文学》,陕西人民出版社,1986年版。
郭绍虞:《中国文学批评史》,百花文艺出版社,1999年版。
郭预衡:《中国散文史》,上海古籍出版社,2000年版。
葛晓音:《诗国高潮与盛唐文化》,北京大学出版社,1998年版。
葛晓音:《汉唐文学的嬗变》,北京大学出版社,1990年版。
葛兆光:《中国思想史》,复旦大学出版社,2001年版。
归青、曹旭著:《中国诗学史》(魏晋南北朝卷),鹭江出版社,2002年版。
胡雪刚:《意象范畴的流变》,百花洲文艺出版社,2002年版。
霍然:《唐代美学思潮》,长春出版社,1997年版。
胡可先:《中唐政治与文学》,安徽大学出版社,2000年版。
黄侃:《文心雕龙札记》,上海古籍出版社,2000年版。
蒋寅:《古典诗学的现代诠释》,中华书局,2003年版。
蒋寅:《中国古代文学通论》(隋唐五代卷),辽宁人民出版社,2005年版。
林庚:《唐诗综论》,人民文学出版社,1987年版。
李珍华、傅璇琮:《河岳英灵集研究》,中华书局,1992年版。
李泽厚、刘纲纪:《中国美学史》(第一卷),中国社会科学出版社,1984年版。
李浩:《唐代关中士族与文学》,中国社会科学出版社,2003年版。
李天道:《中国美学之雅俗精神》,中华书局,2004年版。
刘师培:《刘师培中古文学论集》,中国社会科学出版社,1997年版。

刘国盈:《唐代古文运动通论》,人民文学出版社,1986年版。

刘绍瑾:《复古与复远古》,中国社会科学出版社,2001年版。

罗宗强:《魏晋南北文学思想史》,中华书局,2003年版。

罗宗强:《隋唐五代文学思想史》,中华书局,2003年版。

罗根泽:《中国文学批评史》,上海书店出版社,2003年版。

孟二冬:《中唐诗歌之开拓与新变》,北京大学出版社,1997年版。

倪进、赵立新等著:《中国诗学史》(隋唐五代卷),鹭江出版社,2002年版。

蒲震元:《中国艺术意境论》,北京大学出版社,1995年版。

钱基博:《韩愈志》,商务印书馆,1978年版。

钱钟书:《谈艺录》,三联书店,2001年。

钱钟书:《管锥编》,中华书局,1979年。

钱冬父:《唐宋古文运动》,中华书局,1980年版。

乔象钟、陈铁民主编:《唐代文学史》(上册),人民文学出版社,1995年版。

尚定:《走向盛唐》,中国社会科学出版社,1994年版。

孙昌武:《唐宋古文运动通论》,百花文艺出版社,1984年版

王国维:《王国维论学集》,中国社会科学出版社,1979年版。

王运熙、顾易生主编:《中国文学批评史》(七卷本),上海古籍出版社,1989—1996年版。

王运熙:《汉魏六朝唐代文学论丛》,上海古籍出版社,1981年版。

王清雅:《中和论——中国文学批评原则》,中国人民公安大学出版社,2001年版。

汪涌豪:《中国文学批评范畴及体系》,复旦大学出版社,2007年版。

汪涌豪:《风骨的意味》,百花洲文艺出版社,2001年版。

吴庚舜、董乃斌主编:《唐代文学史》(下册),人民文学出版社,1995年版。

吴承学:《中国古代文体形态研究》,中山大学出版社,2000年版。

吴建明:《中国古代诗学原理》,人民文学出版社,2001年版。

闻一多:《唐诗杂论》,上海古籍出版社,1998年版。

许总:《唐诗史》,江苏教育出版社,1994年版。

萧华荣:《中国诗学思想史》,华东师范大学出版社,1996年版。

徐复观:《中国艺术精神》,商务印书馆,2010年版。

杨启高:《唐代诗学》,岳麓书店,2011年版。

余恕诚:《唐诗风貌》,安徽大学出版社,1997年版。

赵敏俐主编:《中国诗歌史通论》,人民文学出版社,2013年版。

张怀承:《中国学术通史》(隋唐卷),人民出版社,2004年版。

张少康:《中国文学理论批评史》,北京大学出版社,2005年版。

褚斌杰:《中国古代文体概论》,北京大学出版社,1990年版。

宗白华:《美学散步》,上海人民出版社,2000年版。

[英]崔瑞德著:《剑桥中国隋唐史》,中国社会科学出版社,1990年版。

[美]包弼德著,刘宁译:《斯文:唐宋思想的转型》,江苏人民出版社,2001年版。

[美]宇文所安著,贾晋华译:《初唐诗》,三联书店,2004年版。

[美]宇文所安著,贾晋华译:《盛唐诗》,三联书店,2004年版。

[美]宇文所安著,贾晋华译:《晚唐诗》,三联书店,2004年版。

[美]宇文所安著,陈引池、陈磊译:《中国"中世纪"的终结:中唐文学文化论集》,三联书店,2006年版。

[美]刘若愚著,杜国清译:《中国文学理论》,凤凰集团出版社,2006年版。

[美]孙康宜、宇文所安著,刘倩等译:《剑桥中国文学史》,三联书店,2013年版。

[日]遍照金刚撰,卢盛江校考:《文境秘府论汇校汇考》,中华书局,2006年版。

[日]副岛一郎著,王宜瑗译:《气与士风——唐宋古文的进程与背景》,上海古籍出版社,2005年版。

[日]浅见洋二著,金程宇译:《距离与想象——中国诗学的唐宋转型》,上海古籍出版社,2005年版。

[日]川和康三著,刘维治、张剑、蒋寅译:《终南山的变容——中唐文学论集》,上海古籍出版社,2007年版。

三、期刊论文

王运熙、杨明:《魏晋南北朝和唐代文学批评中的文质论》,《文艺理论研》,1980年第2期。

王运熙:《文质论与中国中古文学批评》,《文学遗产》,2002年第5期。

齐树德:《从刘勰的文质论谈〈文心雕龙〉的研究方法》,《郑州大学学报》(社会科学版),1980年第1期。

吴圣昔:《刘勰文质统一观初探——〈文心雕龙〉综论之一》,《齐鲁学刊》,1981年第2期。

蔡育曙:《"文质论"的渊源及其发展》,《云南教育学院学报》,1985年第3期。

吴林伯:《孔子文质观的发生及其影响》,《齐鲁学刊》,1985年第4期。

蔡茂松:《孔子的文质论》,《孔子研究》,1991年第1期。

范军:《文质论》,《华中师范大学学报》(哲学社会科学版),1995年第2期。

张怀瑾:《文质辨说》,《南开学报》,1996年第6期。

薛富兴:《文与质:中国美学史的逻辑起点》,《贵州师范大学学报》(社会科学版),1997年第1期。

阎步克:《"质文论"的文明进化观》,《文史知识》,2000年第5期。

张怀瑾:《钟嵘诗评文质论》,《许昌师专学报》,2001年第4期。

夏静:《文质三论》,《重庆三峡学院学报》,2003年第3期。

贾奋然:《六朝"文"的观念辨析》,《首都师范大学学报》(社会科学),2003年第1期。

王治理:《〈论衡〉的文学观》,《厦门大学学报》(哲学社会科学版),2004年第3期。

夏静:《文质原论——礼乐背景下的诠释》,《文学评论》,2004年第2期。

吴建民:《古代"文质"论的三层内涵及"人"学之影响》,《徐州教育学院学报》,2004年第2期。

陈伯海:《"文"与"质":中国诗学的文辞体性论》,《学术月刊》,2006年第1期。

赖勤芳:《刘勰文质论再释》,《江淮论坛》,2006年第1期。

逯雪梅:《谈孔子的文质观》,《理论观察》,2007年第3期。

阮爱东:《论贞观文学观念的文质消长》,《华南农业大学学报》(社会科学版),2007年第1期。

胡永杰:《论杜甫诗歌及诗学思想与中原文质彬彬的文学精神之关系》,《周口师范学院学报》,2007年第3期。

胡永杰:《论张说文质彬彬的文学思想及其对盛唐文学发展的意义》,《洛阳师范学院学报》,2008年第3期。

张颖:《〈文心雕龙〉文质观新探》,《文学前沿》,2008年第1期。

宋晓红:《论刘勰的文质观》,《内江师范学院学报》,2008年第3期。

陈碧仙:《扬雄"文质"美学思想及其对汉赋的评价》,《凯里学院学》,2009年第2期。

杨艾璐:《战国时期思想家荀子、韩非子文质观比较》,《沈阳农业大学学报》(社会科学版),2010年第3期。

周悦:《南朝文论中的文质观及其意义》,《中国文学研究》,2011年第2期。

王景凤:《从初唐前期史家文学观看文质关系的发展》,《赤峰学院学报》(汉文哲学社会科学版),2011年第9期。